Versacken

Rich Schwab

Versacken

KiWi
KÖLN

1. Auflage 2005

Verlag Kiepenheuer & Witsch, Köln –
Lizenzgeber: Labonté Köhler Osnowski Verlagsgesellschaft mbH, Köln

Umschlaggestaltung: Barbara Thoben, Köln
Umschlagfoto: Zefa Visual Media
Lektorat: Astrid Roth
Satz: Greiner & Reichel, Köln
Druck und Bindearbeiten: GGP Media, Pößneck
ISBN 3-462-03577-0

Duden Herkunftswörterbuch von 1963:

versacken – »wegsinken«, »untergehen«: Das seit dem 19. Jh. zuerst in der Seemannssprache bezeugte Wort ist eine Präfixbildung zu dem niederdeutschen Verb »sacken«, »sich senken« (mnd. »sik sakken«, entspr. niederl. »zakken«, beachte auch gleichbed. engl. »to sag«), das seinerseits wahrscheinlich eine Intensivbildung zu dem unter > sinken behandelten Verb ist. Seit Anfang des 20. Jh.s wird »versacken« ugs. für »verkommen«, »liederlich leben« gebraucht. Beachte auch »absacken«: »weg-, untertauchen« (19. Jh.).

Duden Sinnverwandte Wörter, 1964:

versacken (salopp) > verwahrlosen (»versumpfen«, salopp: »immer mehr eine liederliche Lebensweise annehmen«), > untergehen (»versacken«, ugs.: auf Grund seiner Schwere im Wasser untertauchen und untergehen, so daß es nicht mehr vorhanden ist; weist auf das Ende des Prozesses hin).

Duden Großes Wörterbuch der deutschen Sprache:

1. a) versinken, untergehen: der Kahn versackte, Ü das Gespräch versackte; b) in etw. einsinken: die Räder v. im Schlamm; wir v. in Arbeit; 2. sich senken: die Fundamente versackten; 3. ugs. absaufen: der Motor versackte; 4. eine liederliche, unsolide Lebensweise annehmen, allmählich verkommen: in der Großstadt vers., das Mädchen drohte als Callgirl zu v.; gestern abend sind wir schön versackt (haben wir lange gefeiert und viel getrunken), er war dabei, in seligem Suff zu versacken.

Inhaltsverzeichnis

Die Kipp[1]

Alles Übel in der Welt kommt nur daher,
daß der Mensch nicht ruhig in
seinem Zimmer sitzenbleiben kann.
Blaise Pascal

Das erste Mal, daß ich versackt bin, war ich vier. Oooch komm, werden Sie sagen, gleich erzählt er uns, daß er mit fünf lesen konnte, mit sieben die erste Zigarette geraucht und mit elf den ersten Geschlechtsverkehr vollzogen hat! Nein, nein, da liegen Sie ganz falsch. Meine erste Zigarette hatte ich erst mit neun, und das war so furchtbar, daß ich die nächste erst wieder mit … zehn angepackt habe. Mein erster Versuch in Sachen GV fand mit fünfzehn statt – und war so irritierend, daß das mit der Liebe auch wieder erst drei Jahre später klappte. Und da war diese andere Leidenschaft bereits so ausgeprägt, daß sie der Liebe schon im Wege war, wie so vielen meinen Lieben danach.

Am Anfang findet jede Frau es abenteuerlich und romantisch, wenn man sich mit ihr die Nächte um die Ohren schlägt – aber nach sechs Wochen, fünf Monaten, einem Jahr? Da kriegt man dann höchstens was anderes um die Ohren. Aber das gehört ja im Grunde gar nicht hierher. Und lesen, tja, lesen konnte ich tatsächlich mit fünf schon lange: Ich war als Einzelkind ohne sichtbaren Vater und mit ganztags arbeitender Mutter viel allein, und der Bücherschrank meiner Großmutter enthielt dank ihres Lesering-Abonnements viel mehr – und vor allem Spannenderes – als den Struwwelpeter oder die Märchen der Gebrüder Grimm: seiten-, kilo-, meterweise Geheimnisse, die gelüftet, Abenteuer, die miterlebt, Weisheiten, die gefressen werden wollten – aber auch das gehört ja gar nicht hierher. Be-

1 Für alle, die herausfinden möchten, wem welches Zitat zu verdanken ist oder was dies oder jenes auf deutsch oder hochdeutsch bedeutet, gibt es am Ende des Buches ein Glossar.

ziehungsweise tut es ja eigentlich schon, als eine weitere Passion meines Hirns und meines Herzens. Aber beim Gedanken daran, über diese Leidenschaft des Lesens ein Buch zu schreiben, blubbern kleine saure Angstbläschen in mir hoch: Entweder werd ich bei dem Versuch vier Jahre vor einem weißen Blatt sitzen, keinen Anfang finden und langsam wahnsinnig werden, oder ich werde in den vier Jahren 13 254 Seiten vollgeschrieben haben und kein Ende finden. Und langsam wahnsinnig werden.

Bleiben wir also erst mal bei der Passion, die mein Leben lang *andere* in den Wahnsinn getrieben hat, wohingegen ich nach wie vor felsenfest überzeugt bin, daß sie *mich* vor meinem Wahnsinn gerettet hat: Bleiben wir beim Versacken.

Das erste Mal, daß ich versackt bin, war ich also vier.

In Vogelsang, dem Stadtteil Kölns, in dem ich meine Kindheit verbrachte, war Köln seinerzeit ziemlich zu Ende – hinter der Baracke, in der Frau Schäfer ihren kleinen Kolonialwarenladen hatte, wurde der Asphalt des Drosselwegs zu Lehm. Geradeaus ging es zu einer stillgelegten Kiesgrube, links rum ging's zum Nachtigallenweg, rechts rum zum Falkenweg. Damit waren auch gleich schon Ursprung und Daseinsberechtigung für Gruppierungen und Rivalitäten, ja lebenslange, gar generationsübergreifende Feindschaften offenkundig: von halbwegs friedlichen Fußball-, Tischtennis- oder Völkerballturnieren über heftige Schneeballschlachten bis zu Bandenkriegen mit Schleudern, selbstgeschnitztem Pfeil und Bogen. Oder sogar blutigen Schlägereien mit nagelgespickten Zaunlatten und Messerstechereien der Jungs über achtzehn. Es ging immer Straße gegen Straße, und da in jeder mindestens dreißig, vierzig Kinder aufwuchsen, war fast täglich irgendwo ein Scharmützel, eine Schlacht, ein Krieg im Gange. Es sei denn, es war Fußball oder Kirmes, und die Schlachtenbummler aus Bickendorf, Bocklemünd oder Ehrenfeld zwangen uns, für einen Sonntagnachmittag oder ein langes Kirmeswochenende unser internes Kriegsbeil zu begraben und gegen die Fremden, die Auswärtigen, die »Pimocke« zusammenzuhalten.

Oder später dann, in der Pubertät, wenn man am Wochenende im Pulk nach Ehrenfeld zog, Fats Domino oder Bo Diddley in dem Kofferradio am Schulterriemen, Kamm und *Brisk* allzeit griffbereit, und sich in den berüchtigten Clubs dort traf, dem *Glaspalast* oder der *Blockhütte*, wenn es dann gegen die betrunkenen belgischen Soldaten ging, gegen die halbstarken Ehrenfelder Platzhirsche oder Gymnasiasten »aus der Stadt«, in Pullovern mit V-Ausschnitt auf Abenteuertrip, da spielte es nicht mehr die geringste Rolle, ob man vom Meisen-, vom Rotkehlchen- oder eben vom Drosselweg stammte, da war man nur noch Vogelsanger und stand Rücken an Rücken, und niemand hat jemals in einer Grünen Minna gesessen und einen einzigen anderen Vogelsanger mit Namen gekannt.

Die Kiesgrube jedenfalls war halbwegs neutrales Gebiet. Erstens kann niemand ein Paradies für sich alleine beanspruchen, in dem man sommers auf Pappkartons oder gleich auf dem Lederhosenboden die lehmigen Abhänge runterschliddern und winters Schlittenfahren konnte, wo Tretroller, Dreiräder und Seifenkisten auf Querfeldeintauglichkeit getestet wurden, wo es weggeworfene Schätze zu bergen gab, rostige Fahrräder, alte Autoreifen, Kochgeschirr, einen kaputten Wecker, ausgedientes Werkzeug, zerfledderte Bücher, sogar einen alten Autositz, wo es in den Pfützen nach den Sommerregen Millionen von Kaulquappen zu fangen gab und wo man Karnickel, Feldmäuse und Ratten mit der Schleuder erlegen konnte.

Zweitens war die Kiesgrube zu nahe an den wachsamen Augen und Ohren zu vieler Mütter. Sie wirkte als Schalltrichter, der in weit über hundert Metern Umkreis mehr an all die offenen Küchenfenster trug, als jedem von uns lieb sein konnte. Drittens war »die Kipp« Auslauf- und Dressurplatz für die Hunde der Nachbarschaft mitsamt all der Väter und Onkels, die nicht lange fackelten, wenn man sich danebenbenahm – und unter Danebenbenehmen fiel so ziemlich alles, was uns damals an Spielen einfiel. Und nicht zuletzt war sie viertens zu nahe an der Straße und damit in Sicht- und Reichweite vom alten Wachtmeister Nemczek, der täglich drei- bis viermal auf Streife war und mit seinem quietschenden Fahrrad die Grube entlangzukkelte. Und mit dem war schon gar nicht zu spaßen, es sei denn, er war auf seinen Runden schon einmal zu oft im *Zwitscherhäuschen* am Vogelsanger Markt kleben geblieben. Dann war ihm so ziemlich alles wurscht, weil er nur noch in Ruhe seinen Dienst hinter sich bringen wollte, um sich anschließend den Rest zu geben.

Ein frühes Vorbild also.

Rechts hinter der Kipp gab es eine zweite Kiesgrube, die aber noch in Betrieb war; das Gelände war eingezäunt und stand unter der Kontrolle der Arbeiter und Lastwagenfahrer. Dahinter gab es ein paar Hektar Schrebergärten, denen man besser auch nicht zu nahe kam, denn damals gehörte zu jedem Garten mindestens ein Schäferhund. Aber links, hinter dem Streifen Gebüsch aus Ginster, Brombeerhecken und mannshohen Brennesseln: das Kinderparadies! Felder mit Kartoffeln, Mohnblumen und Roggen, Schafweiden, Kuhlen voller Disteln, Klee und Löwenzahn, Hügel voller Tollkirschen, Stechäpfeln und Nußbäumchen, verschlungene Wege, die dem Szenenbild von *Am Fuß der Blauen Berge* kaum nachstanden, einer Sendung, die wir jeden Samstagnachmittag bei Heckmanns sehen durften, auf dem ersten und lange einzigen Fernsehapparat im Drosselweg: mindestens zwölf Auserwählte im Wohnzimmer, der Rest mit langen Hälsen vor dem Fenster zum Vorgarten, um unsere Helden zu sehen, Slim Sherman und Jess Harper. Und nach der Sendung ab ins Feld, um die gerade gesehene Folge nach- und hundert mögliche Varianten durchzuspielen, und immer gab es mächtig Zoff darum, wer Jess und wer Slim sein durfte. Oft genug gab es mindestens vier von beiden.

Was das alles mit Versacken zu tun hat, fragen Sie? Na, jede Menge! Als das anfing, war ich vier. Wie sang Peter Maffay so schön: *Und es war Sommer …*

Quallmänner

Paradiese, das liegt in ihrer Natur, sind nicht von Dauer. Die ersten beiden Menschen hatten bereits ausgereicht, das erste aller Paradiese verschwinden zu lassen. Mittlerweile gibt es sechs Milliarden Adams und Evas und naturgemäß nur noch ehemalige, gefährdete oder aber letzte Paradiese.
Robert Gernhardt

... Spätsommer. In einer der Senken zwischen den Feldern stand unser Clubhaus, eine Hütte aus Brettern, Ziegeln, Wellblech und Kartons. Und wir buddelten Kartoffeln aus, bauten eine Feuerstelle aus Backsteinen, Holz gab es eh in Unmengen, irgend jemand schaffte es immer, eine Schachtel Streichhölzer zu besorgen. Wenn nicht, mußte es auch mit einer Lupe oder Schortens Schäls Brille, einem Stück Zeitungspapier, trockenem Gras, Sonnenenergie und Geduld gehen. Wenn das Lagerfeuer dann brannte, wurden dünne Stöcke angespitzt, die Kartoffeln aufgespießt und über die Flammen gehalten oder in die Glut gebettet. Und während die Schale verkohlte, das Innere garte und so die Kartoffeln zu »Quallmännern« wurden, der leckersten Form von Kartoffelzubereitung meines kartoffelreichen deutschen Lebens, wurde geplant, diskutiert und entschieden, ob wir Cowboys auf einem Herdentrieb, Indianer in einem Stammeskrieg, Piraten auf einer Schatzinsel, Banditen auf der Flucht oder Soldaten auf dem Vormarsch nach Rußland waren. Wie unsere Väter. Von denen einige von dort gar nicht mehr zurückgekommen waren. Eher nicht versackt allerdings.

Und immer verbrannte man sich die Finger beim Pellen der Quallmänner, wobei eventuell tränende Augen natürlich auf den Rauch zurückgeführt wurden. Mit ein bißchen Glück hatte jemand ein Tütchen Salz, an besonders glücklichen Tagen sogar ein halbes Päckchen Margarine oder Griebenschmalz organisiert. Dazu gab es flaschenweise »Kuletschwasser«, in Leitungswasser durch heftiges Schütteln aufgeweichte Lakritzstangen, und wenn man die Flaschen schon morgens in einem Lehmloch verbuddelte, auf das im Laufe des Tages immer wieder mal jemand sein Wasser abschlug, waren sie auch am Spätnachmittag noch angenehm kühl.

Wie aber selbst der Großstädter noch wissen könnte, entfaltet ein Feuer erst dann so richtig seinen Reiz, wenn es dunkel wird. Die eiserne Regel in den meisten Familien hieß damals allerdings: »Wenn es dunkel wird, seid ihr zu Hause!« Aber wie kann man sich nach Hause trollen, wenn Funken gegen einen dunkler werdenden Himmel stieben und flackernde Schatten über die Felder tanzen? Wenn noch Quallmänner duftend in der Asche liegen, die man vielleicht sogar mit dem Taschenmesser schälen dürfte, das Brüschers Didi auf der Kirmes geklaut hat, das tolle, vielbegehrte mit dem Blechindianer auf dem roten Griff aus echtem Holz? Wenn noch sechs oder acht Freunde um das Feuer herum sitzen, mit neuen Geschichten von Seeräubern und Bomberpiloten, Tarzan, Sigurd oder Tom Mix, mit neuen Ideen und Plänen für die kommende Schlacht gegen den Gänseweg, voller Spott für den kleinen Schwab und seinen Schiß vor der überstrengen Mutter? Und hat nicht Rademachers Willi am Markt zwei erst halb gerauchte Kippen gefunden? Will nicht der Krummse Karl nach dem Essen den neuesten Tünnes-und-Schäl-Witz erzählen? Könnte nicht heute der Abend sein, auf den wir schon den ganzen Sommer warten: der Abend, an dem uns Schiefers Rita endlich mal zeigt, was sich unter ihrer grobgestrickten roten Unterhose verbirgt und warum sie nicht im Stehen und im hohen Bogen pinkeln kann wie wir alle? Und nicht zuletzt: Was ist, wenn ausgerechnet heute abend die Feinde vom Entenweg sich anschleichen, um zum vierzehnten Mal unser Clubheim, unser Fort, unsere Karavelle dem Erdboden gleichzumachen? *Sommertage so lang wie die alte Poststraße*, nennt Stewart O'Nan das.

Ach, werden Sie sagen, das ist doch schon immer bei allen Kindern gleich gewesen, daß sie kein Ende finden, die Zeit vergessen beim Spielen! Aber *ich habe nicht* die Zeit *vergessen*! Ich *weiß,* daß es dunkel wird und höchste Zeit, sich auf den Heimweg zu machen – kann ich nicht schon seit einer halben Stunde den schrill gepfiffenen Triller hören, der unser Familiensignal ist? Ist mir nicht völlig klar, wie jedem an der Theke festgewachsenen Arbeitsmann, daß es höchst unvernünftig ist, jetzt noch zu bleiben, daß jede Minute, die man den Aufbruch hinausschiebt, jeder »allerallerletzte Schluck« es nur noch schlimmer macht? Und da ist es egal, ob du Bier, Schnaps, Schampus, Martini gerührt oder geschüttelt oder Lakritzlimo trinkst, ob du vierzehn, vierzig oder eben vier Jahre alt bist – das wird Folgen haben.

Kochlöffel und Deckel

Damit einem nicht schlecht davon wird, muß man sich von Kind an daran gewöhnen.
Wenedikt Jerofejew

Eins der Phänomene, wenn man in den fünfziger Jahren aufwuchs, war die erstaunliche und immer wieder verblüffende Anzahl Bestrafungsformen, die man damals kennenlernte – phantasiereiche Variationen der körperlichen Züchtigung ebenso wie pädagogische Psychomaßnahmen, ganz in der guten, alten Schreberschen Tradition. Maßnahmen, die man erst verstehen lernt, wenn einem vierzig Jahre später ein Psychiater Erklärungen zu liefern versucht für all die Phobien, Macken und Neurosen, mit denen man zu ihm gekommen ist. Aber wie soll man auch selber darauf kommen, daß die Neigung, Wohngemeinschaftsmitglieder mit etwas zu terrorisieren, das die für krankhafte Kleinlichkeit, wenn nicht gar Geiz zu halten sich erschreckend schnell einig sind, daher kommt, daß man als Kind mehrmals im Jahr sein Sparschwein öffnen mußte, um die mühselig zusammengesparten Pfennige, Groschen und selten genug Silbermünzen zu Frau Schäfer zu tragen. Um einen neuen hölzernen Kochlöffel zu kaufen, weil die liebe Mama den alten entzweigehauen hatte, auf aus schmerzlicher Erfahrung schnellen Ellbogen, die trickreich alle für Gesäß oder Hinterkopf bestimmten Schläge abwehrten.

Und mit Geiz ist eine andere Macke schon gar nicht zu erklären: bis zum heutigen Tage nicht in der Lage zu sein, in irgendeiner Form Geld zu sparen. Geld, das reinkommt, muß sofort wieder in Umlauf gebracht werden. Wer weiß, was passieren kann mit dem hart Erarbeiteten, wenn es zu lange in der Gegend herumliegt? Im Gegenteil: Um gar nicht erst in die Situation zu kommen, daß man nicht weiß, was man mit Einkommen anfangen soll, scheint es sogar vernünftiger, sich auf erwartete Einkünfte Vorschüsse zahlen zu lassen oder sie sonstwie zu beleihen – bis Montag, bis zum kommenden Ersten, bis zur nächsten Abrechnung von Tante Gema, irgendeinem Arbeitgeber oder irgendeinem Kunden.

Was freilich der Neigung zu versacken nur entgegenkommt. »Einen Deckel machen« nennt man in Köln die verbreitete und beliebte Sitte, den Stammwirt, besser noch mehrere Stammwirte gleichzeitig, zum Privatbankier zu befördern und lästige Gedanken an den, wenn auch unvermeidlichen, Zeitpunkt des Zahlenmüssens erst einmal in tiefstliegende Schichten des Bewußtseins zu verdrängen. Davon abgesehen, daß es selbstverständlich unter der Würde eines Privatbankiers liegt, Zinsen zu erheben – welcher Wirt verdirbt es sich außerdem schon gerne mit einem Gast, der ihm hundert, zweihundert, fünfhundert Biere schuldig ist? Wie kann man, geschäftstüchtig denkend, einem solchen Gast eine letzte, eine allerletzte, eine elftletzte, eine allerallerletzte Runde abschlagen?

Fälle wie der von Schillings Pitter sollten ja wohl die Ausnahme sein – der war Anfang der Siebziger noch zwei Jahre nach dem Bankrott seiner Kneipe mit einem Köfferchen voller Dekkel in der Kölner Szene unterwegs; offene Rechnungen im Wert von siebentausend D-Mark. Von denen er dank seiner Hartnäkkigkeit doch tatsächlich noch über viertausend einzutreiben in der Lage war. Mag sein, daß das Gerücht, zwischen den Deckeln in dem Köfferchen habe auch eine geladene Pistole gelegen, die Zahlungswilligkeit manches ehemaligen Stammgastes gefördert hat.

Gibt natürlich auch Kunden wie den netten Geschäftsmann, der dieser Tage auf einer Geschäftsreise abends einen erfolgreichen Abschluß feiern ging und in einem dieser Etablissements landete, in denen man kommunikationsfreudige junge Damen mit der Einladung zu einem Cocktail nach Art des Hauses eine Freude machen kann. Gut drauf wie er war, machte der gute Mann mehreren der anwesenden jungen Damen mehrere Freuden. Weigerte sich aber am Ende des vergnügten Abends, seinen Deckel zu bezahlen. Und prozessiert jetzt gegen den Betreiber des Etablissements darum, ob eine Getränkerechnung über zwanzigtausend Euro nun Betrug sei oder nicht.

Auch eine Art zu versacken übrigens: prozessieren. Hierzulande besonders beliebt unter langjährigen Nachbarn. Es soll sogar ein Verfahren geben, das sich schon bis in die zweite Generation zieht, weil die Wärmeisolierung an Nachbar A.s Garagenaußenwand immer noch über vierzig Millimeter in das Grundstück von Nachbar B. hineinragt. Aber selbst all die, die meine Art des Versackens, also zum Beispiel dreizehn Stunden auf einem Barhocker kleben zu bleiben und Bier in sich hineinzuschütten, albern finden, muß ich um Verständnis bitten, daß ich mich bei diesem Thema nicht länger aufhalte – da hält sich selbst mein Spaß an ausuferndem Geplauder in Grenzen.

Außerdem – soweit sind wir ja noch gar nicht. Wir sind ja, chronologisch gesehen, noch so jung, daß wir Mühe hätten, überhaupt ohne Hilfe auf einen Barhocker hinaufzukommen.

Das Problem hast du doch heute noch oft genug, höre ich da einen gehässigen Mißton. Den ich jetzt einfach mal gar nicht ignoriere. Alles der Reihe nach, wie schon Jack the Ripper sagte.

Am beste jommer schwemme em Stadion!

Summertime
And the livin' is easy
So hush, little baby
Don't you cry
George & Ira Gershwin

Wenn man noch jung, gut zu Fuß und natürlich nie alleine unterwegs ist, findet man den Marsch von Vogelsang, quer durch die Felder und den riesigen alten Belvedere-Park nach Müngersdorf noch spannend und kurzweilig. Dort gibt es neben dem Fußballstadion das größte Kölner Freibad, mit einem Sprungbecken unter einem Zehn-Meter-Turm, einem Schwimmbecken mit Fünfzig-Meter-Bahnen und einem Kinderbecken mit Rutschbahn, Buden mit Limo, Eis und Würstchen, steinernen Tischtennisplatten, einem Spielplatz mit allerlei Klettergerüsten und einem enormen Bestand großer alter Bäume auf hektarweise Liegewiesen. Erst wenn an die zehntausend Menschen zu Besuch sind, hat man das Gefühl, es wird voll.

Natürlich bekamen wir zu Beginn der Saison alle das Geld für eine Jahreskarte, und natürlich hatten wir für das Geld bessere Verwendung. Schließlich kannten wir jedes Loch in oder unter dem Zaun, der sich kilometerlang um das Gelände zieht, und wenn die im Laufe des Sommers nach und nach entdeckt und repariert wurden, gab es immer noch genug Bäume, deren Äste über den Zaun hingen und kräftig genug waren, uns hinüberzutragen.

Nicht zuletzt war das die einzige Gelegenheit, bei der man die magische Grenze überschreiten durfte: Die Militärringstraße zu überqueren, in unserem Jargon auch Tillemerringstrooß genannt, war sonst bei Prügelstrafe verboten – schnelle Lastwagen, eine parallele Bahnstrecke, das geheimnisvolle Gelände des Max-Planck-Instituts, die Hunde der Kappesbauern, das Nußbaumer Wäldchen, wo ein paar Familien kampierten, die damals noch Zigeuner hießen und als unheimlich und gefährlich galten: Abenteuer mit großem A, besonders auf dem Rückweg in der Dämmerung.

Im Sommer galt die Regel, daß man im Stadion bleiben durfte, bis der Oberbademeister um halb sieben per Lautsprecher die erste Durchsage gemacht hatte, daß um acht geschlossen werde. Zufällig ergab es sich aber ziemlich oft, daß man gerade um halb sieben bei einem Tauchwettbewerb zwei Meter unter Wasser hing und die Durchsage gar nicht mitbekommen konnte. Vielleicht hatte man sich aber auch wieder auf die Halbstarken-Wiese geschmuggelt, und rings um einen herum plärrten Kofferradios oder *Mister Hit*, der tragbare Plattenspieler für Fünfundvierziger, und Cliff Richard sang zum fünfzehnten Mal *Dynamite* oder Elvis sein *Hound Dog* oder Little Richard kreischte *Tutti Frutti*. Aber selbst wenn es nur Connie und Peter waren: Wie sollte man da eine krächzende Durchsage aus weit weg stehenden Blechlautsprechern verstehen?

Denn schließlich wurde es gegen Feierabend erst richtig spannend und interessant – unter manch einem Baum lag ein Pärchen, das sich von der Sonne eines langen Sommertages so hatte aufheizen lassen, daß es sich in den Schatten und unter eine Decke legen mußte, um sich abzukühlen. Und wir lagen da, noch keine zehn Jahre alt, guckten angestrengt nicht hin und fragten uns flüsternd, was das da für rhythmische Bewegungen waren unter diesen Decken, und warum die Frau da rechts so laut atmete, als hätte sie einen Asthmaanfall, oder die da drüben Geräusche von sich gab, als schluchzte sie – ob man ihr zu Hilfe kommen müßte? Außerdem war jetzt die Stunde, wo man die Aufläufe und die heftigen Diskussionen und das Gezänk mitkriegen konnte, weil irgendwo eine Armbanduhr, ein Fotoapparat, ein paar Schuhe, ein Fahrrad, ein Büstenhalter oder ein dreijähriges Kind verschwunden waren.

Selbstverständlich mußten auch die Pänz aus den anderen Vogelsanger Straßen um die gleiche Zeit nach Hause. Und was kann man sich Schöneres für ein ordentliches Scharmützel denken als den Belvedere-Park mit seinen jahrhundertealten, meterdicken Bäumen, massenhaft frisch geschnittenen, schmerzhaft elastischen Weidengerten, ganzen Feldern von schulterhohen Brennesseln, in die man einen kurzbehosten Gegner jagen konnte. Unmengen von Astgabeln in perfekter Schleudergröße – einen Einmachgummi hat man ja immer dabei –, zentnerweise Hasenköttel, mit denen man diese dann munitionieren konnte. Massenhaft Material für Pfeil und Bogen, all die tiefen Schatten bei Sonnenuntergang, in denen man sich verbergen, dichte Wipfel, aus denen man sich unvermutet auf einen Feind stürzen konnte. Wer guckt da auf die Uhr?

Wer hatte überhaupt eine? Bis zur Kommunion, zu der man seine erste Armbanduhr geschenkt bekam, für die alle Onkels und Tanten gesammelt hatten, waren es noch ein, zwei Jahre hin, und wie soll man die Zeit nach der Sonne bestimmen, wenn man sie nicht mehr sehen kann? Also blieb es, wie es immer schon gewesen war: Man hat Angst, nach Hause zu kommen, weil man da bloß wieder ausgefragt wird, wo man gewesen ist, was man mit wem getan hat. Und weil man weiß, daß schon die Wahrheit strafbar ist, egal, wie sie aussieht. Angst, zu spät heimzukommen, weil man fürs Zuspätkommen drastisch bestraft wird. Und wegen eben dieser Angst schiebt man den Heimweg einfach immer weiter hinaus, bis man die Hand kaum noch vor Augen sehen kann. Sommerzeit – Kochlöffelzeit.

Hazy Shade Of Winter

Der Wein ist gleichsam die Lauge unserer Erinnerungen, und mit dem Duft aus einem guten Glas steigt immer auch ein Stück Vergangenheit auf.
Thomas Karlauf

Aber der Winter hatte ja auch seine Tücken. Schlittenrennen, Schneeballschlachten und Rutschbahnschlagen machten doch erst richtig Spaß, wenn es Abend wurde, die nächste funktionierende Straßenlaterne hundert Meter weit weg (wer schraubte da eigentlich alle drei Tage wieder eine neue Birne rein?) und die einzige Beleuchtung das stumpfe Schimmern des Schnees war, während der Rest der Welt nur aus Schatten bestand. Ein Busch? Ein Stück Sperrmüll? Ein Hund? Ein Freund, ein Feind? Wenn man das Ende des Hanges nicht mehr sehen konnte, den man sich, bäuchlings auf seinem Schlitten liegend, todesmutig (und insgeheim angstschlotternd) hinunterstürzte. Wenn man auf eine dreißig Meter lange Rutschbahn zurannte, die man erst im letzten Moment vor den Füßen glitzern sah, eine dunkel glänzende Wunde in der Schneedecke, von der man nicht wissen konnte, ob sie noch so glatt und unversehrt war wie beim letzten Lauf – oder hatte jemand aus dem feindlichen Lager inzwischen eine Handvoll Asche darauf gestreut, eine noch warme Urinpfütze geschaffen? Konnte man sicher sein, ob auf dem Schlitten, auf den man sich aus vollem Anlauf warf, nicht ein paar Pferdeäpfel lagen oder Eissplitter? Waren die Schneebälle, die plötzlich aus der Dunkelheit geflogen kamen, tatsächlich nur aus Schnee? Oder waren sie in Schnee verpackte Hundeköttel, rohe Eier oder gar Steine? War das, was da drüben hockte und ein dampfendes Loch in den Schnee pinkelte, Schiefers Rita (nix wie hin!) oder Entenweg-Jüppchen (nix wie weg!)? An die Uhrzeit denken? Ans Nach-Hause-Gehen?

Wo man doch außerdem bis hierher riechen konnte, daß es überall wieder dieses eklige, zerkochte Wintergemüse gab, Wirsing, Rosenkohl, Steckrüben, das man nur unter Beschimpfungen und Schlägen in den Nacken, mit Hängen und Würgen, vor allem reichlich Würgen hinunterbekam. Und das auch nur deshalb, weil es nur schlimmer kommen würde, falls nicht. Dann bekam man nämlich die nicht geschaffte Pampe am nächsten Morgen zum Frühstück wieder vorgesetzt. Kalt. Die goldenen fünfziger Jahre. Man sollte ja groß und stark werden. Um es dann mal besser zu haben. Ich mag heute noch keinen Rosenkohl. Und wenn ich was wortwörtlich zum Kotzen finde, dann ist es Rhabarberkompott. Aber ich muß ja keinen mehr essen. Hab's also tatsächlich besser heutzutage.

Wer hätte das gedacht, damals.

Kirmes

Half a mile from the country fair
An' the rain kept pourin' down
Me an' Billy standin' there
With a silver half a crown ...
We just stood there gettin' wet
With our backs against the fence ...
An' it stoned me to my soul ...
Van Morrison

Da war der Herbst schon reizvoller. Zwar auch Kochlöffelsaison, aber da lohnte es sich wenigstens – im Herbst kam die Kultur nach Vogelsang. Eines Mittwochmorgens im September wachte man auf von einem heftigen Gerumpel auf der Straße, von hustendem Traktorengedröhne und klappernden Pferdehufen, von Stimmengewirr und Leierkastengejaule – die Kirmes war da. Auf dem plattgewalzten Lehmplatz neben der Kipp wurde ein Bierzelt für ungefähr hundert Personen hochgezogen, es gab ein Kettenkarussell und eins mit Holzpferdchen und Feuerwehrautos, zwei Losbuden, eine Schießbude, eine zum Ringe- und eine zum Bällewerfen, zwei, drei Stände mit Zukkerwatte, gebrannten Mandeln, Paradiesäpfeln und anderen Süßigkeiten. Und ein Mann auf Stelzen stakste herum, schwang eine Glocke und pries die Attraktionen an. Das schaffte der damals noch ohne jede Verstärkung, denn die einzige Musik kam tagsüber von dem Leierkastenmann, der zum Kettenkarussell gehörte, und abends von dem Akkordeonspieler im Zelt. Aber da saß der Stelzenmann auch schon an einem der langen Tische und kühlte seine heisere Kehle. Meistens gab es sogar eine kleine Manege von der Größe eines Boxrings, in der man auf einem Pony im Kreis herumreiten konnte, und manchmal gehörte noch der Mann im Eisbärfell dazu, der sein Geld damit verdiente, daß seine Frau ihn mit überwiegend erschrocken plärrenden Kindern auf dem Arm fotografierte.

Beim Größenvergleich der Pferdemanege komme ich übrigens nicht von ungefähr auf einen Boxring. Wenn die Ponys schon lange im Stallwagen dösten, wurden Streitigkeiten, die im Bierzelt entstanden waren, schon mal auf die »gute alte Art«, Mann gegen Mann, in diesem Rund ausgetragen. Wie konnte man also zum Abendessen zu Hause sein, wenn es vielleicht noch einen spannenden Kampf zu sehen gab? Wenn Onkel Fred sich vielleicht mal wieder Döllers Albert zu stellen hatte, was auf den ersten Blick eine ungleiche Paarung zu sein schien – Onkel Fred arbeitete im Labor der chemischen Fabrik, und Albert fuhr einen Kieslaster, und wenn er sein Hemd auszog, was er gerne tat, setzten alle Auswärtigen sofort auf ihn. Aber Onkel Fred war der jüngste von sechs Brüdern, der hatte von klein auf lernen müssen, sich zu wehren, und hatte so manchen Trick auf Lager, der gegnerische Körperkraft relativierte. Praktisch war es dann natürlich, wenn die Kampfhähne wegen ihrer blutverschmierten Gesichter nicht mehr zurück ins Zelt gelassen wurden und eine Gruppe unserer Partei den Sieger auf Schultern bis zur Haustüre tragen durfte (wo er dann auf seinen Sieg noch einen Kasten Bier aus dem Keller holen mußte). Da war man fein raus, konnte man doch in dem allgemeinen Gewusel durch die Maschen des mütterlichen Zorns schlüpfen und sich schlafend stellen, wenn sich alles beruhigt hatte und sie ihren Kontrollgang machte.

Schlechtere Karten hatte man, wenn die Siegesfeier im Bierzelt stattfinden konnte. Mit etwas Glück kam man vielleicht damit durch, daß man auf betrunkene Onkels warten mußte, um sie nach Hause zu bringen. Größer war allerdings die Wahrscheinlichkeit, daß einen ein wutschnaubender Drache im geblümten Kittel dabei erwischte, wie man an irgendeines Onkels Bier nippte. Oder wie man vor einem Glas Malzbier saß und mit glänzenden Augen den Akkordeonspieler beobachtete, der eine Baßtrommel auf den Rücken geschnallt hatte, die er mit einem am Fuß befestigten Zugdraht bediente, während er auf dem Kopf einen Schellenbaum trug – was für ein Künstler! Ein

Fuß trat den schweren Takt, der Kopf machte permanent nein, nein, nein, damit die Schellen rasselten, zehn Finger hüpften auf schwarzen und weißen Tasten und Baßknöpfen umher, und dazu sang er noch *Heidewitzka, Herr Kapitän*! Natürlich würde ich Musiker werden, wenn ich mal groß und stark wäre! Und natürlich kann ich da nicht weg, mitten in einem Schlüsselerlebnis, in einer Kette von Schlüsselerlebnissen: kämpfende Männer, knutschende Pärchen, Bier, Stimmung, Tanz, die hohe Kunst der musikalischen Unterhaltung, echte Virtuosität! Wie kann ich da nach Hause gehen?!

Versackt. Mit vier. Sag' ich doch.

Fastelovend zesamme!

Kölsche Mädche, kölsche Junge
Sin däm Herrjott joot jelunge
Denn Hä hät selver sich jesaat:
Die häste fein parat jemaat!
Fritz & Engelbert Sassen

Selbstverständlich ist es leicht, sich über den Karneval zu mokieren, im Rheinland auch »Die Fünfte Jahreszeit« genannt. Die alberne Aufgeblasenheit oder auch aufgeblasene Albernheit der uniformierten Sitzungskarnevalsvereine, wo cholerische Wichtigtuer so tun, als pflegten sie Volksbrauchtum, während sie doch bloß einen Vorwand brauchten, erstens ihre Lust am Militärischen zu befriedigen, an Hierarchien, preußischen Rudelbräuchen und Uniformen, zweitens mit quasioffiziellem Segen über die Stränge zu schlagen, sprich: sich zu besaufen und jungen Mädchen Bützjer (Sabberküßchen) ins Gesicht zu drükken, und drittens, vor allem, zum Kreis derer zu gehören, die in der Stadt am Drücker sind, die Pöstchen und Geschäftchen verteilen, sich exzessiv dem hingeben, was der Kölner »klüngeln« nennt. Oder wie der Kabarettist Wilfried Schmickler, obwohl Leverkusener, so schön gedichtet hat: *Wenn du einen kennst, der einen kennt, der einen kennt, dann ist das in der Regel kein Problem …*

Aber das Klüngeln und Saufen und Bützen sind ja nur Auswüchse. Deswegen gleich hinzugehen und jedem Karnevalisten faschistoides Denken zu unterstellen, halte ich für reichlich übertrieben. Davon abgesehen, daß dieses Denken in Schrebergarten- und Tennisvereinen, Hausmeisterinnungen und freiwilligen Feuerwehren, Kegel-, Golf- und Taubenzüchterclubs, neben Stammtischen aller Art, mindestens genauso weit verbreitet ist wie bei den Schunkelbrüdern. Und das ist auch keineswegs eine rein deutsche Unart – gehen Sie mal auf eine englische Hundezüchtermesse, zu einer portugiesischen Busfahrerweihnachtsfeier, in einen italienischen Fußballfanclub, auf ein schwedisches Motorradfahrertreffen, eine texanische Kirmes, um nur ein paar Beispiele zu nennen. Dumpfbackentum war immer schon global.

Und die Schnapsnase, die sich in der vorletzten Session nicht entblödete, »Wollt Ihr den totalen Krieg?« in den lustig geschmückten Saal zu schmettern!? höre ich da einen Einwand. Den ich weiterleite an den Kollegen Harald Schmidt:

»Was hacken die denn alle auf dem armen Kerl rum? Der hat doch nur gefragt! Viel interessanter wäre doch, zu erfahren, was die Zwölfhundert da unten geantwortet haben!«

Eben. Danke, Harald.

Außerdem kommen wir mal wieder ein wenig vom Thema ab – wenn man auch das Treiben manch eines Karnevalsvereinsmitglieds als ein einziges dreimonatiges Versacken betrachten könnte, vom Elften im Elften um elf Uhr elf auf dem Altermarkt bis zum Fisch-»Essen« im Vereinslokal am Aschermittwoch.

Ursprünglich ist ja Karnevalfeiern einfach nur das Austreiben des Winters und dessen finsterer Geister. Erst später in der Geschichte kam hinzu, daß man noch einmal auf die Kacke hauen durfte vor dem großen, reinigenden Fasten. Und noch später das Bedürfnis des gemeinen Volkes, der Obrigkeit wenigstens für drei tolle Tage auf dem Kopf herumzutanzen und sich gegen Versammlungs-, Tanz-, Vermummungs- und Alkoholverbot aufzulehnen. Leider entstand daraus im Laufe der Jahre in Köln so etwas wie ein Vermummungsgebot – Sie können noch so besoffen in der Gegend herumtorkeln und noch so laut *Mir losse d'r Dom in Kölle* grölen, wenn Sie nicht wenigstens Ihre Visage bemalt und Ihren Schlips schief geknotet haben, gelten Sie als Miesepeter und versauen den anderen die tolle Stimmung, was die Sie auch schnell und oft empfindlich spüren lassen. Kölsche »Tolleranz«.

Aber die kennt man ja schon von Kind auf. Als, sagen wir mal, Achtjähriger in den fünfziger Jahren gab es, grob geschätzt, sechs mögliche Karnevalsverkleidungen: Clown, Cowboy, Indianer, Heinzelmann, Pirat – und Holländer. Holländer? Holländer, warum auch immer. Wohl vor allem, weil es ein billiges, leicht selbst herzustellendes Kostüm war, von der mit schneller Nadel selbstgenähten blauen Pluderhose über den mit dem gleichen blauen Stoff umnähten Kinderschuhkarton, der als Kopfbedeckung diente, bis zu der Welthölzer-Schachtelhülle, mit der das ebenfalls blaue, weißgepunktete Halstuch vorne zusammengehalten wurde.

Aber für einen echten Vogelsanger Jung? Der doch da draußen eigentlich schon ein Kerl war, mit seinem Packen Fußballbildern und der Doppelschleuder, der halben Schachtel *Tula* und dem blauen Auge von der Keilerei mit Essers Hänschen? Holländer ...?!

Über Jahre jeden Februar der gleiche Kampf:

»Aber dies' Jahr werd' ich Cowboy!« (»Kobeu« ausgesprochen!)

Von wegen.

»Erstens haben wir kein Geld, einen Kobeuhut und einen Kobeugürtel und alles zu kaufen, zweitens will ich nicht, daß du mit einer Pistole rumspielst, auch wenn es nur eine mit Knallblättchen ist, außerdem geht mir die ständige Knallerei furchtbar auf die Nerven!«

»Ich knall' auch nur draußen!«

»Und drittens paßt dir der Holländer doch noch – du siehst so süß aus darin!«

Süß! Ich!! Süß aussehen ist natürlich das letzte, was mir für dieses Wochenende erstrebenswert erscheint. Aber leider bin ich selbst mit zehn noch weit davon entfernt, eine Chance gegen den Familienrat zu haben. Also marschiere ich zähneknirschend, mühsam meine Wuttränen unterdrückend, in diesen blöden unpraktischen Holzschuhen (renn mal mit diesen Dingern vor einer Bande von Bickendorfer Seeräubern davon!), der albernen Pluderhose und dem dämlichen Pappkäppi bis zu meinem Freund Fibbes. Wo ich mir dann wenigstens einen alten schwarzen Hut seines Großvaters anziehen, einen gefährlichen Schnurrbart anmalen und einen schwarzen, aus Autoreifengummi zurechtgeschnittenen Gürtel mit meiner Wasserpistole umschnallen kann – bin ich eben, wenn schon Holländer, dann ein holländischer Bandit!

Und kann mit meiner Bande Richtung Innenstadt ziehen, Knallerbsen zwischen Netzstrümpfe schmeißen, mit meiner Zuckerwasserpistole die Perücken von Prinzessinnen, Indianersquaws und – ja! – holländischen Meisjes verkleben, einem kleinen roten Funken die weiße Hose so vollspritzen, daß es aussieht, als hätte er sich bepinkelt, und sogar einen Ehrenfelder Wyatt Earp mit einem meiner Holzklompen verhauen, bis er mir seinen Sheriffstern (echt silbern aus der großen Zehn-Pfennigs-Wundertüte!) überläßt. Und natürlich müssen wir die halbe Packung *Tula* rauchen und, wo immer möglich, Reste aus herumkullernden Bierflaschen oder aus auf Fensterbänken abgestellten Kölschgläsern trinken.

Staunend beobachten wir, wie spätestens nach Einbruch der Dämmerung die Großen immer verrückter werden, wie Leute, die einen das ganze Jahr über zusammenstauchen, wenn man auch nur gähnt, ohne die Hand vor den Mund zu halten, sich gegenseitig anrülpsen, herumschubsen und sich lachend Bier über den Kopf schütten, während sie auf Bänken herumspringen und ihrer kreischenden Nachbarin in den Hintern kneifen. Sehen fassungslos, wie sich Herr Hamann und Frau Frings gegenseitig die Zähne ablecken, während Herr Frings mit Frau Hamann so was ähnliches wie Walzer tanzt, eine Hand unter ihrer Matrosenbluse, sein Knie zwischen ihre Schenkel gedrückt. Beobachten, wie einer unserer Lehrer, als Negerhäuptling verkleidet, sich mit gekreuzten Knochen in der Kraushaarperücke und der schwarzen Schuhcreme im Gesicht für so incognito hält, daß er meint, unerkannt an die Fassade vom Mauser-Eck pinkeln zu können und im hohen Bogen »Alaaf« auf den Bürgersteig zu malen, während er *Am Aschermittwoch ist alles vorbei* singt. Und ist das nicht unser Briefträger, der da als eine Art

Ölscheich (Bettlaken umgehängt, mit verschiedenfarbigen Einmachgummis um den Kopf gebunden, Sonnenbrille in der braungefärbten Visage) auf der Treppe vom Friseur sitzt und fasziniert in die Lache zwischen seinen Füßen starrt, in der man unschwer die Reste einer üppigen Kartoffeln-mit-Bohnen-und-Speck-Mahlzeit erkennt?

Kann man von uns so was wie Zeitgefühl verlangen, wenn die ganze Stadt voll *Trara* und *Tschingderassabum* und *Ajuja, Ajuja* ist, voller Verrückter, Losgelassener, Wildgewordener? Um diese Jahreszeit wird es doch so früh dunkel, daß man gar nicht sagen kann, ob es nun zehn nach sechs oder zehn vor acht ist! Und nicht zuletzt schwebt doch auch über uns der Zwang, die paar Tage auszunutzen, so gründlich es geht – schließlich ist ja tatsächlich *am Aschermittwoch alles vorbei*, gerade für uns Schulkinder.

Reelin' And Rockin'

There must be some way out of here
Said the joker to the thief
There's too much confusion
I can't get no relief
Bob Dylan

Gerade zwölf geworden, bekam ich vom Christkind ein Transistorradio geschenkt. Ich hatte zwar schon nicht mehr daran geglaubt (weder an das Christkind, noch daß ich jemals ein eigenes Radio besitzen würde), aber da war es: ein Radio! Ganz für mich alleine! Mit Batterien! Das ich daher sogar überallhin mitnehmen konnte! Aus dem Sender zu hören waren, die auf dem Radio in der elterlichen Küche sofort weggedreht wurden. Die Sender mit der »Negermusik«, mit Louis Armstrong und Ella Fitzgerald, mit Lonnie Donegan und John Lee Hooker, mit Chris Barber und Paul Anka, Bill Haley und Chubby Checker ...

Gleich an diesem Heiligen Abend machte ich nach Braten und Bescherung einen langen, langen Spaziergang, zwar schlotternd vor Kälte, aber glücklich. Okay, ich mußte auch diese blöde neue kragenlose Jacke mit den dämlichen Trachtenknöpfen tragen, aber was hieß das schon – erstens war es bereits dunkel, zweitens war die Stadt wie leergefegt, und drittens lief auf Radio Luxemburg das *Christmas Special*. Da hörte ich zum ersten Mal Chuck Berry *Memphis, Tennessee* singen, Tränen in den Augen – ich, nicht Chuck –, und danach war sowieso alles egal.

Und weil es auch noch Elvis und Jerry Lee und Fats Domino und die SHADOWS und die TORNADOS und all die anderen gab, um Himmels willen nicht zu vergessen die SPOTNICKS, zog sich mein Spaziergang beträchtlich in die Länge, und natürlich kam ich viel zu spät wieder nach Hause zurück, und natürlich endete auch dieser Heilige Abend mit Gezeter und ein paar Ohrfeigen. Und damit, daß das schöne neue Radio eine Woche in den Schlafzimmerschrank geschlossen wurde.

Aber auch diese Woche ging irgendwie vorüber, und danach war ich etwas resistenter gegen all den Ärger, den Elternhaus, Schule, das Leben auf der Straße, überhaupt die Wirklichkeit da draußen, außerhalb meines Kopfes, für mich in petto hatten, nicht nur deswegen, weil mich eine vorpubertäre Trotzphase stärkte, sondern weil ich Nacht für Nacht Kraft schöpfen konnte – unter der Bettdecke, diesen rauschenden, zirpenden und zischelnden kleinen Apparat an mein heißes Ohr gepreßt, den lockeren englischen und amerikanischen Radio-DJs lauschend, und mich von Ray Charles, Tennessee Ernie Ford, Pat Boone oder von mir aus sogar Doris Day verzaubern ließ.

Eine der großen Enttäuschungen meiner Jugend war später ein erster Besuch in Luxemburg – das sollte das Land sein, aus dem all diese prägenden Nächte lang all diese wunderbare Musik gekommen war …? Das war ja noch schlimmer, als zu erfahren, daß Gary Cooper bloß mit Platzpatronen schoß, in Godzillas Fell ein Schauspieler steckte und Tarzans Dschungel in einem Studio in Hollywood lag.

Natürlich bin ich oft mit einem schmerzenden Ohr aufgewacht, von dem kleinen Kästchen, auf dem ich eingeschlafen war, bei *Only You* vielleicht oder Matt Monroes *Walk Away*, und dessen Batterien ärgerlicherweise schon wieder leer waren. Immerhin Anlaß für phantasievolles In-Gang-Setzen früher krimineller Energie (wofür sollte mein mageres Taschengeld denn noch alles reichen?!). Aber noch öfter kam es vor, daß ich spätestens in der dritten Stunde in der Schule wegdöste – weil ich nachts eben mal wieder versackt war. Beim Radiohören. Stocknüchtern, Herr Pfleger.

Dann räumte Frau Möller ihren Speicher auf.

Und beschloß, ein paar Dinge zu entsorgen, die sie eh nie wieder benutzen würde. Eine Menge Dinge, besonders für eine über sechzigjährige Frau im fünften Stock. Der Deal war schnell geschlossen – ich schleppte den ganzen Klumpatsch die fünf Treppen runter, und was ich davon gebrauchen konnte, dürfte ich behalten, das Einverständnis meiner Mutter vorausgesetzt.

So bekam ich meinen ersten Plattenspieler. Ein *Philips*-Koffergerät, das aussah wie eine Hut- oder Tortenschachtel, halbrund, mit einem hellbraunen Kunstlederbezug. Der Lautsprecher (von wegen: Stereo ...!) saß im Deckel und hatte an Bässen nicht viel zu bieten. Aber ich stellte das Ding auf das lange, dikke Holzbord meines Klappbetts, über das die tieferen Schwingungen auf das ganze Bett übertragen wurden, so daß ich die Bässe zwar immer noch nicht hören, aber um so besser spüren konnte. Außerdem hatte das Laufwerk drei Geschwindigkeiten, dreiunddreißig Umdrehungen für Langspielplatten, fünfundvierzig für Singles und sogar noch achtundsiebzig für die alten Schellackplatten. Von denen Frau Möller sogar noch einen ganzen Packen hatte – *Die beliebtesten italienischen Arien, Alte Kameraden und andere Militärmärsche, Rudi Schurickes größte Erfolge, Die schönsten Heimatlieder* und so weiter. Und natürlich die unvermeidlichen *Wiener Lieder* mit Peter Alexander. Aber auch Glenn Miller, die PAPA BUE'S JAZZ BAND oder das Orchester Bert Kämpfert waren vertreten, und das Modernste war ein Album von und mit Al Caiola, mit seinen Versionen von *Tequila, Ghost Riders In The Sky* oder *Apache*. Ein geborgener Schatz also. Und das Allergrößte: Es gab ein kleines Hebelchen, mit dem man den Tonarm dazu verdammen konnte, am Ende einer Platte wieder auf Anfang zu gehen und die Platte von vorne zu spielen. Und noch mal und noch mal. Ohne daß je eine Batterie leer werden konnte. Genial.

Bin nur ein Johnny / zieh' durch die Welt / singe für money / tanze für Geld / Heimat, wann werd' ich dich wiederseeeeeheeeeen ... – Paul Abrahams *Blume von Hawaii,* von abends um neun bis morgens um sieben – das muß doch prägen ...

Da ich seinerzeit noch kein *money* mit Singen machte – von meinen tänzerischen Fähigkeiten wollen wir hier mal nachsichtig ganz schweigen –, hieß es arbeiten gehen. Wagen waschen, Zäune streichen (Tom Sawyer ließ grüßen), Hecken schneiden. Steuerkarten austragen. Oder Blumen ausfahren zum Beispiel, mit einem klapprigen Fahrrad. Gut für Beinmuskulatur, Ortskenntnis und höfliche bis schleimige Umgangsformen. Und die frühe Erfahrung, wie man Menschen Trinkgeld aus den geizigen Rippen leiert.

Geld für eigene Platten.

Noch heute liebe ich meine erste Single – *Wonderful Land* von den SHADOWS. Auch dieses Stück prägend, in mehrfacher Hinsicht. Erstens bediente es meinen Drang nach Modernem, also elektrische Gitarren; zweitens meinen Hang zum Kitschigen, also schwelgende Geigen. Drittens brachte mich das auf den Trichter, ein System zu entwickeln, nach dem Platten gekauft werden konnten. Oder mußten: Deduktion. Fährten lesen und verfolgen. Al Caiola spielt *Apache*. Find ich gut. Das spielen auch die SHADOWS, also wird's wohl nicht verkehrt sein, deren neue Single zu erwerben. Al Caiola spielt aber auch eine Instrumentalversion von *Memphis, Tennessee*, einer Komposition eines gewissen C. Berry, der sich als Chuck entpuppt – also wird's ja wohl nix schaden, sich mehr von dem anzuschaffen; bei dem hört man wiederum *Johnny B. Goode*, das später auch die STONES spielen, die einen zu Alexis Korner führen, der einen nicht nur zu den originalen schwarzen Bluesvätern und -müttern, sondern auch zu John Mayall geleitet, bei dem eine Weile ein gewisser Peter Green angestellt ist, was die Anschaffung des ersten FLEETWOOD-MAC-Albums unabdingbar macht. Das einen über den Produzenten Mike Vernon zu CHICKEN SHACK bringt (und daß deren Christine Perfect später mal bei FLEETWOOD MAC landet, wundert einen dann kein bißchen – die machen's doch bloß genauso wie ich ...). In John Mayalls unerschöpflicher Reihe von BLUESBREAKERS stößt man aber auch auf den Schlagzeuger Aynsley Dunbar, mit dem man eine lange Reise bis hin zu Frank Zappa unternimmt, der einem wiederum nahelegt, sich Schönberg und Varese anzuhören, oder, wieder zurück zu John Mayall, selbstverständlich auf Eric Clapton; mit dem gelangt man zu Jack Bruce, und mit den beiden zusammen zu Ginger Baker, der einen in der Folge mit nach Afrika nimmt ... – während Herr Korner einen dazu verführt, sich schon früh im Kölner *Storyville* alles anzuschauen, was das Etikett Rhythm & Blues trägt. Womit man unter anderem ein Bühnentier namens Van Morrison entdeckt, der einen ein paar Jahre später, in einer Phase, in der man glaubt, ein supertoller, wenn nicht gar Kölns allertollster Bassist zu sein, mit Richard Davis konfrontiert, der einen mit seinem Kontrabaß-Spiel nicht nur – höchst heilsam – vom Sockel des Hochmuts stürzt, sondern auch in die Welt des Jazz einlädt ... – bis Miles Davis und *Bitches Brew* und Joe Zawinul's WEATHER REPORT einen völlig umhauen.

Eine lange, lange Reise durch Moden und Stile, durch Kontinente und Zeitalter – ausgelöst durch die Geigen der Ouvertüre der *Blume von Hawaii*. Hans Albers nicht zu vergessen.

Langweilig?

Nö, keineswegs. Nicht für mich. Nicht langweiliger jedenfalls als Ihre Briefmarkensammlung oder Ihr Vergnügen daran, sieben Jahre Bastelei und Schrauberei dafür zu opfern, daß ein 1929er Mercedes noch mal durch den TÜV kommt. Eiffeltürme aus Streichhölzern. Drei-Zimmer-Genossenschaftswohnungen mit Terrarien bis an jede Decke, bevölkert von hundertachtundzwanzig Leguanen, Kreuzottern und Vogelspinnen. Der Ehrgeiz, Schnurrbartträger des Jahres zu werden. Oder Weltmeister im Pfahlsitzen.

Oder Memorabilia sammeln. Kommt mir doch eben, wo wir gerade bei Clapton waren, die kleine Zeitungsnotiz unter, nach der eine von Slowhands legendären Fender-Stratocaster-Gitarren, unter uns alten Rock-'n'-Roll-Freaks auch lässig Strats genannt, bei einer Versteigerung für sage und schreibe 959 000 Dollar unter den Hammer gekommen ist. Paßt erst recht zu unserem Thema, als Herr Clapton den Erlös einer von ihm selbst gegründeten Trinkerheilanstalt auf der Trauminsel Antigua gespendet hat. Bei der Adresse und dem Etat kommt ja beinahe sogar ein alter Biertrinker wie ich ins Grübeln. Um nicht zu sagen ins Schwanken.

Und ja, natürlich ist mir bewußt, daß ich gerade keinerlei

Chronologie eingehalten habe und kreuz und quer und vor und zurück durch meine musikalische Sozialisation getorkelt bin. Genau so habe ich aber zwei Jahre lang jeden zweiten Vormittag im damals besten und im Grunde einzigen tauglichen Plattenladen in der Kölner Innenstadt gestanden, dem *Electrola-Musikhaus*, und mich durch die Reihen der Neuerscheinungen gewühlt. Jedes einzelne Cover in die Hand genommen und genauestens die Angaben auf der Rückseite studiert. Als man – nostalgisches Schluchzen – das noch konnte, als das sogar noch Sinn machte. Habe fast mein gesamtes, als Kölns jüngster Hotelportier schwerverdientes Geld für noch schwerere Stapel Langspielplatten ausgegeben, habe in diesem Laden nach einer nächtlichen Zwölf-Stunden-Schicht mit vor Müdigkeit brennenden Augen so lange herumgewühlt, bis entweder keine neue Platte mehr zu finden oder mein Geld alle war. Habe diese Stapel oft genug zurück zu meinem Arbeitsplatz geschleppt, um mir dort einen Heiermann für ein Taxi zu leihen, damit ich meine Schätze nach Hause schaffen konnte. Und obwohl man in jenen schönen Zeiten weder seine Fingernägel noch Schäden am Cover riskieren mußte, weil das eklige Verschweißen von allem und jedem noch nicht erfunden war, dauerte es weitere Stunden, die alle auszupacken, Covertexte und Innencover zu lesen, mal die, mal jene Neuigkeit aufzulegen … – und nicht selten mußte ich plötzlich feststellen, daß es draußen schon wieder dunkel wurde und ich weder etwas gegessen noch geschlafen hatte, obwohl abends um neun meine nächste Schicht anfing.

Versacken, auch das. Und nicht eine Sekunde langweilig.

Und schon wieder kein Tropfen Alkohol im Spiel – langsam krieg' ich einen trockenen Hals.

Ich brrrauche keine Millionen

Mehr und mehr bildeten sie eine Gesellschaft für sich. Abgekapselt von allem, lebten sie für ihre Interessen, und es erwuchs zwischen den dreien eine Vertrautheit, die ihre eigene wechselnde Geschichte hatte, ihre eigenen Stimmungen und Momente voll beklommener Stille, ihre Rivalitäten, Kämpfe um Vorherrschaft, nicht gehaltene Vorsätze ...
David Malouf

Da waren nämlich diese drei Freunde, in einer Quarta 1963. Schon seit über einem gemeinsamen Jahr recht geübt und eingespielt im Aushecken und Ausführen von Plänen, Projekten und Streichen, die ihnen schon früh den Ruf von Quertreibern einbrachten. »Asoziales Gesocks« gar nannte sie ihr Kommißkopp von Klassenlehrer, der auch noch ihr Englischlehrer war, was ihn schwer wurmte. Anglophil, wie die drei schon sehr früh waren (weswegen sie auch nicht mehr Hans-Günther, Karl-Heinz und Richard hießen, sondern Larry, Brian und Rich), hatten sie sämtlich eine Eins in seinem Fach, und das auch noch, ohne sichtlichen Fleiß an den Tag zu legen. Hatten sie ja auch gar keine Zeit zu, schließlich waren sie reichlich damit beschäftigt, sich Blödsinn auszudenken und überall anzuekken. Außerdem gingen sie gemeinsam sowohl zum Judo- als auch zum Boxtraining, einen Zigarettenautomaten knackten sie in achtzehn Sekunden, ein Fahrrad in elf, auf jeder Kirmes um die Raupe herum waren sie schon berüchtigt, und in der großen Pause konnten sie sehr bald in Ruhe neben der Toilette ihre Zigaretten rauchen, nachdem ihnen ein paarmal der eine oder andere Pausenaufsichtsprimaner auf den Schulhof gefallen war. Eine Karriere, die sich bedrohlich der sogenannten schiefen Bahn näherte, schien nicht ausgeschlossen. Zwar gab es auch ihre Vorliebe für Musik, aber irgendwie war das Repertoire der Skiffleband, in der sie Gitarre, Banjo und Waschbrett spielten, noch nicht das Gelbe vom Ei: *Michael, Row The Boat*

Ashore und *Hey Li, Hey Li Lo* ... Von *Ice Cream* ganz zu schweigen.

Und dann kam Larry nach den Osterferien aus London zurück, im Gepäck einen Haufen Zeitungsausschnitte, in denen von den Schlachten zwischen Rockern und Mods im englischen Badeort Brighton berichtet wurde, inklusive Fotos von überaus wild aussehenden Jugendlichen – lange Haare (bis über den Kragen! über Ohren und Augenbrauen!), mit Nieten verzierte Lederjacken, ausgestellte, ja ausgefranste Jeans ...! Und dann legte Larry in seinem Zimmer die erste von einem Päckchen Singles auf.

Laut.

Sehr laut.

House Of The Rising Sun. In der Version der ANIMALS.

Und schon die ersten zwei Takte ließen die Härchen auf unseren Armen sich aufrichten – eine elektrische Gitarre! Gespielt, als würde der Gitarrist sich damit durch das Schaufenster vom feinen Herrenausstatter *Wormland* sägen wollen, dann diese Stimme, die klang, als seien John Wayne oder Gary Cooper Milchbubis gegen diesen Sänger da – der meinte es wirklich ernst! –, und diese schmutzige Orgel, das böse klirrende Becken ... Und die Dramaturgie, dieser Spannungsbogen, diese Steigerung: Sex, bevor wir uns noch richtig mit diesem Thema beschäftigt hatten. (Mädels waren bis dato noch in einem Paralleluniversum lebende Geschöpfe, die man allenfalls wunderbar verarschen konnte ...) Die Trommeln der Rebellion! Und nach viereinhalb Minuten mußte die Nadel noch mal auf Anfang gesetzt, der Lautstärkeregler bis zum Anschlag aufgedreht werden, und noch mal und noch mal, und dann war eins völlig klar: Das wollten wir auch! So wollten wir klingen, wie ein Schlag mit einem schweren Lederhandschuh ins Gesicht, und so wollten wir aussehen, langhaarig, lässig, auffällig, erwachsen, gefährlich, also mußten wir sofort, hier und jetzt, eine Band gründen und uns die Haare wachsen lassen, und wir würden jeden verdammten Tag üben, von mittags bis abends, bis wir so klingen würden wie die da und rausgehen könnten und auftreten und anderen, Hunderten, Tausenden dieselbe Gänsehaut verschaffen, und dann würden wir auch solche Platten machen und groß rauskommen und Millionen verdienen und die Welt, oder zumindest unsere Heimatstadt, mit Sachen schocken wie dem Rolls-Royce mit Chauffeur, der im Schrittempo neben uns herrollen müßte, während wir lässig den Eigelstein und die Ringe hoch zur *Rolltreppe* latschten, um unsere Cola zu trinken und diesem beschissenen Geschäftsführer, der uns schon ein dutzendmal da rausgeschmissen hatte, ein paar Scheine in sein Ziertuchtäschchen zu stecken und ihm einen Teller Spaghetti über die Glatze zu stülpen.

Aber am wichtigsten sollte unsere Musik sein, kein großer Kult um uns oder unseren Namen, und deshalb würden wir uns auch keinen großen, bombastischen Namen geben wie THE IRGENDWERS, nein, schlicht *a group* würden wir heißen, so richtig britisches Understatement eben, und Banjo und Waschbrett flogen in die Ecke, und plötzlich war ich erst Schlagzeuger und dann Bassist, und wir probten wie die Geisteskranken, Blasen an den Fingern, alle potentiell kriminelle Energie in den Sound gesteckt, und ein Jahr später gewannen wir das Erste Kalker Beatfestival, vor allem weil wir *House Of The Rising Sun* spielen konnten wie niemand hier sonst.

Das eben auch, weil wir beim Üben und Proben die Zeit vergessen konnten, spielend versacken, ob in Larrys Zimmer, in der Katakombe unter der Bonifatius-Kirche in Nippes, die uns ein freundlicher (und leichtsinniger) Kaplan für ein paar Wochen zur Verfügung gestellt hatte, oder in diesem Kellerraum in der Offenen Tür Elsaßstraße, wo wir schon deshalb zehn Stunden proben mußten, weil nachmittags ab fünfzehn Uhr die richtig harten Jungs aus dem Viertel zu Besuch kamen, ihre Lederjacken auszogen, ihre Schulterhalfter über ein Heizungsrohr hängten, einen Kasten Bier in Angriff nahmen und uns Pimpfen diktierten, was sie hören wollten: mindestens viermal *You Really Got Me*, sechsmal *Route 66* und neunmal *Shakin' All Over* (und sie hatten keine Ahnung, wie gut das paßte ...); und dann das Ganze am besten noch mal von vorne, es sei denn, einer von ihnen wünschte zur Abwechslung Casey Jones' *Don't Ha-ha* zu hören. Harte Schule – aber so lernten wir's.

Drei, vier Jahre später war's dann der *Refried Hockey Boogie*, den schon CANNED HEAT nicht auf weniger als zwei LP-Seiten untergebracht kriegten, was immerhin vierzig Minuten waren. Natürlich mußten wir einen draufsetzen und eine Siebzig-Minuten-Version spielen, in der jeder Mitspieler noch ein zweites ausführliches Solo bekam, bei dem er dann zeigen konnte, was ihm beim ersten alles noch nicht eingefallen war. Und da hatten wir noch gar nicht angefangen zu kiffen ...

Als das losging, war es freilich gar kein Problem mehr, sich gemeinsam zweieinhalb Stunden mit einem Riff im Neunachteltakt und einer halbindischen Tonleiter zu beschäftigen. Da gab es auch immer genug Soloparts, die irgendeinem Mitmusiker Gelegenheit ließen, noch eine und noch eine Tüte zu bauen, die dann womöglich zur Entdeckung und Erkundung des Elfachteltaktes führte – und das kann dauern, besonders, wenn man nach etwa vier bis sechs Stunden bei zirka einhundertzehn Dezibel das Gefühl hat, zehn Zentimeter über dem angeschimmelten Teppichboden zu schweben. Irgendwann hört man auch auf, den Takt auszuzählen – man fühlt ihn ja, er hat den Puls übernommen; und während man in diesem Puls herumkariolt und sich vielleicht alle acht Takte mal auf einer gemeinsamen Eins trifft, sind Teile des eigenen Gehirns mit der Musik der Mitspieler unterwegs, und plötzlich stellt man fest, daß man die Melodien des Gitarristen sehen kann! Das sind gar keine Töne, das ist eine Spielzeugeisenbahn! Bunte Waggons, die sich auf gläsernen Schienen durch psychedelische Landschaften winden, Flüsse überqueren, an Städten vorbeizuckeln, sich durch grüne Täler auf einen verschneiten, im Sonnenlicht glitzernden Paß zubewegen – und mit einem Mal ist man der Berg, den es zu bezwingen gilt, und die Töne, die man dem Baß entlockt (oder umgekehrt?), verwandeln sich in Dutzende kleine, kompakte, dunkelbraune Lokomotiven, die grunzend und schmauchend den Zug der Waggons anschieben, den Berg hoch, während der Schlagzeuger die Gleise, Schwellen und den Schotter dazwischen hinlegt, taratta taratta tagung, taratta, taratta ...

Und wieso steht denn plötzlich Kurti, unser Roadie, mit einem Becher Kaffee im Proberaum – muß der nicht morgen früh zu seinem Job bei Ford? Muß er. Jetzt gleich. Es ist nämlich Morgen. Und keiner weiß so recht, wo die Nacht geblieben ist. Klar, wir wissen, wo *wir* waren – aber die Zeit? Wo war die Zeit?

Gekicher. Gelächter. Da kann man sich dann auch ruhig noch mal vom Elfenbeinturm des Jazz zurück in die Niederungen der Rockmusik begeben und zum Abschluß, also bevor man ins Bett geht, während draußen der endlos brummende Bandwurm der Pendler die Fenster klirren läßt, das schöne alte Stück der ROLLING STONES spielen – *Time Is On My Side* ...

Schönes Lebensmotto eigentlich.

Musik, zwo, drei ...

Gimme the beat, boys, free my soul
I wanna get lost in your rock'n'roll
An' drift away ...
Dobie Gray

Aber vielleicht sollte ich beim Thema Musik doch noch ein wenig früher anfangen, etwas weiter ausholen. Im Grunde wieder beim Anfang landen: Auch als mich die erwischte, war ich vier.

Draußen wurden die Ärmel hochgekrempelt, das Wirtschaftswunder zusammengezimmert. Mein Vater mußte da einiges mißverstanden haben – er hatte ein paar Jahre zuvor schon so clever gezimmert, daß es ihm eines Morgens, ich war gerade mal zwei, noch cleverer erschien, sein Bündel zu schnüren und sich für fünf Jahre bei der Fremdenlegion zu verkrümeln, bis ein wenig Gras über sein eigenes kleines Wirtschaftswunder gewachsen war. Also zog meine Mutter mit mir wieder zu ihrer Mutter, wo sie noch vier Jahre lang demütigend zu spüren bekam, daß die doch immer schon gegen diesen Hallodri gewesen war.

Zum Glück erstreckte sich Großmutters Mißbilligung nicht auf den schnuckeligen kleinen Enkel – den hatte sie im Gegenteil schnell in ihr großes Herz geschlossen, und während meine Mutter Tag und Nacht malochen ging, um uns über die Runden zu bringen, brachte Oma dem Kleinen alles bei, was der ihrer Meinung nach lernen sollte, und das war eine Menge. Wanderungen durch das immer noch halb zerstörte Köln (»Guck, da steht der Rest vom alten Opernhaus; da ist immer noch das Hänneschen-Theater; hier ist der Zoo; da werden die Rheinbrücken repariert; und das da, guck mal, ist Kölns schönstes Schmuckstück: der Dom!«) und Verhaltensmaßregeln (»So fährt man Straßenbahn; und wenn man über die Straße geht, guckt man erst nach links und dann nach rechts ...«; nicht zu vergessen: »Halt dich gerade! Hand vor'n Mund beim Husten,

Gähnen und Niesen! Schlurf nicht! Ellbogen vom Tisch!« und »Mach einen Diener!« und wie die goldenen Benimmregeln alle hießen). Die Spielregeln des kleinbürgerlichen Lebens eben. Ich finde es jedoch nach wie vor nicht verkehrt, die zu kennen, ehe man sich gegen sie entscheidet. Und Höflichkeit ist ja nicht die schlechteste davon.

Und es gab stundenlange Vorleseabende, von Andersens über Bechsteins Märchen und Hoffmanns *Struwwelpeter* bis zu Walt Disneys *Die Wüste lebt* – ein Buch, dessen Bilder und Geschichten mich jahrelang fasziniert haben. Stundenlang saß ich damit in einer Ecke und studierte die überaus beeindruckenden, fast lebendigen Fotos. Dabei war ich oft nicht mal in der Lage, die Seiten selbst umzublättern – ich hätte ja mit den Fingern auf der schrecklichen Seite landen können, wo die Schlange, ganzseitig und vierfarbig, mit der Vogelspinne kämpft ...! Zum Umblättern mußte ich immer die Oma rufen.

Ganze Nachmittage lang wurden auf dem alten Küchentisch, groß wie eine Tischtennisplatte, Tierparks, Städte, Landschaften aufgebaut, mit den billigen Bakelit-Figürchen, die man damals in Margarine- und Nudelpackungen und Wundertüten fand – blaue Kühe und lila Indianer, silberne Ritter und rote Pferde, grüne Gartenzäune und gelbe Traktoren. Daraus wurden Bauernhöfe, Indianerdörfer und Ritterburgen gebaut; dazu entstanden Stahlfabriken und Schiffswerften aus Omas Besteckkasten, Parks aus Petersilie und Birnbaumzweigen, in denen Kastanienmännchen spazierengingen, und ein See aus dem blauem Glanzpapier, in das bei der letzten Weihnachtsbescherung Omas Pralinen eingewickelt waren. Auf dem schwammen selbstgeschnitzte Galeeren aus unserem Apfelbaum, Öltanker aus Eierbechern zwischen Schwänen aus Kirschblüten und aus der *Bäckerblume* gefalteten Piratenschiffen. Und wenn ich mich so erinnere, was da für hanebüchene Geschichten erfunden, leidenschaftliche, verzwickte Dramen entwickelt, monströse Kriege geführt und Schicksale hin und her gelenkt wurden, möchte ich heute noch gerne glauben, daß es in den Küchen der Kindheit von, sagen wir, J.R.R. Tolkien, Douglas Adams oder Stephen Spielberg ganz genauso ausgesehen haben muß wie in dieser Wohnküche meiner Großmutter in Köln-Vogelsang, mit dem ewig bollernden Ofen, auf dem den ganzen Tag eine Blechkanne mit Muckefuck klapperte – billigem Getreidekaffee, der abends schmeckte, als habe man den Teerwagen angezapft, der jedes Frühjahr unsere Straße notdürftig flickte.

Ich durfte sogar Schlachten zwischen Negern, Indianern und Fremdenlegionären simulieren. Großmutter, die Gute, war zwar heilfroh, daß mein Erzeuger ans andere Ende der Welt verbannt war, aber deswegen hätte sie noch lange nicht zugelassen, daß ihrem Enkel der Glauben an den guten, heldenhaften Vater genommen würde, an das Gute im Menschen überhaupt.

Und gesungen wurde natürlich – waren wir nicht bei Musik? –, *Fuchs, du hast die Gans gestohlen* und *Ein Männlein steht im Walde*, *Häschen in der Grube* und *Alle Vögel sind schon da*. Und es gab kaum einen Abend, an dem ich nicht im Bett saß und »Mehr, mehr!« rief und beide Backen aufblies, wie der kleine Häwelmann, der Held einer meiner Lieblings-Gute-Nacht-Geschichten.

Klingt nach einer idyllischen Kindheit, nicht wahr?

Erinnerung ist eine kuschelige Heimat, sagt der Fernsehkritiker Hans Hoff, und recht hat er, wie mir besonders schmerzlich bewußt wird, wenn Onkel Jupp ab dem vierten Bier zum einhundertdreiundzwanzigsten Mal Geschichten aus dem Krieg erzählt. Immer erzählt er nur die lustigen Anekdoten, in denen irgendeine Obrigkeit oder Widrigkeit (was meistens dasselbe war) schlitzohrig unterlaufen, übervorteilt oder überrumpelt wurde, und seit über dreißig Jahren lautet seine Standardantwort auf Fragen nach all den anderen Erlebnissen, der Herkunft all seiner schrecklichen Narben, nach Stalingrad und russischem Winter, nach Gefangenschaft und Flucht: »Das willst du gar nicht wissen, Junge. Darüber sprechen wir nicht.« Erinnerung ist schließlich auch ein Aufräumen, *die guten ins Töpfchen, die schlechten ins Kröpfchen*, und Verdrängen eine Abwehrmaßnahme gegen den Wahnsinn, den die Realität in einem anrichten kann.

Eine Realität, in meinem Falle, die nicht nur meinen Vater in den Dschungeln Indochinas und des Kongos festhielt und meine Mutter ganze Tage in die giftigen Dämpfe einer chemischen Großreinigung und halbe Nächte in die eisigen Nebel einer Kaufhausparkplatzüberwachung schickte, sondern auch meinen Großvater umgebracht hatte – den Krieg hatte er überlebt, das Heimkommen nach sechs Jahren Gefangenschaft nicht. Weshalb auch meine Großmutter an mehreren Tagen der Woche zu irgendeiner Arbeit gehen mußte. Und damit der kleine Schwab möglichst wenig Unsinn anrichten konnte, wurden morgens beim Weggehen Haustür und Schlafzimmer abgeschlossen: Einzelhaft.

Ich war ein sehr einsames Kind, ich habe als Kind gelernt, allein zu sein – heute kann ich das bei meinem stillen Bücherleben gut gebrauchen. Ich bin glücklich allein. Damals war ich es nicht, erzählt uns Elke Heidenreich. Ja, ich weiß genau, was Du meinst, liebe Elke, und das einzige, worum ich Dich trotzdem beneide, ist das ungestrafte Vorlesen vor Deiner Nähklasse – *ich* wurde als Erstkläßler vor die dritte Klasse gestellt und mußte denen demonstrieren, wie man richtig liest, was mir in der großen Pause und auf dem Heimweg so manche Tracht Prügel einbrachte, denn natürlich galt ich daraufhin als Angeber, Streber und Schleimer.

Klar konnte ich mich als Kind auch stundenlang alleine mit den hundert billigen kleinen Figürchen beschäftigen, ihnen genauso viele Stimmen verleihen und sie in all die Abenteuer schicken, die mir verwehrt blieben, aber ihre Gesellschaft war, bei allem Leben, das ich ihnen einzuhauchen versuchte, doch eher kalt und trostlos.

Aber einen Trost gab es. Er hieß *Loewe Opta*, stand unter dem Fenster zum Hof, hatte ein großes grünes Auge und einen dicken runden Knopf, und mit dessen Hilfe konnte man durch die Welt reisen, zigtausende von Kilometern auf einer Skala von vierzig Zentimetern. Heute nennt man das Zappen. Ist aber nicht dasselbe, weil ja heutzutage jeder Zweijährige weiß, das ist Fernsehen, und man sieht sofort, wohin man gezappt ist, weil man es eben sehen kann. Aber die merkwürdigen Stimmen aus diesem Trumm von einem Radio damals, die kamen aus dem Nichts, *out of nowhere*, aus anderen Welten, von denen ich noch keinen Schimmer hatte, im Zweifelsfall aus Himmel und Hölle. Ja, Hölle. Je nachdem, welche Politikerrede übertragen wurde – in einer Ausführlichkeit, die man heute nur von Spartenkanälen wie Phoenix kennt –, verkroch ich mich auch schon mal unter den Küchentisch, bis sich der Nachrichtensprecher mit der warmen, vertrauenswürdigen Stimme wieder meldete oder eine seiner wenigen netten Kolleginnen mit den Tips für die Hausfrau.

Oder die Suchmeldungen des Roten Kreuzes: stundenlange spröde Litaneien, unheimlich und beängstigend, die mich, obwohl ich gar nicht so recht begriff, was sie bedeuteten, frösteln ließen in meiner Höhle unter dem Tisch, nach drei Seiten zugehängt mit Bettlaken und Bügeldecken. Aber sie abzuschalten, einen anderen, fröhlicheren Sender zu suchen brachte ich auch nicht fertig – nachher würde die gefühllose Stimme da den Namen meines Vaters nennen oder den meines zweiten Großvaters, der immer noch nicht wieder zu Hause, aber auch noch nicht für tot erklärt worden war. Nachher war ich am Ende noch verantwortlich dafür, daß die nie mehr wieder heimkehrten, weil ich sie, bloß mit einer leichtsinnigen Drehung eines braunen Knopfes, in der Kiste hatte verschwinden lassen ...!

Oder die Wasserstandsmeldungen. Wovon redet der Mann da? Eine Viertelstunde lang: »Der Rhein bei Konstanz: vierhundertzehn, unverändert; Bingen: fünfhundertzweiundzwanzig, zunehmend; die Elbe bei Magdeburg ...; Wind Nord-Nord-Ost, vier bis fünf; Böen: Sechs ...«

Dann doch lieber Fußballreportagen. Die mich aber, allein ihres rasanten Tempos, ihrer hektischen Intensität wegen, immer wieder so aufregten, daß ich oft genug nicht anders konnte, als in die Hose zu pinkeln. Nein, nicht nur bei Spielen des 1. FC Köln.

Gebannt saß ich auch ganze dämmrige Vormittage vor dem träge blinkenden grünen Auge und hörte dem englischen Sender zu – das kam mir entgegen, benutzte nicht auch ich bei meinen Spielen gerne eine selbsterfundene Phantasiesprache? Und wenn irgendwo da draußen andere Menschen sich einer solchen eigenen, exotisch und lustig klingenden Sprache bedienten, dann mußten das doch Freunde sein, Spielkameraden, Leidensgenossen …!

Außerdem verbreiteten die englischen Sprecher eine ganz andere Stimmung – wenn die redeten, klang es, als hätten sie ihren Hörern etwas Erfreuliches mitzuteilen, sie wirkten auf mich, als hätten sie Spaß an ihrem Job. Die meisten deutschen Sprecher klangen entweder, als habe man sie zu diesem Job verurteilt und als hielten sie das für ein unverhältnismäßig hartes Urteil, oder sie hatten einen Ton am Leib, als seien sie allesamt Brüder von Wachtmeister Nemczek: Respektheischend blafften sie einen an, als müßte man eigentlich strammstehen vor dem Radio.

Und die Lieder – die englischen konnte ich zwar nicht verstehen, hatte aber trotzdem das Gefühl, sie zu begreifen; sie konnten mich berühren, obwohl ich sie nicht verstand. Oder wahrscheinlich im Gegenteil: *weil* ich sie nicht verstand. Noch heute gibt es Songs von Musikern, die ich schätze, die meine Seele ansprechen, ohne daß ich deren Text noch die geringste Aufmerksamkeit geschenkt habe. Und in vielen Fällen scheint das auch besser so.

Als Kind konnte ich die Lieder auf den deutschen Sendern allerdings auch nicht immer verstehen – was mochten die meinen mit *Komm in meine Liebeslaube* oder *Wenn ein junger Mann kommt, der weiß, worauf's ankommt* oder dem beängstigenden *Die Männer sind alle Verbrecher*? Warum war Tom Dooley, der arme, morgen tot? Wieso sollte ein Papagei harte Eier fressen? Wo ist der *siebente Himmel der Liebe*, wie sieht es da aus und wie kommt man dorthin? Vor allem, wenn man erst kürzlich einer der Margarine-IndianerInnen die Rolle der eigenen Mutter zugewiesen und ihr beide Beine gebrochen hat, damit sie nicht mehr zu der blöden Arbeit gehen muß beziehungsweise kann?

Da war es schon tröstlich, zwischendurch mal zu hören, daß *einmal ein Wunder gescheh'n* und *alle Träume wahr* würden. Wenn auch mit der Stimme Zarah Leanders, die ich mir immer als ein Riesenweib in schwarzen, rüstungsähnlichen Klamotten vorstellte, eine tiefe Zornesfalte zwischen den buschigen Brauen, eine Knecht-Ruprecht-Rute drohend in der Faust. Erheitern konnte mich allenfalls der lustige Peter Igelhoff, der sang: *Ich wollt', ich wär' ein Huhn / ich hätt' nicht viel zu tun / ich legte jeden Tag ein Ei / und sonntags auch mal zwei ...*

Mein Faible für die englische Sprache hat sich jedenfalls mein Leben lang gehalten, und als ich die auf dem Gymnasium als Schulfach bekam, konnte mich mein Talent dafür über etliche Fünfen und Sechsen in Mathematik, Biologie oder Betragen hinwegretten, und neue Vokabeln flogen mir zu wie vorher Großmutters Verhaltensmaßregeln und Lebensweisheiten: ein-, zweimal gehört, nie mehr vergessen.

Eines Tages saß ich wieder einmal einsam vor dem Radio, mit dem komischen bittersüßen Kloß des allein gelassenen Kindes im Hals, und hörte mir das mittägliche Wunschkonzert an. Aber mit einem Mal war alles anders – erst war ich kein bißchen mehr allein und dann, als es vorbei war, einsamer als je zuvor. Der Kloß war explodiert, ich hatte zweieinhalb Minuten Rotz und Wasser geheult, ohne den geringsten Schimmer, warum, und nur die Angst vor einem von Oma in wildesten Farben geschilderten Stromschlag hatte mich davon abgehalten, mit einem Küchenmesser den Apparat zu öffnen, um ihn dazu zu bringen, mir das gerade Gehörte noch einmal vorzuspielen.

Hans Albers. *Nimm mich mit, Kapitän, auf die Reise.*

Das Lied, mit dem alles anfing, wie ich später begriff und heute noch glaube. Hans Albers und dieses Lied weckten jede Menge Neues. Zum einen brachte es ein bis dahin nicht gekanntes Fernweh in diese muffige Vorortküche mit dem rissigen Linoleumboden – braune, algenähnliche Pflanzen auf honigfarbenem Untergrund, allenfalls brauchbar als Rallyestrecken für Spielzeugautos mit Rädern so groß und zerbrechlich wie Kinderkragenknöpfe –, zum anderen säte es die Sehnsucht danach, so etwas auch zu können: Singen, Menschen mit solch einer Stimme berühren, Musik machen, Gefühle ausdrücken und Gefühle wecken, bei anderen ein ähnlich merkwürdiges Gemisch aus Freude, Wehmut und Sehnsucht auszulösen. Fernweh und Heimweh, Weggehen und Ankommen, Glück suchen und finden, glücklich sein und dem Glück nicht trauen. Ähnlich zartgiftig wie dieses andere Lied, das sie so oft spielten: Die *Loreley: Ich weiß nicht, was soll es bedeuten / daß ich so traurig bin ...*

Kehrst du heim, Kapitän, fahr'n wir gerne / in die Heimat zu Muddern nach Haus sang jedenfalls der blonde Hans, und ich wußte wirklich nicht, woher dieses Gefühl von Traurigsein kam. Zum Glück gab es das Wunschkonzert fast täglich, und zum Glück schien dieses Lied auch für viele andere Menschen eine besondere Bedeutung zu haben, in beinahe jeder Sendung wurde es von irgend jemandem gewünscht – und gespielt –, und ich klebte am Lautsprecher und sang mit, und mal saß ich auf meinem umgekippten Fußbänkchen wie in einem Boot und ruderte, einen Besen in der Hand, wohlgemut mit Hans dem fernen Glück entgegen, mal schluchzte und haderte ich mit ihm, vor Abschiedsschmerz und Heimweh. Und freute mich, schließlich hatte ich nun einen Freund. Und eine Aufgabe, ein Ziel. Und mit das Schlimmste daran, eines Tages in einen Kindergarten gehen zu müssen, war, daß es dort kein Radio gab, kein Wunschkonzert, keinen Hans Albers.

Weshalb dort meine Antwort auf die obligate Kindergärtnerinnen-Frage, was ich denn werden wolle, wenn ich mal groß und stark sei, ganz klar war: Schiffsjunge natürlich, singender Schiffsjunge, mit einer Gitarre vielleicht, einem Akkordeon, einer Trompete, egal. Hauptsache Meer, Reisen, Bewegung – raus

aus der Küche, raus aus der Kindheit, weg. Weit, weit weg und, vor allem, Musik.

Hat ja irgendwann geklappt. Mein ganzes Leben ein erfüllter Kindertraum – womit hab' ich dieses große Glück bloß verdient?

Love Is A Battlefield

Didn't time sound sweet
Yesterday?
In a world filled with friends
You lose your way
Scott Walker

Versacken. Eintauchen, versinken. In Mädchenaugen zum Beispiel. War ich dreizehn? Vierzehn? Schon fünfzehn sogar? Na, sie war jedenfalls ein Jahr jünger, und ich möchte sie an dieser Stelle nicht bloßstellen, indem ich mich öffentlich an ihren Namen erinnere; nennen wir sie einfach … Ntscho-Tschi. Gibt uns zum einen die Gelegenheit, einen anderen großen Künstler des überfließenden Erzählens nicht unerwähnt zu lassen, den unsterblichen Karl May, gibt Ihnen zum anderen einen ungefähren Eindruck davon, wie diese frühe meiner Lieben aussah. Ungefähr deshalb, weil sie nicht, wie die Ntscho-Tschi-Darstellerin Marie Versini, schwarze, sondern dank *Poly-Color* mahagonifarbene Haare, nicht dunkelbraune, sondern braun-grüne Augen hatte und vier Nummern größere Jeans, dafür aber einen zwei Nummern kleineren Büstenhalter trug als jene.

Aber wir wollten ja hier von Augen reden.

Die waren wunderschön (sind sie noch); fand ich auf jeden Fall (finde ich noch). Und das fand ich damals so heftig, daß ich bei unseren Verabredungen, an späten Winternachmittagen in meinem winzigen Zimmer, nicht viel mehr zustande brachte, als ihr gegenüber an dem kleinen Teetisch zu sitzen und sie anzustarren. Stundenlang. Allenfalls gelegentlich davon unterbrochen, daß ich ihr oder mir Feuer gab (denn natürlich mußten wir in einer Tour rauchen, nervös, verkrampft und verklemmt, wie wir waren), aufstand, um auf meinem *Phillips*-Koffer die Walker-Brothers-Platte umzudrehen, die gerade das vierte Mal zu Ende war (Ntscho-Tschi fand die Nummer mit dem Nadel-gleich-wieder-auf-Anfang nicht so prickelnd), oder um sie zu fragen, wann wir uns denn am nächsten Tag treffen sollten und was wir denn dann unternehmen würden. Woraus sich ein Dialog entspann, wie Max Goldt und sein Partner Katz ihn erfunden haben könnten. Haben sie auch, aber eben Jahre später und mit anderen Zeitangaben, weswegen also eigentlich Ntscho-Tschi und ich ihn erfunden haben, und wenn ich mal groß und reich und Amerikaner bin, werd ich mir einen noch reicheren amerikanischen Anwalt nehmen und Herrn Goldt verklagen und ihm verbieten lassen, von mir erfundene Dialoge als von ihm erfundene auszugeben und sich damit eine goldene Nase zu verdienen, womit er wieder verhindert, daß ich groß und Amerikaner, geschweige denn reich werde; woran man wieder mal sehen kann, was die Welt für ein ungerechter Ort ist.

Der Dialog geht jedenfalls, mit gelegentlichen tagesformbedingten kleinen ad-libs, ungefähr so:

Was machen wir denn morgen abend?

Weiß nich'. Wir könnten uns hinsetzen und überlegen, was wir übermorgen abend machen.

Das ist doch das gleiche, was wir gestern abend gemacht haben!

Vielleicht fällt uns ja morgen was ein ...

Okay, natürlich ist mir noch die eine oder andere mögliche Beschäftigung eingefallen, mit der wir uns die Zeit hätten vertreiben können – aber erstens war mein Klappbett hochgeklappt, damit in dem Kämmerchen überhaupt Platz für den Teetisch war (eine echte *Dinette* übrigens, wie aus dem Fernsehen), und zweitens stand auf der anderen Seite des schmalen Flurs meine Mutter bei offener Küchentür und schälte Kartoffeln oder polierte ihre gläsernen Dackel oder bügelte Staubtücher und hatte ihr Radio ganz leise gedreht, um keins der Geräusche aus dem Kämmerchen zu verpassen.

Und mindestens ein-, zweimal an solch einem Nachmittag, unsensiblerweise oft mitten in einer dieser wunderbaren, von Scott Walker hingeschmolzenen Balladen und nachdem ich ihr zum ungefähr siebten Mal gesagt hatte, wie schön ich ihre Augen fände (und einen Belohnungskuß dafür, ungelenk über die *Dinette* gebeugt, bekam ich auch nur die ersten zwei, drei Male), beschwerte Ntscho-Tschi sich darüber, daß wir nie »was machten« und vor allem, daß ich nichts zu erzählen hätte, ja, daß ich im Grunde überhaupt keine Ahnung hätte, wie das ginge – »sich unterhalten«.

Womit sie selbstverständlich recht hatte, und das sag ich jetzt nicht nur, weil ich Kavalier bin. Und so kam es, wie es kommen mußte, und nicht mal der von langer Hand vorbereitete Kauf des dritten Albums der WALKER BROTHERS konnte sie umstimmen – es wurde Frühling, und sie konnte wieder an dem Klettergerüst auf dem Spielplatz herumhängen, wo auch ihre Freundinnen herumhingen. Und die Jungs, die es draufhatten, in einer Tour einen Stuß von sich zu geben, wie er mir nie im Leben eingefallen wäre: daß es jetzt bei Mister Walker am Neumarkt Jeans gäbe, die unten doppelt so weit seien wie oben, das aber auch längst nicht der letzte Schrei, sondern nun angesagt sei, entweder Hit-Hosen, Stoffhosen mit der dicken Naht vorne, unten einen halben Meter weit und eine alberne Falte an der Seite, oder Shake-Hosen zu tragen, dicke Naht vorne und ein noch alberner kleiner Schlitz über dem Spann. Ganz zu schweigen von dem Blödmann, der eine buntkarierte Hose trug, wie die von Mick Jagger. Oder daß sie im Winter herausgefunden hätten, wie man ohne Eintritt zu zahlen zum Schlittschuhlaufen käme, oder gar, daß sie schon lange wüßten, worüber dieser Dr. Sommer da in der *Bravo* spekulierte. Und was machen die Mädels? Stehen da, wippen in den Kniekehlen, werfen sich die Haare aus dem Gesicht und haken sich gegenseitig unter – und kichern! Lachen sich weg über den Quatsch! Kann ich mir gar nicht mit ansehen! Geh ich doch lieber nach Hause, brauche nicht mal das Bett hochzuklappen und das blöde *Dinette* aufzubauen und kann mich in meinem Leiden suhlen und mit Scott Walker *Where's The Girl?* singen oder mich aufbauen lassen von seinem angeblichen Bruder John – *Take it like a man / Hold your head up high …*

Versunken, versenkt, versackt. Und das Versacken der Liebe im Weg, sagte ich ja bereits. Und dabei haben wir immer nur schwarzen Tee mit Kandiszucker getrunken, Ntscho-Tschi und ich.

Kläävbotz

Things they do
Look awful cold
Hope I die
Before I get old ...
Pete Townshend

Rolltreppe hieß der Laden, ich erwähnte ihn schon. Paßte – er lag nämlich im ersten Stock, quer über den Gleisen der Straßenbahn am Kölner Rudolfplatz, und hinauf führte eine – eben – elektrische Rolltreppe. Wenn sie funktionierte. Aber eine normale gab's auch, hinauf kam man also immer. Zumindest bis zum obersten Treppenabsatz. Dort stand nämlich einer der unter uns Jugendlichen meistgehaßten Männer der Stadt: Schmalzlocke. So genannt, weil er nicht ein Haar auf dem blanken, aber meistens schweißglänzenden Schädel hatte. Uralt in unseren Augen (also mindestens dreißig), Nußknackerkinn, verkniffene, brutale Gesichtszüge, ein immer gleicher dunkelblauer Anzug, der gerade so weit geschnitten war, daß man Schmalzlockes Muskelpakete noch erahnen konnte.

Und an dem mußte man erst mal vorbei.

Was nicht immer leicht war – zum einen hatte er ein ausgezeichnetes Gedächtnis für Gesichter, besonders für Gesichter von Leuten, die ihm schon einmal unangenehm aufgefallen waren, zum anderen hatte er sein eigenes launisches System, nach Tagesform Leute auszusortieren.

»Du kannst gleich wieder runtergehen.«

»Wieso das denn?«

»Tschüs.«

»Aber wieso? Ich hab' doch gar nix gemacht ...!«

»Du hast dich letztens danebenbenommen.«

»Aber das war ich doch –«

»Jetzt mach, daß du verschwindest, sonst helf ich nach!«

Das galt es zu vermeiden. Er war wirklich ziemlich brutal.

Einmal hatte er einen widerspenstigen Genossen so nachdrücklich des Ladens verwiesen, daß ich fast mein Mittagessen von mir gegeben hätte – ich hatte zum ersten Mal in meinem Leben gehört, wie es klingt, wenn ein menschlicher Schädel ungebremst auf Steinfliesen landet. Sehr häßliches Geräusch.

Über der Straßenbahn. Steinfliesen. Brutaler Geschäftsführer – warum in aller Welt wart ihr denn so scharf darauf, da überhaupt reinzukommen?

Na, weil da alle reinwollten. Beziehungsweise drin waren. Zumindest alle, die Jeans und einen Parka trugen oder Blümchenhosen und Jacken aus Teppichresten oder Omas alten Persianermantel über buntkarierten Röhrenhosen. Alle, die überzeugt waren, sich die Haare wachsen zu lassen, mochte zwar vielleicht nicht zum Erwachsenwerden reichen, gehörte aber unabdingbar dazu. Alle, die in der Stadt irgendwas mit Rock 'n' Roll zu tun hatten, und sei es bloß, daß sie den einfach nur gut fanden – wobei wir hier nicht von Bill Haleys oder gar Ted Herolds Tanzstil reden, sondern vom *rock'n'roll lifestyle* – was immer das sein mochte; auf jeden Fall war es etwas, das unsere Eltern in Rage brachte, also konnte es ja nicht verkehrt sein.

Und da elterliche Rage in den meisten Fällen alles andere als ein Zuckerschlecken war, suchte man Unterstützung, zumindest moralische. Man suchte und fand gleich Betroffene und Gleichgesinnte, suchte und fand Treffpunkte. Allerdings fühlte man sich irgendwann zu alt, sich nach der Schule, oder erst recht nach der Dämmerung, auf der Treppe vor Sankt Bonifatius, auf dem Spielplatz neben dem Zoo oder gar dem Sportplatz hinter der Turnhalle zu treffen (von der elterlichen Wohnung ganz zu schweigen). Auch die Stehcafés von *Tchibo* und *Eduscho* (auch *d'r Ed*, *et Usch* und *et O* genannt) verloren an Reiz. Zwar gab es da eine Tasse Kaffee für zwanzig Pfennig, aber da verkehrten auch Lehrer, Musterschüler und Hausfrauen, die unsere Mütter, und Handwerker, die unsere Väter kannten – Spitzel also. Und es gab keine Musik.

Das *Café Eigelstein* war nicht schlecht – Mädels auf dem Weg zum Eisstadion, eine Musikbox, die man für eine Mark fünfmal hintereinander *We Gotta Get Out Of This Place* dröhnen lassen konnte. Aber ein Kaffee kostete hier schon neunzig Pfennig, und es konnte einem schon mal passieren, daß den an der Theke stehenden Loddels aus dem Viertel nicht nur Eric Burdon auf die Nerven ging, sondern auch der pickelige Jüngling, der das gedrückt hatte: Janz schlecht. Und *out of this place*, aber dalli.

Also *Rolltreppe*: lag noch zentraler, hatte zwar keine Musikbox, aber – noch besser, weil gratis – Musik vom Endlosband. Von dem tönte aus zwanzig in der Decke versteckten Lautsprechern eine Mischung, die später als ARD-Nachtmusik berühmt und berüchtigt werden sollte, ein bunter Reigen von Melodien für jedermann: von den *Caprifischern* über das *Pferdehalfter an der Wand* und den *Geisterreiter* bis zu, immerhin, *King Creole*. Wenn man lange genug ausharrte und Glück hatte, erwischte man sogar mal *Needles And Pins*, den *Hippy Hippy Shake* oder *Ferry, Cross The Mersey*, womit man sich dann am nächsten Tag in der großen Pause ganz schön wichtig machen konnte – allein, daß man diese Musik gehört hatte, dabei war, wie sie gespielt und gehört wurde, machte einen zum Mitglied einer Art Geheimorden, zu einem aus der Szene. Und zu der wollte natürlich jeder gehören. Also: Ausharren.

Getrunken wurde Cola, fünfzig Pfennig ein Glas, mit dem man schon mal mindestens zwei Stunden herumkriegen konnte. Den ganz Raffinierten (und Mutigen) gelang es auch schon mal, das halb leere Glas mit aufs Klo zu schmuggeln und mit Leitungswasser aufzufüllen, denn eins war klar: Leeres Glas wird sofort abgeräumt – kein Verzehr mehr. Und kein Verzehr heißt gnadenlos: Raus.

Eine andere Besonderheit der *Rolltreppe* waren die Spaghetti. Für sage und schreibe fünfzig Pfennig gab es eine Portion, gekrönt von einer Butterflocke. Mußte man sich an der Selbstbedienungstheke holen, und nur dort, also quasi unter Aufsicht, durfte man sich einen Spritzer Ketchup und eine Prise Parmesan dazu genehmigen; nur Pfeffer und Salz standen auf den grauen Kunststofftischen. Klar kriegte man irgendwann Hunger, wenn man gleich nach der letzten Stunde (okay, auch schon mal nach der vor- oder drittletzten), jedenfalls gleich nach (okay, oft genug auch statt) der Schule in die Stadt latschte, sieben Straßenbahnstationen zu Fuß, um Geld zu sparen, und stundenlang an dünner und dünner, wärmer und wärmer werdender Cola nuckelte. Und zum Helden werden konnte man damit auch noch – natürlich sprach sich die Adresse im ganzen Land herum, und recht bald war die *Rolltreppe* Treffpunkt all der jugendlichen Ausreißer, die in den Sechzigern in die Großstädte strömten. Und mit einer von diesen ausgemergelten Gestalten so einen Teller Spaghetti zu teilen machte einen ja irgendwie auch selbst ein Stück zum Rebellen. Irgendwie – den Traum vom Selberabhauen holten deren Geschichten oft genug unsanft in die Wirklichkeit zurück.

Und irgendwann – Ausreißer, Prügeleien, Rausschmisse, *La Bamba*, Endlos-Cola und all die wichtigen Gespräche über die neue Beatles-Single, den Konter der Stones, die Pläne der eigenen Band, die Augen der Kassiererin – wurde es dunkel, spät und später. Irgendwann hatte man seine private Ausgangssperre überschritten. Ärger zu Hause war so sicher wie der Spott der Mittäter, wenn man dem aus dem Weg ging, da war es dann eh wurscht – auf zum *Storyville*!

Zwei Stationen wieder zurück – damals war man noch gut zu Fuß. Unterwegs vielleicht die eine oder andere Portion Gerangel mit ein paar Kollegen vom Konkurrenzgymnasium (das naturwissenschaftliche – Streber, gelackte!) oder mit ein paar Lehrjungs im Blaumann, die nach neun bis zehn Stunden Maloche verständlicherweise nicht so gut auf uns zu sprechen waren (kein Grund, uns Mädchennamen zu geben und uns anzubieten, uns den Friseur zu machen). Eventuell ein paar mehr oder weniger halbherzige Versuche, mit dem einen oder anderen Mädel ins Gespräch zu kommen, das gerade aus der Kaufhalle oder der Nachmittagsvorstellung von *Wenn die Conny mit dem Peter* kam ... In jenen Tagen war das Leben auf den Kölner Innenstadt-Ringen, zumindest tagsüber, noch eher harmlos.

So wie der Türsteher des *Storyville* zum Beispiel.

»Ja, ja, ich weiß, du bist gestern sechzehn geworden! Jetzt geh erst mal auf Seite und laß die Erwachsenen durch!« Aber irgendwann kam man dann doch mit ihm ins Gespräch. Und konnte ihm drohen, sich zu revanchieren – und dafür zu sorgen, daß man ihn auch nicht zu unserem nächsten Konzert reinlassen würde (dem ersten, aber das konnte er ja nicht wissen). Das beeindruckte ihn natürlich schwer. Jetzt nicht unbedingt, nicht in den Pfarrsaal von St. Marien hineingelassen zu werden, aber daß man schon Musiker war, in einer Band spielte. In einer Band spielen bedeutete damals noch was. Schließlich war er selbst Gitarrist in einer davon. Also drückte er gelegentlich ein Auge zu, vor allem, wenn der Geschäftsführer mal wieder seine Privatgeschäfte anderswo führte, und ließ den kleinen Schwab hineinschlüpfen, hinein ins Paradies.

Mal davon abgesehen, daß schon die Lautstärke der Musik, die roten Samtvorhänge, die schummrige Beleuchtung, die wunderbar zurechtgemachten Mädels und die Ballung von langhaarigen Jungs einen enormen Eindruck auf mich machten, das Größte war natürlich die Bühne. Laß sie zehn Quadratmeter groß gewesen sein und nicht mal einen halben Meter hoch – für mich war sie das Ziel nicht nur dieses Abends, sondern all meiner Träume; Mekka, El Dorado und Lourdes, der Olymp, Sitz des Heiligen Grals und das Ende des Regenbogens in einem.

Und dann die Bands! Die Bands ...!

Die Band! Die Band! schreit Blues Brother John Belushi in James Browns Kirche; er kriegt das wilde Zittern, den großen Rappel, und ein Lichtstrahl erleuchtet ihn von oben und von innen gleichermaßen, und er kann gar nicht anders, er muß ausflippen, mitmachen, mit Anlauf und mehreren Flickflacks hinein ins musikalische Geschehen, ins Getümmel, dabeisein, dabeisein ...! Für mich eine der schönsten Filmszenen eines meiner Lieblingsfilme – denn ich kann mich in Belushi wiedererkennen, sehe mich selbst da in diesem *Storyville*, dieser Kölner *church of rock and roll* stehen, mickrig, zitternd und bebend, mit heißen Ohren und offenem Mund: Die Musik, die Musik ...! Der Beat, der Beat ...!

Casey Jones krähte zum Beispiel gerade *Don't Ha Ha* – ja, worüber denn auch? Das war bitterer Ernst, *baby*! Hier ging's um nichts weniger als Leben und Tod, Mann! Die GERMAN BONDS versuchten sich an *Gloria*, CUBY & THE BLIZZARDS übten den Blues, überhaupt kamen von da drüben aus Holland Kapellen, die es richtig draufhatten, nicht nur weil sie aussahen wie die PRETTY THINGS, sondern auch, weil sie wußten, wofür ihre Instrumente da waren – die nahmen keine Gefangenen, die hauten auf die Zwölf. Besonders die indonesischen Musiker spielten, als seien sie nicht im Wellblechhüttenviertel von Amsterdam, sondern in Chicago, Memphis oder Detroit aufgewachsen, und schüttelten lässig einen souligen Rhythm 'n' Blues aus dem geblümten Ärmel, daß unsereins nur noch froh sein konnte, daß Kinnladen an Gelenken befestigt sind.

Und natürlich er, der Größte. Kommt aus Irland, tingelt hier durch Deutschland als Gastsänger der MONARCHS, bloß eingesprungen für jemanden, von dem man, wahrscheinlich zu Recht, nie wieder was gehört hat. Ist gerade mal vier oder fünf Jahre älter als ich und mir doch Jahrzehnte, Äonen voraus, singt, als hätte er alles schon gesehen, alles schon erlebt, eine Mischung aus Mick Jagger, Ray Charles und Screaming Lord Sutch, knurrt und flüstert, schreit und kreischt sich die Seele aus dem Leib – und was für eine Seele, was für eine Menge Seele! –, zeigt uns allen, wo's langgeht, auf der *Route 66* zum Beispiel, wirft sich über die Bühne wie ein Epileptiker, spielt eine Mundharmonika, die klingt wie Autoblech, das bei Tempo hundertzwanzig funkensprühend an einer Leitplanke entlangschmirgelt, gibt uns das Original, sein *Gloria*, in einer über zwanzigminütigen Achterbahn-Version, und wenn seinem Drummer schon die Knüppel aus den Fingern fallen, treibt er sich selbst mit einem Tambourin an, das er so lange auf das Mikrophon hämmert, bis es sich in seine Einzelteile auflöst. *Baby, please don't go*, bellt er, heult er, bittet, bettelt und befiehlt er, und wir sind dabei, leiden mit, schreien mit – *Baby, please don't go, Baby, please don't go …!* – und während er irgendeine Frau damit meint, meinen wir ihn, hör bloß nicht auf, geh bloß nicht weg, *Van the Man*, geh bloß nicht weg! Laß es nicht aufhören, laß das Licht nicht angehen, das verdammte, ernüchternde Saallicht; laß es nicht zehn Uhr werden und die Kellner ihre Kontrollrunde drehen und endgültig alles unter achtzehn vor die Tür kehren! Hinaus in den Alltag, den grauen, langweiligen deutschen Alltag …

Aber er weiß, wie das ist, er kennt ja schon alles, und er weiß, daß es da einen Zauber gibt, einen Zauber gegen das alles da draußen – *I put a spell on you,* singt er, krächzt, jault und wispert er, fällt auf die Knie, wälzt sich auf dem staubigen Bühnenboden, zerreißt sich das Hemd, gibt uns alles … Ja, *baby*, und *Here Comes The Night*, hier kommt die Nacht, hier kommt die Nacht, hier kommt die Nacht …

Schule? Eltern? Ausgangssperre?

Pah.

Abitur? Bundeswehr? Es mal besser haben?

Nix da.

Beziehungsweise natürlich. Viel besser. Bloß eben ein bißchen anders, als die Alten sich das vorgestellt haben. Okay, erheblich anders. Und hier wurde der Samen gepflanzt. In einem schmuddeligen kleinen Club zwölf Stufen unter dem Kölner Hohenzollernring.

Säen braucht Geduld. Da guck ich nicht auf die Uhr. Da kann ich nicht einfach weg.

Versackt. Mit vierzehn.

Ein Grund mehr: immerhin Zehnjähriges.

Ein bis vier Sterne

I don't care what they say
I won't stay
In a world without love
Lennon/McCartney

In meiner bewegten und darum so lehrreichen Jugend hatte ich unter anderem das Glück, als Nachtportier in einem größeren Kölner Hotel zu arbeiten. Schön ordentlich, wenn auch flott hochgearbeitet vom Hausdiener (Gepäck schleppen, Schuhe putzen, Zeitungen falten, Botengänge erledigen, Staub wischen) über den Job des Telefonisten bis zum Empfangassistenten mit Nachtdienst. Ich war süße siebzehn, noch ziemlich unschuldig, meiner immer noch ersten Freundin treu wie Westley, und alle Zimmermädchen, Bardamen und Kellnerinnen – und Kellner und Köche – waren scharf auf mich. Zumindest taten sie oft und gerne so, und wenn es nur war, um sich kichernd an meiner Verlegenheit zu weiden. Was sie besonders gerne taten, wenn sie alle Feierabend hatten und sich – die meisten Gäste schliefen, und alles, was Chef war, war lange aus dem Haus – in der Lobby versammelten, wo der kleine Schwab in seinem Nadelstreifenanzug und mit seinen zaghaft sprießenden Koteletten saß und darauf wartete, daß er mit seinem Buch ganz alleine sein und vielleicht einen Blick in den Speiseeisschrank in der Küche werfen konnte, zu dem er als Nachtportier selbstverständlich einen Schlüssel hatte.

Aber nix da – erst mußte Kaffee gekocht oder Sekt geöffnet werden, irgend jemand war vielleicht dabei, der den Trick raushatte, Bier zu zapfen, ohne daß der Portionszähler reagierte, seltsam riechende Zigaretten machten die Runde, und es gab immer was zu erzählen. Über die Schicht, die hinter einem lag – Lustiges, Albernes, Böses, Neugelerntes –, es gab den neuesten Klatsch und mehr oder weniger neue Witze, und natürlich wurde geflirtet, und natürlich war Sex eins der beliebteren Themen; da konnte schließlich jeder jede Menge zu beitragen. Außer mir.

Ich lernte hauptsächlich beim Zuhören, während ich weiterhin die Nase in mein Buch hielt und tat, als würde ich lesen – ich mußte mich ja schon allein deswegen zurückhalten, weil ich eigentlich der Verantwortliche war, *the man in charge*, dessen Pflicht es gewesen wäre, solche Privatzusammenkünfte in einer Hotelhalle zu unterbinden. Was ich natürlich nie übers Herz gebracht hätte – da gab es schließlich Kellnerinnen, die neben ihrer Schürze auch ihren mit Zigarettenrauch und Bierdunst eingemieften Pullover über eine Sessellehne hängten und zarteste Dessous offenbarten (wieso trug meine Freundin nie so was?), Bardamen mit Beinen bis an die Erde, die die Hochhackigen von ihren müden Füßen kickten und genüßlich anderthalb Meter knisterndes Nylon vor mir auf dem Tisch ausstreckten, es gab immer eines der meist jugoslawischen Zimmermädchen, das gerade Favoritin unseres Empfangschefs war und Delikates zu erzählen wußte, und natürlich gab es Roswitha, deren Oberkörper alleine schon an die dreißig Kilo wog – die setzte sich gerne auf meinen Schoß, rutschte darauf herum, ließ eine Wolke von zartem Schweiß und schwerem Parfüm um meinen glühend roten Kopf schweben und hatte großen Spaß daran, mich zu fragen, was ich denn da in meiner Hosentasche hätte. Es war nicht immer leicht, sie davon abzuhalten, unter dem Gelächter der ganzen Runde nachzuprüfen, ob es sich dabei tatsächlich um ein Taschentuch handelte, wie ich in meiner Not behauptete. Bei aller Peinlichkeit – die konnte ich doch unmöglich rausschmeißen!

Zumal ich ja auch jede Menge lernen konnte von ihnen – nicht nur zum Thema Nummer eins, sondern auch über das Leben im allgemeinen, das Leben in unserer Branche im besonderen, und im ganz besonderen tausend Tricks, wie man sich die Arbeit erleichtern, den Gästen ein Gefühl von Verwöhntsein vermitteln und ihnen gleichzeitig so viel Geld wie möglich aus der Tasche ziehen konnte. Ich hörte zu und lernte. Und schwieg stille. Es ging ja niemanden etwas an, daß ich, wenn alle weg waren, gegen fünf Uhr morgens, und ich meinen Job erledigen und die Zimmerrechnungen auf den neuesten Stand bringen mußte – Vortag addieren, auf den neuen Tag übertragen –, die eine oder andere Rechnung, von der man wußte, daß sie heute zur Barzahlung fällig war, einer kleinen arithmetischen Sonderbehandlung zugunsten der arbeitenden Bevölkerung unterziehen würde. Das war lange, lange vor dem digitalen Zeitalter – noch gar nicht soo lange her, daß Thomas Watson, der Präsident von IBM, geäußert hatte, nach seiner fachkundigen Einschätzung liege der weltweite Bedarf an Computern bei vielleicht fünf oder sechs Exemplaren. *Golden Years …*

… in denen sogar echte Popstars zu Gast in unserem Hause waren, in diesem besonderen Fall PETER & GORDON, damals, 1967, noch eine große Nummer in England, die ich nicht nur liebte, weil sie so schöne Popsongs so schön zweistimmig singen konnten, sondern auch, weil ihre Haare so lang waren, wie meine in diesem Job niemals werden dürften. Und sie trugen violette Samthosen mit weitem Schlag über hochhackigen Beatlesstiefeln, zu knallgelben Satinhemden mit Riesenkragen, lässig ein Jackett aus grünem Brokat über die Schulter gehängt, die Handgelenke voller Gold- und Silberkettchen und die Taschen voll Geld.

Wer sie denn seien und was sie so machten, fragten die Jungs von der Hamburger Ölgesellschaft in ihren grauen Einheitsanzügen abends an der Bar leutselig, das anzuggemäß graue Gesicht mit einem rosigen Schimmer verziert – Hellja machte sehr inspirierte und inspirierende Cocktails.

Och, sie seien Engländer, beschied Gordon, als sei damit schon alles erklärt.

Ja, aber sie hätten doch sicher auch einen Beruf?

Beruf …?

Schon, sie seien Musiker, beteiligte sich Peter, schließlich waren sie ein Duo.

Ah, Musiker! Und welches Instrument?

Instrument? Keins.

Kein Instrument?

Nö, sie seien bloß Sänger, und ab und zu brächten sie mal eine Platte raus.

»Ja, und was macht ihr so den ganzen Tag?«

(Sprich: Die können sich leisten, bis in die Puppen an dieser Bar herumzusaufen, haben offensichtlich Geld wie Heu und Hände wie eine Schmuckverkäuferin. Leben die etwa von unseren Steuergeldern? Engländer hin oder her – wir arbeiten schließlich für einen multinationalen Konzern. Liegt uns das langhaarige Gesindel etwa auf der Tasche?)

Der Langhaarige, Popstar oder nicht, kennt solche Typen und solche Fragen und weiß recht gut, was hinter der freundlich-toleranten Fassade abgeht.

»Well«, zog Peter die Antwort, anscheinend nachdenklich abwägend, in die Länge, »play cards?«

Ich habe heute noch alle PETER-&-GORDON-Platten.

Ein paar Jahre später war es dann von nicht geringem Vorteil, den Betrieb eines Hotels, insbesondere einer Hotelbar, von innen zu kennen. Wenn Sie mit mir zum Beispiel auf Tournee sind und wir nach einem Konzert und dem Besuch der einen oder anderen Kaschemme in unser Hotel einfallen, in dem über der Bar noch zwei einsame heruntergedimmte Lampen brennen, damit – eh – Hellja noch genug Licht hat, um die letzten drei Gäste abzukassieren und ihren Arbeitsplatz zu wienern, halte ich in neunzig Prozent aller Fälle jede Wette, daß vier Leute sich auf die Frage nach einem Absacker eine Abfuhr holen, egal wie sie es anstellen: der Forsche, der Charmante, der Treuherzige, der Protzige. Und wenn Sie Ihren Einsatz bezahlt haben, wette ich noch mal mit Ihnen, daß *ich* noch einen Drink bekomme. Was selbst zu den Zeiten geklappt hat, als ich mit wilden langen Haaren und Sperrmüll-Lederjacken eingelaufen bin.

Wie ich das mache? Warum das funktioniert?

Keine Ahnung.

Vielleicht ist es einfach so, daß all die Helljas einander ziemlich ähnlich sind – schauen mir in die Augen und sehen den süßen kleinen Siebzehnjährigen, mit dem sie in ihrer Jugend so viel Spaß hatten.

Vielleicht gilt aber auch, daß meine Regel aus der Zeit, als ich selbst hinter der Theke stand, »Versuche jeden Gast zu behandeln, wie du als solcher jetzt und hier behandelt werden möchtest«, auch umgekehrt zum Erfolg führt: »Behandle jede Bedienung, wie du als solche zu dieser Stunde gerne behandelt werden würdest.«

Das sei aber doch reichlich pauschal und führe im Ernstfall zu nichts? Na ja, ein bißchen Feingefühl und Einfühlungsvermögen in die Situation, Tagesform des Gegenübers und gegebenenfalls besondere Umstände sollten schon im Spiel sein. Und nicht zuletzt mögen andere die Einstellung haben, ich versuch's mal, und wenn nicht, dann geh ich eben ins Bett; aber *ich* – ich *muß* doch noch einen Drink haben, ich bin *Der Versacker*! Ich muß der letzte sein, der hier rausgeht! Und diese innere Notwendigkeit, dieses substantielle nicht Bedürfnis, sondern Müssen, das erkennt eine Fachkraft, und dieses Fachwissen, gepaart mit menschlicher Wärme – und möglicherweise der Lust auf einen eigenen Absacker in einer Gesellschaft, die verspricht, nett und unterhaltsam zu werden –, läßt mich wahrscheinlich meine Wette gewinnen. So wie ein Sanitäter kein Unfallopfer, ein Waidmann kein angeschossenes Tier, ein Skipper keinen Schiffbrüchigen liegen läßt, so werde ich aufgenommen, verarztet, gerettet.

Amen.

Morgenstund

Ich trank einen Schluck für das Bein, das mir weh tat. Und einen für ihre Hand. Und einen für diese Nacht, die zu Ende ging. Und einen für die ganze Welt. Ich gab mir Mühe, niemanden zu vergessen.
Philip Djian

Der Sinn des Lebens, oder vielleicht etwas weniger hochgestochen, der Unsinn eines Lebens voll fremdbestimmter Arbeit zum Beispiel geht einem ja nicht auf, wenn man nach Abschluß der Lehrzeit und dem Ableisten des Wehrdienstes oder nach dem Abitur von Montag bis Freitag jeden Morgen zur gleichen Zeit die gleiche Strecke zur gleichen Tätigkeit zurücklegt; der Mensch ist schließlich ein Gewohnheitstier. Nein, der geht einem doch erst auf, wenn man mit einer Klarsicht – die von manchen Ahnungslosen verächtlich Tunnelblick genannt wird – nach ein paar feuchtfröhlichen Stunden voller alter und neuer Freunde, alter Witze, neuer Erkenntnisse (und möglicherweise neuer Schulden) aus dem Dämmerlicht einer verrauchten Kneipe auf die Straße tritt (oder getreten wird), sagen wir: um sechs Uhr morgens. Die ersten Vögel jubilieren einem zu (na gut, vielleicht nicht einem selbst, sondern einfach nur dem neuen Tag – aber welcher Tag jubiliert dann schon zurück?), der Himmel färbt sich von Violettrot zu Blau, und weil man mal wieder vergessen hat, Geld für die Straßenbahnfahrkarte – geschweige denn ein Taxi – zurückzubehalten (beziehungsweise: was ist schon so ein Stückchen Papier gegen das Lächeln einer Bedienung, die gerade ein gutes Trinkgeld bekommen hat?), geht man eben zu Fuß, und immer mehr Menschen kommen einem entgegen oder überholen einen (in genau der Straßenbahn zum Beispiel), die graugesichtig, mißmutig, taub gegen den Vogelgesang, blind gegen die Himmelsfarben ihrem stumpfen Gelderwerb zusteuern.

Und, vom Alkohol abgesehen, wärmt einen ein Gefühl von Unabhängigkeit, von Freiheit, das nicht nur damit zu erklären ist, daß der Promillegehalt des das Gehirn versorgenden Blutes einen mit einem Panzer der Gleichgültigkeit umgibt, diesem wunderbaren Leck-mich-am-Arsch-Gefühl der ganzen Welt, allen Regeln und Pflichten und Ängsten gegenüber. Klar, ein bißchen älter und abgeklärter geworden, ist einem auch bewußt, daß genau dieses Gefühl – nicht nur bei einem selbst – genauso zu völlig überflüssigen, weil lebensgefährlichen nächtlichen Autofahrten geführt hat, und man mehr als drei Kreuze schlagen darf, weil die zu nichts Schlimmerem geführt haben, als ein eigenes Auto zu Schrott zu fahren.

Aber andererseits hat es auch mal geholfen, morgens um vier die fünf Stockwerke Baugerüst zu überwinden, um an Antonias Schlafzimmerfenster zu klopfen, die es dann nicht über ihr bis dahin so sprödes Herz brachte, mich da wieder runterzuschicken – so erschrocken und gerührt, daß ihr erst am übernächsten Nachmittag eingefallen ist, daß sie mich auch auf dem normalen Weg durchs Treppenhaus wieder hätte wegschicken können.

Aber da hatte ich sie schon erobert und mit ihr eine weitere wunderbare Art zu versacken geübt – sich genüßlich zwei Nächte und Tage zwischen Bett und Badewanne, Teppich und Couch herumzuräkeln, Liebe in allen Variationen zu machen, die durchschnittlich eins Komma sechs Quadratmeter Haut des menschlichen Körpers Zentimeter für Zentimeter zu entdecken, zu feiern, liebzugewinnen, die Zeit darüber zu vergessen, die Welt da draußen, das Leben dort, das Leben davor und das danach sowieso. Hatte völlig versunken feststellen können, daß die Farbe ihrer Augen nicht eine Farbe, sondern ein ganzes Spektrum war, das sich änderte, je nach Tageszeit, je nach dem Licht, das sie traf, der Stimmung, in der sie gerade war; daß wir nach zweiunddreißig Stunden, wenn wir dachten, daß es nun aber auch gar keine Geheimnisse mehr zwischen uns gab, noch drei neue erogene Zonen finden konnten, eine Tatsache, die zu würdigen wieder zwei Stunden in Anspruch nahm; und wie lange man sich zu zweit mit einem Becher Joghurt vergnügen kann, hatten wir bis dahin auch noch nicht gewußt, wir beide nicht.

Und wie herrlich war es dann, erschöpft, ausgelaugt und – Pardon – ausgelutscht in einem watteweichen Halbschlaf dahinzudämmern, den Atem und den Herzschlag des anderen zu spüren, weit weg, wie den Rhythmus ferner Gezeiten, und doch so nah, daß es manchmal schwerfiel, zu entscheiden, wessen Puls es eigentlich war, den wir gerade spürten, während die Hitze der Leidenschaft sanft aus unseren Körpern strömte, sich mit der des anderen vermischte, eine Glocke von Wärme um uns bildete, bis die Gesetze der Physik Oberhand gewannen und es kühl wurde, irgendwann so kühl, daß sich Gänsehaut einstellte und wir uns schaudernd wieder aneinanderschmiegten, umeinanderwickelten, aneinander reiben mußten, um die Heizung wieder in Gang zu bringen, die kleinen Öfchen anzufachen, was sogar gelang, allen Physikgesetzen zum Trotz, obwohl sie immer feuchter wurden, je mehr wir sie anfachten. Studium? Ein Job? Eine Verabredung irgendwo? Pah!

Ohne Wein und ohne Weiber / Hol der Teufel unsre Leiber! Hat doch schon Goethe erkannt – mit fünfundzwanzig! Was sie uns wohlweislich unterschlagen haben, als sie uns im Deutschunterricht mit seinen Werken piesackten und uns scharenweise in die Arme von *Jerry Cotton* und *Kommissar X*, von *Perry Rhodan* und *Tom Prox* trieben.

Dabei waren wir ja eigentlich bei fremdbestimmter Arbeit. Selbstverständlich hatte ich nicht im geringsten im Sinn, mich über die Arbeiterklasse lustig zu machen. Zum einen muß es die ja auch geben, und sei es, damit die Gesellschaft sich Randfiguren wie mich überhaupt leisten kann; zum anderen gibt es doch durchaus Menschen, die in ihrer Arbeit, sei sie auch noch so fremdbestimmt, ihre Erfüllung gefunden haben. Zumindest Menschen einer Generation, die sich ihren Beruf noch selbst wählen konnte und nicht schicksalsergeben irgendeinen in irgendeiner Branche ergriffen hat, weil da zufällig mal eine freie Lehrstelle angeboten wurde. Nein, ich rede hier von Menschen, die sich bei ihrer Arbeit wohl fühlen, die gar keinen Grund sehen, sich nach etwas anderem umzuschauen, sich von ihrem angestammten Platz zu trennen, die sich in ihrem Beruf verlieren – was ja, wie der aufmerksame Leser noch weiß, eine weitere Bedeutung von versacken ist.

»Ich liebe meinen Job«, pflegt zum Beispiel mein Freund Hartmut zu sagen; unerschütterlich, auch heute noch (vielleicht hilft es ja, wenn man mit einem solchen Namen gesegnet ist – nomen est omen und so).

Hartmut Zickler kenne ich schon aus der Volksschule – als ich ins vierte Schuljahr kam, saß er bereits da, ein Jahr älter als ich. Dank seines zweiten Durchgangs des gleichen Lernstoffs in der vorletzten Bank, also eine Reihe vor mir. Lehrer Dünkelmann sortierte seine Klassen immer schön nach Leistung und Betragen: Die Schüler, die er im Auge behalten wollte, saßen vorne, und die braven und guten durften hinten sitzen (und weitgehend unbemerkt und ungestört einen Haufen Blödsinn anstellen – zumindest, bis sie ertappt wurden und die Sitzordnung wieder umgeworfen werden mußte).

Nicht nur im Kindergarten, auch in jedem neuen Schuljahr die Frage: »Na, was wollt ihr denn mal werden, wenn ihr groß seid?« Zwischen den üblichen Piloten, Förstern, Motorradpolizisten und Dschungelärzten (Herr Dünkelmann hatte uns gerade von Albert Schweitzer erzählt) sorgte Hartmut Zickler für Staunen, Kopfschütteln und Heiterkeit:

»Kirschenkönig! Wie mein Papa!«

Kirschenkönig …? Was das denn sein solle.

Na, er wolle eben tun, was schon sein Vater tue, solange er den kenne – einen blauen Kittel und eine speckige schwarze Ledermütze tragen und im *Storchen-Eck* am Geldspielautomaten stehen.

»Und immer, wenn die rasenden Walzen stehenbleiben und drei Kirschen zeigen, klingelt es, und es gibt Geld!«

Erstaunlich – erst mit dreizehn kam Hartmut auf den Trichter, daß sein Alter auf die Art nur seine Freizeit verbrachte, tatsächlich aber einen richtigen Beruf hatte und als permanenter Nachtschichtler von Mitternacht bis acht in der Druckerei Diele & Sohn den *Lucullus*, Beileidskarten und Sonderangebote der Wäscherei Krischer faltete.

Trotz dieses ausgefallenen Berufswunsches mochte ich Hartmut anfangs nicht. Im Gegenteil – er ging mir ganz furchtbar auf die Nerven. Hatte er doch die dämliche Angewohnheit, sich auf dem Stuhl direkt vor mir ständig herumzudrehen und mich minutenlang anzuglotzen. Möglicherweise wollte er nur herausfinden, worüber Karl-Heinz und ich dauernd was zu kichern hatten; vielleicht war ihm auch ein Rätsel, wie es mir gelang, trotzdem immer fehlerfreie Diktate zu schreiben oder sechs Seiten lange Aufsätze in einer halben Stunde hinzuwerfen, für die er beim Pausenklingeln gerade mal die Einleitung zu Papier gebracht hatte. Vielleicht wartete er darauf, daß mir ein drittes Auge wuchs und meine Pupillen sich in Kirschen verwandelten.

Aber das verriet er nicht – er glotzte nur. Stumm und stumpfsinnig, mit großen, blaßgrünen Augen. Und ging mir auf den Keks.

»Guck nach vorne!« sagte ich. Hartmut starrte mich noch eine Weile an und ließ sich das durch den Kopf gehen, dann drehte er sich um. Für ein paar Minuten.

»Knall ihm doch 'n paar«, schlug Karl-Heinz vor. Ich doch nicht – ich war einer von den Braven und Guten in der letzten Bank.

»Guck nach vorne, Hartmut!« sagte Lehrer Dünkelmann. Hartmut guckte nach vorne. Für eine Viertelstunde.

»Glotz mich nich so an!« sagte ich. Tag für Tag, wochenlang. Und wurde saurer und saurer.

So sauer, daß ich es eines Tages leid war.

»Hartmut«, zischte ich ihn an, »wenn du dich noch ein einziges Mal zu mir rumdrehst und mich so anglotzt, hau ich dir eine aufs Auge!«

»Bravo!« stichelte Karl-Heinz. Meine Wut schien bis zu Hartmut durchzudringen, er drehte sich um und schaute nach vorne. Minutenlang. Den Rest der Erdkundestunde. Die ganze Religionsstunde: Alles, was ich sehe, ist sein feister, ausrasierter Nacken. Den Wirbel auf seinem Hinterkopf.

In mir brodelt es – wochenlang Wut angestaut, und dann so was.

Deutschstunde. Aufsatz: *Welches Buch ich als letztes gelesen habe und warum es mir gefallen hat oder nicht.* Wunderbares Thema. Gerade für mich. Normalerweise hätte ich einen Aufsatz über das Lesen oder etwas Gelesenes hingeskribbelt wie nichts, zwanzig Seiten hätte ich vollgeschrieben über *Die Schatzinsel*, gleichzeitig noch Karl-Heinz bei seiner Abhandlung über *Fünf Freunde und das Schiff der Schmuggler* geholfen, den Rest der Stunde schon die Rechenhausaufgaben für den nächsten Tag gelöst und mir ein fettes »Sehr gut« abgeholt. Oder den Rest der Stunde bei *Eduscho* verbracht.

Aber ich kann mich nicht konzentrieren. Kann immer nur auf diesen Nacken starren, diesen Wirbel und die verlaufene Wäschetinte auf dem Schildchen im Kragen von Hartmuts linksrum angezogenem Pullunder. In meinem Magen rumort es, als hätte ich ein ganzes Pfund Pflaumen gegessen, mitsamt Kernen, und in meinen Ohren rauscht es wie beim Tauchen im Baggersee. Alles in mir hat sich darauf eingestellt, einen Grund zu bekommen, die Drohung wahr zu machen.

Aber der verdammte Kerl rührt sich nicht. Dreht sich nicht einmal um. Nicht ein einziges Mal. Nicht mal für einen Augenblick. Noch zwanzig Minuten bis zum letzten Klingeln, und alles, was in meinem Heft steht, ist *Welches Buch ich als letztes gelesen habe und warum es mir gefallen hat oder nicht. – Die Schatzinsel.* Von Robert Louis Stevenson.

Ich koche.

Ich koche über.

»He«, flüstere ich und tippe Hartmut auf die Schulter. »He, Hartmut ...!« Mit einem überraschten und freudigen Grinsen dreht er sich um.

Den Rest des Schuljahres saß ich in der ersten Reihe. Hartmut Zickler mit seinem blauen Auge gleich neben mir. Dort wurden wir dann doch Freunde – ein Junge, der nach einem geschwänzten Schultag Herrn Dünkelmann als Entschuldigung ein Heft vorlegt, in dem über zwei Seiten, diagonal in riesiger Kinderschrift hingekrakelt, *Mein Son war krang. Frau Zickler!* steht, muß doch mein Freund sein.

Hartmut wechselte zwar mit mir aufs Gymnasium, aber nach drei Jahren legte man seinen Eltern nahe, ihren Sohn wieder herunterzunehmen, nicht nur, weil er des öfteren mit mir versackt war. Versackt mit mir und seinem *Grundig*-Tonband. Mit dem nahm er spätabends Musik auf: Radio Luxemburg, BFBS, AFN, auf Mittelwelle; Elvis, Eartha Kitt und JOHNNY AND THE HURRICANES, begleitet von Pfeifen, Piepsen und Rauschen, gelegentlich überlagert von französischen Vorträgen, orientalischen Tänzen und, mal wieder, deutschen Wasserstandsmeldungen; und morgens früh schon trafen wir uns bei ihm zu Hause – er wohnte auf meinem Schulweg – und hörten uns in seinem Zimmer bei einer Kanne Kakao die Bänder an, voller Begeisterung, hin und weg von den neu- und fremdartigen Klängen, bis uns irgendwann auffiel, daß wir die erste Unterrichtsstunde bereits verpaßt hatten.

»Ich hasse Skifahren«, verkündete Hartmut, lange vor einer winterlichen Klassenfahrt in den Schwarzwald. Trotzdem kauften ihm Zicklers ein Paar Skier – man will sich ja nicht blamieren als Arbeiterfamilie in Akademiker- und Beamtenkreisen. Daß Hartmut die neuen Skier am Kölner Hauptbahnhof »vergaß«, nützte ihm erst mal leider nicht viel – unser sportbegeisterter Klassenlehrer nahm kurzerhand das Angebot der Jugendherberge wahr und mietete ihm ein Paar. Nachdem man Hartmut einen ganzen Vormittag mit Stemmbögen gepiesackt hatte, stellte er sich am Nachmittag mit angeschnallten Brettern quer über einen Abwassergraben und wippte so lange auf und ab, bis es krachte. Da er sich dabei dummerweise auch noch einen zwanzig Zentimeter langen Holzsplitter in die Wade jagte, war er zwar den Rest der zwei Wochen von allen sportlichen

Aktivitäten befreit, mußte aber zum Ausgleich dreißig Seiten des *Doctor Dolittle* übersetzen – unser Sport- und Klassen- war auch unser Englischlehrer.

Auf Seite fünf, auch dieser Beschäftigungstherapie schnell überdrüssig (*»Animals don't always speak with their mouths«, said the parrot. »They talk with their ears, with their feet, with their tails – with everything.«*), opferte Hartmut sein komplettes Taschengeld und begann seine zunehmende Konzentrationsschwäche mit einer Flasche *Scharlachberg Meisterbrand* zu kompensieren. Was nicht nur dazu führte, daß die Zicklersche Übersetzung sich mit jedem Kapitel vom Loftingschen Original entfernte und nie fertig wurde, sondern auch, daß Hartmut es bei einem nächtlichen Ausflug in das benachbarte Mädchenwohnheim an der gebotenen Diskretion mangeln ließ. Und daß der Krieg zwischen ihm und unserem Ordinarius in dessen dringendem Rat an Herrn und Frau Zickler gipfelte, ihren Sohn dem Gymnasium als Zögling zu ersparen.

Proletariereltern waren damals noch leicht zu beeindrucken von jemandem, der nicht nur Klassenlehrer, sondern auch noch Ordinarius ist. Mit fünfzehn begann Hartmut eine Lehre in der Druckerei Diele & Sohn, mit siebzehn hatte er vom Hofkehren und Maschinenputzen die Nase voll, vom kargen Lehrlingsgehalt ganz zu schweigen, und fand eine reizvolle neue (und sehr viel lukrativere) Aufgabe bei einem aufstrebenden Automatenaufsteller. Und ist jetzt seit über dreißig Jahren in einem blauen Kittel unterwegs, ein speckiges Lederkäppi auf dem Kopf, und versorgt fröhlich und wohlgemut Musikboxen und Zigarettenautomaten.

Vielleicht hätte ich doch auch auf meine Mutter hören und irgendeine Lehre antreten sollen, statt mich weitere zwei Jahre mit unserem Klassenlehrer anzulegen, bis er mich gründlich durch die mittlere Reife rasseln ließ. Andererseits – was bedeutet die Bescheinigung gerade mal mittlerer Reife schon einem, der größer werden will als die STONES.

»Ich liebe meinen Job«, pflegt mein Freund Hartmut jedenfalls zu sagen, unerschütterlich, auch heute noch (vielleicht hilft es ja, wenn man mit einem solchen Namen gesegnet ist), wenn ich ihn alle paar Monate mal sonntags abends auf das eine oder andere Bier im *Storchen-Eck* treffe – wo er den Geldspielautomaten füttert, den er montags wieder leert, und auf das Klingeln der drei Kirschen wartet.

Soll noch mal einer sagen, Träume seien Schäume.

Wenn einer eine Reise tut …

Es ist soviel leichter, Wirklichkeit zu begraben
als Träume loszuwerden.
Don DeLillo

Viele träumen ja vom Reisen. Lange weg, weit weg. Aber man muß ja gar nicht wegfahren. Ich schon gar nicht, und nicht nur aus Faulheit, Flugangst oder Geldmangel. Mir reicht's, ein Buch aufzuschlagen. Wenn es auch nur halbwegs was taugt, bin ich weg. Eine Lust, die übrigens auch anfing, in meinem Leben eine Rolle zu spielen, als ich vier war. Sowohl meine Mutter als auch meine Großmutter waren geduldige, ausdauernde und begnadete Vorleserinnen – sie spielten mit großer Freude all die Zwerge, Hexen, Feen, Zauberer, Riesen, Raben, Drachen, Prinzen, Prinzessinnen und Könige, die die wunderbare Welt der Gebrüder Grimm, der Bechsteins, Hauffs und Andersens bevölkerten, zogen mich mit ihren tausend Stimmen in jede Geschichte hinein, brachten mich zum Lachen, Weinen, Zittern und Leiden – und machten mich süchtig. Nicht nur der kleine Häwelmann, auch der kleine Schwab schrie immer wieder: »Mehr, mehr!« und *blies beide Backen auf*. Und noch heute – heute mehr denn je – bin ich den beiden dankbar, daß jedes »Was steht da? Was is' das für'n Buchstabe?« mit Engelsgeduld wieder und wieder beantwortet und erklärt wurde – ganz instinktiv haben diese beiden Proletarierinnen meine Neugier und meine Lust am geschriebenen Wort gefüttert und gefördert. Bis mein Hunger nach, zumindest gelesenen, Abenteuern das Bücherregal meiner Großmutter eroberte, wo ein paar Meter *Bertelsmann*-Lesering eine ganz neue Welt öffneten. Und früh Vorlieben und Abneigungen säten – Thomas Manns Schachtelschreibe zum Beispiel habe ich auch später nie schätzen gelernt, wogegen Hemingway und seine Erben noch heute den größeren Teil meiner Regale füllen.

Und wie man von seinem ersten STONES-Album zu Muddy Waters und Sonny Boy Williamson kommt, wenn man auch aufmerksam das Kleingedruckte liest, von da vielleicht über afrikanische Rhythmen zum Jazz von Charlie Mingus oder zu den Balladen von Ali Farka Touré, so kann man sich auch durch die Weltliteratur führen lassen: Von *Britta und ihrem Schokoladenhund* ist es nicht weit zu *Barry, dem Wolfshund,* von da ein winziger, aber gewaltiger Schritt zu *Wolfsblut,* und von Jack London gelangt man doch recht flott zu Steinbeck, Melville und Joseph Conrad, und so weiter, und so weiter – das Weltreich der Literatur ist ja fast noch unerschöpflicher als das der Musik. Eine der Ängste, die man in seinem Leben besiegen muß, ist doch die, daß man das ja alles gar nicht schaffen kann in diesem einen kleinen Leben.

Ja, schon gar nicht, wenn man zwischendurch dauernd meint, versacken zu müssen! – Jaa-haa, Klugscheißerle! Und wenn man dauernd in anderleuts Angelegenheiten rumstochert, kommt man auch nicht dazu, sich an die eigene Nase zu fassen.

Später funktioniert das literarische Reisen dann wieder umgekehrt – man liest *Sophies Welt,* weil das alle lesen und toll finden, wird auf Plato, Pluto und Plutarch gestoßen, guckt daher vielleicht mal wieder in *Körners Geschichte der Philosophie,* stolpert einmal mehr über Wittgenstein, und prompt fällt einem in irgendeinem Buchladen *Das Wittgenstein-Programm* in die Finger, womit man den vielseitigen Philip Kerr entdeckt hat, der wiederum auch ein paar ungewöhnliche Krimis geschrieben hat, die im Berlin des Zweiten Weltkriegs und der Nachkriegszeit spielen. Das macht womöglich Lust, mal wieder Alfred Döblin, Hans Fallada oder den wunderbaren Fritz Grasshoff aus dem Regal zu holen – und schon haben wir einen schönen Bogen geschlagen, denn der Autor vom *Blauen Heinrich* hat schließlich auch den Text zu Hans Albers' *Nimm mich mit, Kapitän* gedichtet, mit dem ja sowieso alles anfing.

Überhaupt spannend – die Querverbindungen zwischen Literatur und Musik. Ohne Andrew Vachss hätte ich am Ende nie die wunderbare Sängerin Judy Henske entdeckt, die einem ihrerseits Lust macht, im Regal mit den lange nicht gehörten Blues-

Platten zu stöbern, Bessie Smith, Lightning Hopkins, der große Leadbelly (über den wiederum Joni Mitchell einen Song gemacht hat – auch lange nicht aufgelegt). Vielleicht geht es Ihnen auch wie mir, und Sie können immer wieder stundenlang in John Irvings *Hotel New Hampshire* versinken, jedoch sein Faible für das Ringen nicht teilen – aber das inspiriert Sie, doch mal wieder die feinen Boxergeschichten von Nelson Algren aufzuschlagen, einen Gedichtband von Wolf Wondratschek oder Stories von Jörg Fauser. Der Sie prompt daran erinnert, daß Sie lange nicht mehr die Platten von Achim Reichel gehört haben. Was durchaus seine Gründe haben kann – aber ist nicht uns Achim damals mit seinen RATTLES auch schon im Hamburger *Starclub* aufgetreten, wo die BEATLES mit Tony Sheridan ...? Schon landen wir bei der geschriebenen Geschichte der Popmusik – beim lockerflockigen Nik Cohn, dem gnadenlosen Lester Bangs und dem überkandidelten Greil Marcus, und dann aber sofort her mit Hunter S. Thompson, Jack Kerouac und Ken Kesey! Wobei wir unterwegs keineswegs vergessen haben, daß doch von diesem Nelson Algren auch *Der Mann mit dem goldenen Arm* stammt, in dessen Verfilmung Frank Sinatra die Hauptrolle spielte; schon liegt *Ol' Blue Eyes* im CD-Player, vielleicht seine wunderbare Zusammenarbeit mit Antonio Carlos Jobim, der einen nach Brasilien entführt, musikalisch zu Jorge Ben, Joao und Astrud Gilberto und literarisch, sagen wir, zu den Reiseberichten Ernst Friedrich Löhndorffs. Von dort rüber nach Kolumbien zu Gabriel García Márquez? Nach Argentinien, zu den Tangos von Carlos Gardel und den Büchern von Julio Cortázar? Nach Mexiko und den schrägen Krimis von Paco Ignacio Taibo II oder zu Malcolm Lowry? Rüber über den Rio Grande, zu Zane Grey, Ryder Haggard oder Loren D. Estleman, und dazu passend legen wir ein paar der genialen Western-Soundtracks von Ennio Morricone auf? Nein? Sie stehen nicht auf Western, es zieht Sie eher wieder zurück nach Südamerika, zu Pablo Neruda, Bruce Chatwin oder von mir aus sogar Paolo Coelho? Oder musikalisch zu Flora Purim und ihrem Gatten Airto Moreira –

der wiederum auch schon bei Miles Davis trommelte, raschelte und klapperte. Der seinerseits ein leidenschaftlicher Boxer war, also legen wir *Jack Johnson* noch einmal auf, dazu könnten wir Max Schmelings Autobiographie lesen, und da Lesen meist länger dauert als eine Platte, folgt *Jack Johnson* Bob Dylans *Story Of Hurricane* – auf Maxens musikalischen Humpelversuch *Das Herz eines Boxers* können wir nüchtern sicher leicht verzichten; da greifen wir als Kölner schon lieber zu Peter Müllers *Rädewumm, rädewumm, dä Jung, dä fällt nit um.* Und prompt fällt es uns schwer, zu entscheiden, welcher Richtung wir nun folgen sollen: von Bob Dylan zu den Gedichten Allen Ginsbergs zu Johnny Cash zu Emmylou Harris – oder rüber zu Bruce Springsteen und den Stories von Richard Ford und Andre Dubus und den Gedichten von Charles Bukowski? Oder von *Hurricane* zu den Romanen von Ernest Gaines und der Musik von Billie Holliday, zu James Baldwin und Sly Stone? Vom Boxen über den Allround-Kampfsport von Peter O'Donnells Modesty Blaise zum abgedrehten Arsenal von Jan Flemings James Bond? Oder bleiben wir in Deutschland und treiben von Schmeling zu Schroeders Siegfried oder zu Vespers Reise? Reisen wir mit Miles Davis zu John Coltrane, finden Gefallen an Saxophonklängen und zu Jan Garbarek und, einmal in Schweden, den Krimis von Henning Mankell – oder doch lieber von der Müllers Aap zu Willi Ostermann, den BLÄCK FÖÖSS und der Lebensgeschichte von Herrmann Götting oder dem schönen Straßenmusikerroman *Stella Runaway* von Uta Titz ...?

Ganz, oder eben gar nicht zu schweigen davon, daß wir uns auch ans andere Ende der Welt locken lassen könnten, von John zu Alice Coltrane, von der zu Ravi Shankar, von dort zu der abgefahrenen Musik Bollywoods und den mächtigen Sittengemälden von Rohinton Mistry oder Anundhata Roy, mit einem kleinen Abstecher nach Japan vielleicht, wo wir Yokio Mishima und Haruki Murakami lesen und Ryuichi Sakamoto hören könnten – falls wir dazu noch den nötigen Ernst besitzen, nachdem wir aus unserer Frühstückszeitung erfahren haben, daß

RTL-Moderatorin Tamara von Nayhauß nicht nur auf asiatische Kunst abfährt, sondern nun sogar auch selbst zu Pinsel und Tusche greift. Und das einzige, was ihr jetzt noch fehle zum Glück? Sie verrät es uns, zu unserem Glück: »Ich möchte gerne Sushi kochen können.« *Sushi kochen.* Wir drücken die Daumen, belegen uns ein Brot mit rohen Eiern und legen ein bißchen Captain Beefheart auf – *My Head Is My Only House Unless It Rains …*

Aber wie auch immer: Wem ist eigentlich eingefallen, so einem Schmöker- und Plattenstöbertag nur vierundzwanzig Stunden zu gönnen?

Allein, der Tag geht nun mal zu Ende, das Fläschchen Wein, das wir uns derweil gegönnt haben, zur Neige. Und da sitzen wir, inmitten mehrerer schwankender Stapel von Büchern, Schallplatten und CDs, und fragen uns nicht nur, wer das denn jetzt alles ordentlich wieder in die Regale sortiert, sondern kramen noch eine CD raus, und schon schwingen wir das Tanzbein und singen mit Nina Hagen, ganz schön stolz auf uns: *Mann, bin ick belesen, ey!*

Na ja. Jedenfalls war es auch als Kind schon schwer genug, das Faszinosum Radio, das Locken der Spielkameraden da draußen und den Lesehunger unter einen Hut zu bringen. Erschwerend kam hinzu, daß mein Taschengeld so knapp bemessen war, daß es Jahre dauerte, bis ich mir eine Taschenlampe leisten konnte, mit der ich dann unter der Bettdecke meinem viel zu kurzen Tag noch ein paar Stunden, Meilen, Welten, Jahrhunderte abknapsen konnte (und, heute kann ich's ja sagen, ich bin nicht sicher, ob ich diese erste Taschenlampe je bezahlt habe, der alte Woolworth, *God bless him*, möge mir verzeihen …).

Höchst anstrengend auch die Phase, in der ich als Dreizehnjähriger mal versuchte, eben dieses – eh – Taschengeld, diesen winzigen Tropfen auf meinem großen heißen Stein mit kleinen Jobs aufzubessern. Zum Beispiel als Zeitungsbote. Dienstags abends bekam man diesen Packen Zeitschriften, die bis Freitagmorgen auszuliefern waren. Der wurde erst mal auf dem großen

Tisch im Flur ausgepackt und nach Straßen und Adressen sortiert. Dabei konnte man sich schon mal einen ersten Überblick über Titelgeschichten verschaffen – die ja noch relativ schnell gelesen waren. Aber da waren ja auch all die anderen Reportagen, Geschichten, Meldungen, Fortsetzungsromane, Horoskope, Witzseiten; und es war nicht nur eine Zeitschrift – es gab die *Neue Illustrierte* und die *Quick*, die *Bunte* und den *Stern*, *Hör Zu* und *Hören und Sehen*, die *Bravo*, den *Kicker* und *Schöner Wohnen* … – das Ende vom Lied war, daß ich nicht vor Donnerstag abends anfing, mich aufs Rad zu schwingen und schweißgebadet tatsächlich meinen Job zu machen. Und man hätte mir auch gewiß bald gekündigt, als sich die Beschwerden häuften, daß in meinem Revier manche Zeitschrift erst am Samstagmittag ihren Abonnenten erreichte, wenn mir nicht schon vorher mein Fahrrad geklaut worden wäre – geklaut, während ich im gelben Funzellicht irgendeines Altbauhausflurs mit dem Neuesten und Besten aus *Reader's Digest* versackt war!

Was mich heute noch wundert, ist, wie ich es geschafft habe, den Leuten ihre Zeitungen abzuliefern, ohne schon all ihre Kreuzworträtsel gelöst zu haben.

Susi als Strolch

Was Besseres als den Tod
finden wir allemal.
Gebr. Grimm

Ein paar Jahre später, ich war mal wieder noch am Anfang meiner Karriere, mußte also gleichzeitig irgendeinem Job nachgehen, der mir wenn schon nicht die Welt zu Füßen, dann doch wenigstens ein Dach über dem Kopf bescherte, war es meine Aufgabe, im Lager eines Buchgroßhändlers die Bestellungen der Einzelhändler zusammenzusuchen. Genau der richtige Job für einen, der an keinem bedruckten Umschlag vorbeigehen kann, ohne den näher in Augenschein zu nehmen, den Klappentext zu studieren, nachzuschauen, worum es geht, worum es wem geht und für welchen ersten Satz sich der- oder diejenige denn entschieden hat. Was selbstverständlich alle naselang dazu führt, daß man sich von guten ersten Sätzen zum »schnell mal eben« Verfolgen der ersten drei, vier Seiten verführen läßt. Gefährlich, wie sich jeder denken kann – einen Job, den man mit Schmökern vertrödelt, behält man normalerweise nicht lange.

Aber zum Glück gab es ja Herrn Becker. So lang wie breit wie tief, eingezwängt in einen verwaschenen grauen Kittel, dessen Knopflöcher Frau Becker mit starkem Zwirn mehrfach verstärkt hatte, und seit über zwanzig Jahren in der Firma. Quasi unkündbar. Und Herr über einen der interessantesten Schlüssel, die man sich in einem Buchgroßhandel vorstellen kann.

»Du bis' ja in Ordnung, Susi«, erkannte er eines Tages erstaunt, nachdem ich ihn kurz nach der Mittagspause geweckt und von einer Palette mit dem neuen Simmel hochgescheucht hatte. Der Chef machte einen Rundgang mit irgendwelchen wichtigen Kunden, der hätte sich von Beckers Geschnarche wenig begeistert gezeigt – von seiner Fahne mal ganz abgesehen. Und quasi unkündbar ist ja nicht unkündbar.

Mit Susi meinte er übrigens mich – wir reden hier von Zeiten, da ich nicht nur ein paar Haare mehr hatte, sondern die auch offen trug, und nicht wesentlich kürzer als Beckers Kittel. Das war aber nun nicht mehr schlimm; ich war ja jetzt in Ordnung. Und konnte eingeweiht werden.

»Susi, komm ma' mit«, hieß es also einen Tag später. »Ich muß dir ma' wat zeigen!« Er war älter und über zwanzig Jahre in der Firma, also kam ich mit. In den Lastenaufzug. In den Keller. Durch ein paar Gänge, die ich noch nie gesehen hatte. Zu einer schweren Metalltür. Zugegebenermaßen ein klein bißchen nervös: Okay, er pflegte zwar am laufenden Band die schweinischsten Witze zu erzählen und mit permanenten Anzüglichkeiten die älteren Damen im Lager zum Kreischen zu bringen – aber immerhin nannte er mich Susi …

All meine Befürchtungen erwiesen sich als völlig unbegründet.

»Tataa!« Mit einer weit ausholenden Armbewegung und unverkennbarem Stolz präsentierte Becker mir sein Schatzkästlein, als sei es das lang gesuchte Bernsteinzimmer. Acht Quadratmeter, ein Tisch, vier Stühle, ein paar Pin-up-Fotos. In der einen Ecke ein Kühlschrank, obwohl es schon reichlich kühl war in dem Räumchen. In einer zweiten Ecke ein Stapel leerer Bierkästen. Und in der dritten ein Stapel voller Bierkästen. Wen interessiert schon das Bernsteinzimmer.

»Is' ja interessant«, sagte ich. »Nich' schlecht.«

»Tja, Susi«, strahlte Herr Becker. Holte eine Flasche Korn und zwei Schnapsgläser aus dem Kühlschrank, öffnete zwei Flaschen Bier und stieß mit mir an. »Willkommen im Club!«

Ich war gerade zwanzig geworden. Ich hatte, wie es sich manchmal so ergibt, schon einiges weggekippt in meinem kurzen Leben. Aber hier lernte ich das Saufen. So richtig.

Die ersten Monate war ich noch mittags in die Kantine gegangen, was essen. Dann hatte ich mich ein paar interessanteren und lustigeren Kollegen angeschlossen, mit denen ich die Dreiviertelstunde Mittagspause in der nächsten Kneipe links verbrachte; anfangs noch mit zwei Frikadellen, einer Cola und einem oder zwei Bier. Nun gehörte ich zum Club. Als erstes wurde die Cola gestrichen, dann die zweite Frikadelle, dann wurde die erste durch einen *Kabänes* ersetzt. In meinem zweiten Jahr als Buchgroßhandelslagergehilfe, also im Dienste der Literatur, dauerte meine Mittagspause dank der Protektion durch Herrn Becker etwas über eine Stunde, und an deren Ende standen bei jedem von uns neun Bier und fünf, sechs Kurze auf dem Dekkel. Was uns regelmäßig in die Stimmung versetzte, nach der Rückkehr aus der Pause erst einmal in den Lastenaufzug zu steigen und in den Clubkeller zu fahren – erst mal mit einem Klaren und einer Flasche Bier den Kräutergeschmack wegspülen.

Dann wurde ein, zwei Stündchen gearbeitet, oder zumindest so getan als ob, bis die trockene Luft des Bücherlagers und ein sich schleichend ankündigender Kater uns wieder in den Keller trieben.

Das alles konnte ich mir freilich eigentlich gar nicht leisten. Da traf es sich gut, daß ich in meiner Freizeit in Lokalen verkehrte, in denen Menschen verkehrten, die ebenfalls ein großes Interesse an Büchern hatten, aber ähnlich knapp bei Kasse waren. Denen konnte ich dann des öfteren gefällig sein – wer kontrollierte beim Nachhausegehen schon Herrn Beckers Liebling?

Denn natürlich hatte ich auch noch meine Freizeit. Erst mal im Zickzack die Bücherbeute nach Hause bringen und eine Stunde aufs Ohr hauen, dann irgendwas essen (so schwer das auch manchmal fiel), und dann ab in die Stadt. Ins *Laberinth* zum Beispiel. Bücher zu Geld machen. Neue Bestellungen aufnehmen, ein paar Bier trinken, ein wenig flippern, flirten oder beides, zum Ausklang ein paar Bier trinken.

Sich daran erinnern, daß es da doch noch diesen Traum vom Musikerwerden gab. Das Lokal wechseln. In den *Limbo* etwa, wo die anderen Musiker abhingen. Bands gründen, Pläne schmieden, Jam Sessions verabreden und verabredete Proben absagen. Bier trinken.

Bis fünf Uhr morgens.

Nach Hause wanken, zwei Stunden in voller Montur in die Badewanne legen (in die *leere* Badewanne!) und pennen (ins Bett gehen war zu gefährlich – da wurde man erst nachmittags wieder wach, trotz dreier Wecker). Morgens um halb acht zum Bücherlager trotten, sich mit Herrn Becker recht schnell einig sein, daß das gestern wieder ein verdammt harter Abend gewesen und das einzig wahre Gegengift nun eine kalte Flasche Bier sei – ab in den Lastenaufzug.

Na, na, na – übertreibt der Herr da jetzt nicht ein bißchen?

Leider nicht.

Ja, Mensch, wie hast du das denn überlebt?

Hab' ich …? Na ja, scheint so.

Das ist ja furchtbar …!

Och.

Zumindest konnte ich auf die Art diesen Job über zwei Jahre behalten – ich war spätestens ab Mittag viel zu besoffen, um noch groß in Büchern schmökern zu können. Und machte meinen Job deshalb so gut, daß ich befördert und zur Fließbandendkontrolle versetzt wurde. Hieß mehr Geld, noch gleitendere Arbeitszeit – und Horst.

Horst, Haut und Knochen und eine rasselnde Lunge, machte seinen Job da schon seit zehn Jahren. Kam jeden Morgen mit zwei Riesenthermoskannen zur Arbeit. Die erste davon hatte er bis zur Frühstückspause geleert. Nach ein paar Tagen bot er mir auch einmal einen Becher an. Ich hätte fast einen Herzinfarkt bekommen – darin war eine Mischung aus pechschwarzem Kaffee und goldblondem Asbach. Halb und halb. Nach dem ersten Becher ließ ich ihn die Plörre fürderhin alleine trinken. Ich wollte ja überleben.

Gegen die Geschichten von Horst waren die Witze von Herrn Becker allerdings der reinste Kinderkram. Die von dem fröhlichen Wochenende, das er komplett mit seiner Frau, seiner Schwiegermutter und seiner Nachbarin im großen Ehebett verbracht haben wollte und an dessen Ende er den Damen völlig erschöpft noch einen jungen Taxifahrer und dann einen willfährigen Schäferhund gegönnt habe, in den farbenfrohesten Details geschildert, während Wannen voll Thomas Mann, *Das Beste von Loriot, Räuber Hotzenplotz, Pippi Langstrumpf* und *Jetzt helfe ich mir selbst – Band 19: Der Citroen 2CV* an uns vorbeiratterten, war da noch eine der harmlosesten.

Wenn ich ihm das nicht glauben wolle, könne ich gerne mal am Samstag vorbeikommen, bot er mir an. Falls mir seine Schwiegermutter zu alt sei, seine Frau sei Neuem gegenüber immer äußerst aufgeschlossen, und wenn selbst die zu alt sei – die Nachbarin habe eine Tochter, da würde ich mir alle elf Finger nach lecken! Beziehungsweise – …

Nein, aber nein danke, erklärte ich Horst behutsam, am Wochenende müsse ich leider proben und auftreten, und da gebe es Mädels genug. Was wiederum er mir nicht glauben mochte, weswegen er das Gerücht in die Welt setzte, ich sei schwul; das sehe man ja auch schon an meiner Frisur. Damit hörte er erst wieder auf, als man mich eines Nachmittags mit dieser finnischen Aushilfsstudentin bei *heavy petting* im Lastenaufzug erwischte. Dafür behauptete er dann, was man da gesehen habe, habe mir seine Frau beigebracht.

Manche können viel erzählen.

Andere Länder ...

Ohne Hoffnung, seine Eindrücke und Erlebnisse mitteilen zu dürfen, würde niemand über das Meer fahren.
Blaise Pascal

Ich weiß leider nicht mehr, wer's gesagt hat, aber es kann kein schlechter Mensch gewesen sein, und ein kluger sowieso: *Die Welt ist ein unsicherer, wackliger Ort. Und daher voller Theken, die umzukippen drohen. Irgend jemand muß sich doch opfern und sie festhalten.*

Oder umgekehrt: sich festhalten lassen. Schmitzens Ferdi zum Beispiel konnte sich nicht oft genug voller Begeisterung auslassen über eine Sitte, die er in den fünfziger Jahren angeblich noch selbst und mit eigenen Augen erlebt hatte: wie sich Männer in belgischen Dorfkneipen per Ledergurt mit Karabinerhaken an der Theke einhängten, damit sie nicht umfallen konnten, wenn sie völlig besoffen waren. Die Fußböden waren mit einer dicken Schicht Sägemehl bestreut, so daß sie zum Pinkeln nicht einmal ihren Platz verlassen mußten – sie öffneten ihren Hosenstall, holten ihr *Manneken Pis* raus und ließen einfach vor die Theke laufen, was sie oben in sich hineingeschüttet und durch die dafür vorgesehenen Organe gefiltert hatten. Das führte zwar einerseits dazu, daß diese Kneipen rochen wie ein Toilettenwagen am Ende eines sechstägigen Schützenfestes, aber andererseits hielt es auch ihre Frauen fern, und sie konnten in Ruhe tun, wozu ein Mann am liebsten an einen solchen Ort geht: sich unbehelligt betrinken und mit anderen sich betrinkenden Männern darüber reden, was an der Welt da draußen alles so zum Kotzen ist, daß man es nüchtern gar nicht ertragen kann.

Vier Jahre lang war es Schmitzens Ferdis lustigste Nummer gewesen, mit einem *Kabänes* oder einem Bessen-Genever oder sonst einem roten Schnaps aufs Klo zu gehen –, zur Not tat's auch *Sangrita* –, sich ein paar Lagen Toilettenpapier um den

Kopf zu wickeln und großzügig rote Flecken darauf zu verteilen. Dann kam er schwankend an die Theke zurück und verkündete lautstark: »Isch kumme jrad us Vietnam zoröck!« (natürlich »Fiitnamm« ausgesprochen) »Isch ben schwer verwundet! Jitt einer 'nem ahle Veteran –« (»Fetterahn«) »eine us?«

Nachdem selbst ihm aufgefallen war, daß diese alte Nummer nicht mehr zog, hatte er dann eines Tages gemeint, er müsse nun belgische Sitten in Nippes einführen. Er brachte einen zweiten Gürtel mit, schlang ihn durch den in seiner Hose und um den Thekenhandlauf und bestellte »en Rund Laberwasser un ene Emmer Säjemähl!«. Das mit dem Sägemehl und dem An-die-Theke-Pissen kriegte Fischers Kättchen ihm gerade noch ausgeredet, aber dann mußte auch sie mitlachen, wenn er sich weit in seinem Gurt zurücklehnte und vorführte, wie er ein ganzes Glas Bier bei weit offenem Mund in seinen Hals schütten konnte, ohne daß sich sein Knorpel auch nur einmal bewegte. Am dritten Abend, als er gerade mal wieder fröhlich demonstrierte, was das doch für eine tolle Erfindung sei, und seine sechsundachtzig Kilo mit wedelnden Armen in seinem Sicherheitsgurt herumschaukeln ließ, riß die Schnalle des zweiten Gürtels. Ferdi versuchte noch, sich zu drehen und irgendwo abzustützen, aber er knallte mit dem Kinn auf eine Stuhllehne und biß sich ein Drittel seiner Zunge ab. Als er es ausspuckte, von einem ekligen Schwall Blut begleitet, wollte es jemand aufheben, damit es vielleicht wieder angenäht werden konnte, aber Wilhelm II. war schneller – Kättchens Rauhaardackel. Endlich kriegte er mal was anderes zwischen die Zähne als Frolic oder nach Zwiebeln und Senf schmeckende Frikadellenreste.

Tragisch, nicht wahr? Aber das Schreckliche hatte, wie so oft, auch was Gutes – acht Wochen lang durfte Achtzig-HB-am-Tag-Ferdi nach der Operation nicht mehr rauchen, und danach fing er einfach nicht wieder an. Und weil ihm ohne Zigaretten der Schnaps nicht mehr schmeckte – na ja, er schmeckte überhaupt nicht mehr viel –, trank er fortan nur noch Alsterwasser, Bier mit einem Schuß Limo.

Ende gut, alles gut? Natürlich nicht. Nippes ist nicht Hollywood – erstens wurde Ferdi völlig verbittert, weil niemand mehr seine Witze verstand (»Ferfehfe nit? Daf laff if jrade noch mal durfjehn, wagt die Nuppe – mip 'm Papahei auf der Fulter! Hahaha! Arfloch!«); zweitens hatte er einen Riesenhaß auf den Belgier (»Heimpüppiffe Arflöffer! Limpe Baffillen!«), und als einige Jahre später der Kinderschänderskandal um Monsieur Dutroux Europa erschütterte, hatte er es ja schon immer gewußt. Und drittens hatte seine Frau (die noch keiner von uns je gesehen hatte, und wie sie hieß, wußte auch niemand) endgültig bei ihm ausgeschissen, hatte sie ihm doch den kaputten Gürtel zu Weihnachten geschenkt. Das käme davon, wenn man so eine übersparsame Schwäbin (»Auf Fforffheim! Feiffe!«) heirate, die sich auf dem Nippeser Wochenmarkt billigstes Lederimitat andrehen ließe. Ganz vorbei war's natürlich, als Karl-Heinz mit einem für Ferdi unsichtbaren Augenzwinkern erklärte, er kenne den Mann mit den Billiggürteln auf dem Markt, das sei ein fliegender belgischer Händler, wahrscheinlich nicht mal mit einer Genehmigung.

Also doch das tragische Ende einer Säuferkarriere, beharren da die Moralapostel erfreut. Von wegen. Keine Zigaretten mehr, kein Schnaps, höchstens noch zwölf, dreizehn Bier am Abend – Ferdi begann wieder richtig gut auszusehen, und weil er eine Menge Geld sparte, fing er an, schicke Klamotten zu tragen und mit der schielenden Roswitha ins Kino zu gehen. Bis sie schwanger wurde und mit ihm in eine gemütliche Dreizimmerwohnung am Blücherpark zog. Sie lernte sogar zu verstehen, was er erzählte, und das mit dem Küssen, erklärte sie eines Abends nach sieben Piccolo, dem letzten Alkohol vor ihrer Babypause, habe sie sowieso immer schon eklig gefunden, das vermisse sie kein bißchen. Dann doch ein schönes Happy-End, oder?

Wenn Roswitha nicht ein halbes Jahr nach der Geburt von Ferdinand junior dessen Vater geholfen hätte, seinem scheidungsunwilligen Pforzheimer Drachen einen Gürtel aus billigem Lederimitat um den Hals zu wickeln und so lange stramm zu ziehen, bis das Zucken und Strampeln ein Ende hatte. Ferdi zwanzig Jahre Rheinbach, Roswitha zwölf Jahre Klingelpütz, Ferdinand junior zur Adoption freigegeben, vier zu drei für die Moralapostel. Die mir diese Geschichte dann doch warnend vor Augen halten. Und wenn mein Interesse an solchen Geschichten so groß sei – die könne man doch auch in Büchern von John Irving haben oder in Hörspielen von Bernd Schroeder! Ohne sein eigenes Leben zu ruinieren!

Tja, aber ich hab' sie nicht aus Büchern oder Hörspielen – ich war dabei! Okay, nicht gerade beim Zucken und Strampeln. Aber sonst: mitten im richtigen Leben. Äätsch bäätsch! Und ich hätte einiges davon nicht mitgekriegt, wäre ich immer brav nach drei, vier Bier nach Hause gegangen und hätte vor dem Fernseher Tonleitern geübt.

»Wer übt, kann nix!« hätte Ferdi mir recht gegeben, als seine Zunge noch heil war. »Kättsche, noch e Ründsche!«

Danke, Ferdi. Und prost.

Der Tag danach

What's the use of gettin' sober
When you're gonna get drunk again?
Joe Jackson

Wie wär's aber mit Versacken nicht mit, sondern als Folge von Alkohol? Also – *the day after* ... Nicht der Film, keine Bowie-Songs, kein atomarer Fall-out. Wenn auch der eine oder andere Ausfall am Vorabend dabei eine stimmungsprägende Rolle spielen mag. Oder war's der Abend vor dem Vorabend? Der Begriff Vorabendserie darf ganz neu definiert werden, wenn man sich vor Augen hält, daß »eine Runde um den Block« in der Blüte meiner Jahre auch schon mal drei Tage dauern konnte. Nein, Mädels, nichts, worauf ich stolz bin – das war halt einfach so, damals; ich hab's getan und hab's erlebt, und ich hab's gerne erlebt und gerne getan. Basta. Und Spaß gemacht hat's auch, ob nun jemand Verständnis dafür hat oder nicht. Klar ist mir klar, daß ich in der Zeit auch ganz andere Dinge hätte tun können, diese Zeit auch anders hätte nutzen können.

Hättest sie überhaupt mal nutzen können statt dessen! Kennst du nicht das tolle Lied von Eric Burdon: When I think of all the good time I have wasted having good times ...?

Erstens: Kenn' ich. 'türlich. Zweitens: Wohl wahr. Ich könnte heute zum Beispiel Deutsch- und Englischlehrer sein (einer meiner ersten Berufswünsche). Oder Kommissar bei der Kripo (ein weiterer). Direktor eines Viersternehotels (mögliche Karriereentwicklung). Oder Bassist bei, sagen wir, Udo Jürgens. Oder eben bei – wo wir schon mal dabei sind – Eric Burdon.

Was ich ja beinahe mal geworden wäre. Aber zum Zeitpunkt dieser im Grunde gar nicht so üblen Idee eines gemeinsamen Bekannten waren sowohl Herr Burdon als auch ich längst hinaus über Kifferei und In-sich-Gehen und Hadern mit Was-hätten-wir alles-tun-Können, wenn wir nicht was anderes getan hätten – wir nutzten die Gelegenheit, vergnüglich ein paar Runden auf den Deckel unserer Gastgeber zu trinken, und verschoben ebenso gerne den Gedanken an Arbeit, und sei es auch gemeinsame, auf *mañana*. Nur daß *mañana* eben nie kam. Oder wenn, dann anders, als wir alle dachten.

Oooch, wie schade! rufen ein paar Rockfans. *Das hätte doch eine interessante Konstellation abgeben können!*

Na, Gott sei Dank! schlagen die Ü-30-Partygänger zurück. *Mit dem Bassisten wäre der olle Eric doch sicher nie auf unseren Oldie-Feten erschienen und hätte als Stargast zum viermillionsten Mal* House Of The Rising Sun *oder* We Gotta Get Out Of This Place *gesungen …!* Wahrscheinlich nicht. Aber, wie Ricky Nelson schon richtig sang: *You can't please everybody – so you gotta please yourself …*

Also. Gründlich eine Runde um den Block gewesen. Eine erst viel später nachvollziehbare Zeitspanne im Koma gelegen. Danach eine ähnlich schwer überschaubare Zeitlang geweigert, die Augen zu öffnen, und in diesem diffusen Zustand zwischen Halbwachsein und Nichtschlafenkönnen herumgelegen, mit abstrusen Träumen und sich gegenseitig überlagernden Filmausschnitten von der Runde um den Block. Von Leuten, die man auf dieser Runde getroffen hat, Gesprächen, die anscheinend geführt wurden, Situationen, die sich ergaben. Bis die geballte Ungeduld von Hunger, Nachdurst und drückender Blase einen zwingt, die Augen zu öffnen, und sei es nur, um herauszufinden, wo man denn heute wach geworden ist und wo denn hier Kühlschrank und Klo zu finden sind.

Ah – daheim aufgewacht. Praktisch. Denn erstens weiß man da gleich, wo Klo und Kühlschrank sind, zweitens weiß man das so gut, daß man die Augen nicht so furchtbar weit öffnen muß, und drittens gibt's hier niemanden, mit dem man jetzt schon sprechen muß, womöglich sogar fragen, ob's denn in Ordnung sei, wenn man nach diesem kurzen Ausflug mit ein bis zwei Flaschen Sprudel, einer Scheibe Brot und vielleicht einer eisernen Ration Rollmöpse wieder ins Bett ginge.

Um nach Verzehr derselben erst noch mal drei bis sechs Stunden zu schlafen. Echter Schlaf diesmal, kein Koma. Danach kommt eine Pfanne Rührei erfahrungsgemäß nicht schlecht, das kann man nicht nur gut im Bett essen, während man mit mehr oder weniger glasigen Augen und nur teilweise eingeschaltetem Hirn die Videos mit *Mad Max I, II* und *III* guckt; das schmeckt auch kalt, falls man zwischendurch mal wieder für ein Weilchen wegnicken sollte.

Bevor ich stolzer Besitzer eines Videorekorders war, habe ich übrigens statt dessen auch schon mal sieben bis elf Wildwestromane gelesen, am Stück; gerne auch die ganz billigen, die es kurz vor der Supermarktkasse im Dreierpack gab. Denn natürlich kann man nach einer Nacht in Bewußtlosigkeit und einem mit Schlafen, Dösen und Duseln vertrödelten Tag in der Nacht darauf erst mal nicht wieder einschlafen, mal davon abgesehen, daß Heerscharen von Körperzellen nach erneuter Zufuhr von Alkohol schreien. Und da dauert es eben, bis man das verwirrte Hirn wieder behutsam an anspruchsvollere Lektüre führen kann – der nächste Schritt wäre dann vielleicht ein alter Krimi von Elmore Leonard, bevor man sich über den neuen von Gisbert Haefs, die *Kolonien der Liebe* und das *Goldene Notizbuch* zu Don DeLillo oder Saul Bellow vorarbeitet.

Ganz Hartgesottene nehmen sich eventuell noch die SPEX vor; ich finde allerdings, daß eine solch geballte Ladung nicht unbedingt nötig ist – die Plattenkritiken in der Kölner STADTREVUE beispielsweise erfüllen auf wenigen Seiten völlig ausreichend jedes Bedürfnis nach intellektuellen Sprechblasen. Also meins zumindest.

Spätestens beim Einsatz des Saxophons wird deutlich, daß die Instrumente hier nicht einfach nur – wie für Rockmusik typisch – als Füllmaterial zwischen den Strophen eingesetzt werden …, schreibt da zum Beispiel jemand, … *die Coolness-Maschine läuft immer noch wie geschmiert und startet schwer, trocken und protektionistisch …*, oder … *um so überzeugender wird das Ganze, bedenkt man, daß die unprätentiöse Herangehensweise nicht überlegtes Konzept, sondern schlicht Weiterentwicklung ist …* Und wenn Sie nun in der Lage sind, mir zu verraten, um welche Künstler es sich dabei handeln könnte und welche Art Musik die da aufgenommen haben, spendiere ich Ihnen als Gewinn eine Kassette, auf der mein Lieblingswirt mir vor ein paar Jahren seine Lieblingsstücke von Lou Reed aufgenommen hat. Leider um sechs Uhr morgens, nach einem denkwürdigen Abend – die roten Übersteuerungsbalken hämmern dermaßen ungestüm an den Rand des Displays, daß man glaubt, sie kämen jeden Moment rechts aus dem Tapedeck gepurzelt.

Der Höhepunkt dieses Abends bestand übrigens zweifellos darin, daß die von eher amusischen Nachbarn eingeladene Besatzung eines Streifenwagens bei ihrem zweiten Besuch all ihrer Autorität verlustig ging, als sie vor Lachen dermaßen zusammenbrach, daß eins ihrer Mitglieder es fast nicht mehr bis zur Toilette geschafft hätte. Irgend jemand hatte, so gegen halb fünf, beim Hinausgehen den Wagen nämlich in die Straße einbiegen sehen und schnell noch Alarm geschlagen. Unser Lieblingswirt schaltete die Anlage aus, und als die uniformierten Kollegen die Kneipe betraten, bot sich ihnen ein eher ungewohntes Bild – drinnen herrschte Totenstille, und ungefähr dreißig Leute standen um die Theke herum und übertrafen sich gegenseitig in den wildesten stummen Verrenkungen und Grimassen: Sie hielten sich an die neuere physiologische Erkenntnis, daß Musik *Gefühle weckt, selbst wenn sie virtuell erlebt wird* – und spielten Luftgitarre. *Dabei sind oft dieselben Regionen unseres Gehirns aktiv wie beim Spielen eines echten Instruments*, wie wir neuerdings wissen, wenn auch je nach psychologischem Profil des einzelnen in unterschiedlicher Wellengeschwindigkeit, also Frequenz.

Daß die Staatsgewalt unserer gestenreich bis spastisch vorgetragenen Argumentation, der *Verzicht auf musikalische Stimulation* bedeute eine *Unterdrückung der emotionalen und intellektuellen Reifung*, und deshalb müsse ein Wiedereinschalten der Anlage schon aus volkshygienischen Gründen erlaubt sein, nicht folgen mochte, war zwar bedauerlich, wunderte uns aber eigentlich nicht – also beschieden wir uns noch ein Weilchen mit dem Luftgitarrenkonzert, bis die Beamten prustend das Feld geräumt hatten, wobei sie sogar vergaßen, uns auf die offizielle Sperrstunde hinzuweisen. Was uns wiederum ermutigte, weiterzutrinken und uns auf den krönenden Abschluß einer solchen Nacht einzustimmen, denn – auch das weiß GEO-Autor Jürgen Broschart – *kein Sport, keine andere Tätigkeit außer Sex läßt die Nerven derart in Endorphinen baden, opiatähnliche Substanzen im menschlichen Gehirn, die Glücksgefühle auslösen und Wohlbefinden ...*

Nein, nein, das bezog sich jetzt auf Musik, nicht auf Trinksport ...

Sollte mir jetzt jedoch noch jemand verraten können, wie ich nach einem vielversprechenden alkoholfreien Beginn von Musikern und Musik über Videomarathons und Literaturvöllerei schon wieder auf Alkoholexzesse komme, stifte ich als Sonderpreis eine Kassette, auf der ich *meine* Lieblingssongs von Lou Reed aufgenommen habe – schon insofern eine wertvollere Trophäe, als Sie dann noch siebzig Minuten Platz auf dem Band haben, den Sie mit Musik Ihrer Wahl füllen können.

Aber immerhin sind wir auf die Art jetzt wieder bei Musik gelandet. Und wie schon Oma Klütsch zu sagen pflegte, wenn Opa Klütsch mal wieder von seinem Sonntagsfrühschoppen erst am Montagmorgen heimkehrte: »Man kann ja ruhig schon mal seinen roten Faden verlieren – Hauptsache, man findet ihn wieder.«

Aber immer, Oma.

Mehrspurabende

Man kann natürlich auf die Meinung eines Menschen nichts geben, der noch nicht dazu gekommen ist, seinen Kopf klar zu trinken.
Wenedikt Jerofejew

Während ich mir an einem geruhsamen Kneipenabend die Thekenleute bei der Arbeit anschaue, innen auf Spur zwei und drei die Gespräche meiner Nebenleute verfolge, wie ein alter Kater, der ein Ohr nach vorne und eins nach links dreht und dabei ein Gesicht macht, als versuche er sich gerade an seine erste Katze zu erinnern, gehen in meinem Kopf auf Spur vier meine Gedanken auf andere Reisen – wie sagte Eduard Mörike? *Schweigend sitz' ich und allein, ich wiege mich in bunten Träumen ...*, wandern durch andere Zeiten, andere Orte, andere Gefühlszustände ...

»Spintisierst du wieder?« rief meine Mutter prompt immer, mit bedrohlichem Unterton, und sehr schnell mußte ich lernen, irgendwas Unverfängliches parat zu haben für die unweigerlich nächste Frage: »Wo bist *du* denn schon wieder?«

Jetzt bin ich da, wo ich am allerbesten überall sein kann, Mama – an einer Theke. Umgeben von Musik, die ich nur höre, wenn ich es will, es sei denn, sie ist *ganz* furchtbar oder *reichlich* zu laut oder schlimmstenfalls beides. Und selbst wenn ich gedankenverloren mit den Fingern oder einem Bierdeckel einen Rhythmus mittrommle oder einen eigenen Gegenrhythmus beisteuere – frag' mich nach der Nummer, die da eben gelaufen ist, und ich muß ein dummes Gesicht machen: keine Ahnung. Da kann ich dir eher noch den auf Spur zwei gespeicherten Witz nacherzählen, der eben links neben mir für so große Heiterkeit gesorgt hat, oder auf Spur drei abfragen, worüber sich das Pärchen rechts von mir streitet – kann man ja immer mal brauchen. Die Musik dagegen ist ja in den meisten Fällen zu vernachlässigen – *vill zo vill Collins*, wie der Kollege Köster schon so treffend gedichtet hat –, und das Mittrommeln fällt eher unter Üben im Unterbewußtsein – einmal Schlagzeuger, immer Schlagzeuger.

Spur vier ist die maßgebliche – was mir während des geruhsamen Verzehrs von, sagen wir, fünfzehn Bieren so alles durch den Kopf geht. Wie oft habe ich mir schon gewünscht, ein kleines Gerät zu haben, das an meine Hirnwindungen angeschlossen und in der Lage ist, dieses Tohuwabohu aufzuzeichnen!

Rekapitulation des vergangenen Abends, Aufarbeitung des zu Ende gehenden Tages, Pläne für die kommenden Tage, Wochen, Monate; Überwachung der Stimmung im momentanen Lokal, Einschätzung der zwischengeschlechtlichen Möglichkeiten oder gar Chancenabwägung, Abschätzung und Einordnung der anwesenden und neu hereinkommenden Mitbesucher; Analyse der physischen und psychischen eigenen Konstitution, vielleicht unter Berücksichtigung des pekuniären Status quo …

Die Suche nach der zweiten Zeile für das Lied, die Geschichte, den Roman, das Durchbruchs-Drehbuch, für das/die/den/das einem gerade die erste eingefallen ist, Durchblättern der inneren Kartei nach allen Ansprechpartnern dafür, Überlegungen, wie denn noch die letzten Treffen mit einigen von denen verlaufen sind (und hatte der da in München nicht eine unheimlich nette Freundin? Ob er noch mit der zusammen ist?).

Wie spät ist es überhaupt? Ist das jetzt vielleicht der Zeitpunkt, jemanden anzurufen, die einem Gesellschaft leistet, mit etwas Glück auch über das sechzehnte Bier hinaus? Aber wäre es nicht wieder schade, den Abend mit jemandem verbringen zu müssen, den man schon lange kennt, obwohl sich fünf Minuten nach dem Anruf etwas völlig Neues hätte anbahnen können? (Ja, ich weiß, Mädels – das hört sich wirklich zum Kotzen nach Macho an. Aber so is' Homo erectus nu' mal – die Frau in der Höhle ist mit seinem Erbmaterial versorgt, aber das Leben ist hart, vielleicht kann da noch was schiefgehen – Lawinen, Feuer, Raubtiere, Konkurrenz, Krankheiten, Totgeburten, Eiszeiten –, also sichergehen und mehr Gene verbreiten, Überlebenschancen erhöhen …).

Apropos Überlebenschancen – reicht das Bargeld für heute abend? Wenn nicht, wie komme ich an mehr? Wann gibt es überhaupt wieder welches? Vielleicht jemand zum Zocken da, oder wenigstens zum Flippern?

Woraus wird nochmal Ouzo gebrannt? Slivovitz? Cynar? Wie hieß noch mal der Satz des Pythagoras? Die erste binomische Formel? Der Gitarrist von Elvis? Der Junge, der Klitschko bezwungen hat? Der Mann, der die unsterblichen Zeilen *Ich bin Scheiße, du bist Scheiße, die ganze Welt ist Scheiße – komm, wir geh'n woandershin!* geschrieben hat? Oder die beste Plattenkritik aller Zeiten: *Finnichnichsogut*?

Oder ...

Wie kann man nur so viele Erdnüsse in sich hineinstopfen? Warum stecken sich so viele eigentlich ganz ansehnliche Menschen Metallteile in einen Nasenflügel? Wieso lösen eigentlich immer die Kellnerinnen die Kreuzworträtsel in den Zeitschriften, die für die Gäste ausliegen? Warum ist in solchen Läden die Musik immer entweder zu laut oder zu leise – aber nie richtig? Wieso gibt es, was das angeht, keinen Oberwirt, der diesen Freizeitgastronomen überhaupt mal klarmacht, daß die Musik für die Gäste läuft und nicht für die Angestellten? (»Ich find' die neue Platte von Pur soo toll – und hier im Laden gibt's die nicht – da nehm' ich die doch zu Hause auf Kassette auf und bring' die mit zu meiner Schicht.« Wo sie dann dreimal hintereinander läuft – beschissen ausgesteuert auf einer verrauschten Billigkassette über seit drei Monaten nicht gesäuberten Tonköpfen, wie sie ist. Und dann ausgerechnet Hartmut Engler.)

Der da drüben sieht aus wie Schmitzens Rudi – was aus dem wohl geworden ist? Wir müssen beim nächsten Soundcheck unbedingt noch mal die schnelle Zugabennummer durchspielen – letztes Mal haben sich da gleich drei Mann verhauen. Nicht weiter tragisch, wenn man schon bei der Zugabe angelangt ist; blöde bloß, daß ich einer von den dreien war; überhaupt sollten da langsam mal ein paar andere Songs hin – hatte ich nicht eben eine wunderbar witzige erste Zeile?

Jetzt hab' ich schon siebenmal die Frage, ob ich noch ein Bier will, mit »Klar!« beantwortet, warum sitze ich dann schon seit fast – ach was: *über* – einer Minute vor einem leeren Glas? Da, jetzt hat der Blödmann meinen Blick bemerkt, und was macht er, statt mir eins zu zapfen: schickt sich an, rüberzukommen und schon wieder nachzufragen. Studenten! Drei- von ihren vierhundert Euro kriegen sie dafür, daß sie nicht ständig *auf* der Theke stehen und diesen lästigen Gästen erklären, daß sie ja eigentlich angehende Regisseure, Oberärzte, Staatsanwältinnen, BestsellerInnenautorInnen oder Ausdruckstänzer sind – waren das doch schöne Zeiten, als ein Wirt noch ein Wirt war, und Studenten entweder beim Studentenschnelldienst für zehn Mark die Stunde Umzüge durchführen, Altbauwohnungen entrümpeln oder Prospekte falten mußten, vielleicht maximal Taxi fahren durften; ansonsten wurde halt, wenn es keinen Scheck vom Papi gab, nicht studiert, sondern was Anständiges gelernt!

Was ist das jetzt? Er kommt gar nicht selbst, sondern schickt seine kleine Kollegin, der arrogante Sack! Die sich vor mir auf die Theke lehnt, wobei nicht nur ihre großen braunen Augen kullern, und sich freundlichst bei mir entschuldigt, daß ich so lange auf mein Bier warten müsse – der Kollege sitze gerade mitten in seiner Doktorarbeit, und seine Freundin sei schwanger; ob ich vielleicht einen Schnaps zu meinem Bier wolle?

Ja, gerne tränke sie einen mit, sie habe ja morgen vorlesungsfrei – ach, bloß Germanistik und Pädagogik, halb so wild, sie sähe das nicht so eng. Musiker? Das sei ja interessant, da würde sie aber gerne mehr drüber hören – aber jetzt müsse sie mal eben für da hinten einen Milchkaffee machen. Dz! Milchkaffee um elf Uhr abends!

Aber ich nehm das mit dem Papi und seinem Scheck zurück. Die haben's ja auch nicht leicht, die jungen Dinger.

(Apropos – kennen Sie den: Bringe ich ein Auto in die Werkstatt, erfahre, daß ich es in einer Stunde wieder abholen kann, und setze mich in diese »Szene-Kneipe« um die Ecke, mit dieser Mona Lisa von Bedienung hinter dem Tresen. Auto noch abholen, also bestell ich mir brav nur eine Apfelschorle; die Zeiten, wo ich besoffen durch die Gegend kutschiere, sind, zum Glück, längst vorbei. Bis die kommt, dauert es eine ganze Weile – immerhin sind noch zwei andere Gäste im Laden –, und als ich den ersten Schluck, zum Glück vorsichtig, zu mir genommen habe, muß ich Mona Lisa noch mal heranwinken.

»Was hast du mir denn da Schönes eingeschenkt?«

»Apfelschorle. Hast du – haben Sie doch bestellt, oder?« Immerhin wird sie ein bißchen rot hinter ihrer Was-soll-denn-jetzt-schon-wieder-sein?-Entrüstung als Versuch einer Vorwärtsverteidigung.

»Hab ich, ja. Bist du so nett und verrätst mir dein Rezept?« Ein rascher Blick auf die Uhr, ein weiterer zum Fenster hin. Aber ihre Ablösung kommt erst in zwei Stunden.

»Schmeckt das nicht?« *Wieder so ein Chauvi, der mich anbaggern will, aber genau weiß, daß er so was wie mich nicht kriegen kann, und mich deswegen fertigmachen will!* klingt es leise zitternd mit.

»Es schmeckt – interessant«, sage ich mit dem beruhigenden Ton, den ich sonst für Kinder mit wackligen Milchzähnen benutze. »Deshalb hätte ich ja gerne das Rezept.« Mit einem gequälten Lächeln zuckt sie die Schultern – hat ihr beim Einstellungsgespräch keiner gesagt, ob die Rezepte geheim sind.

»Apfelsaft und Weißwein.« *Was denn sonst?* schwingt's vorwurfsvoll hinterher. »Schorle ist immer mit Weißwein!« Eine Weile gucke ich sie stumm an, als überlege ich, ob ich sie auslachen oder ihr eine kleben soll. »Oder?« schiebt sie zaghaft hinterher. Vielleicht will sie mit ihrem wackligen Zahn noch ein bißchen spielen. Geduldig erkläre ich ihr, was man nach meiner Erfahrung unter einer Apfelschorle versteht.

Und kriege unter einigen verlegen gebrabbelten Entschuldigungen eine richtige, obwohl mir mittlerweile wirklich nach einem Bier wäre. Aber bei der Vorstellung, was sie mit einer Kölschstange und einem Zapfhahn anstellen könnte, verkneife ich mir das. Außerdem ist da ja noch das Auto.

Daß ich dann noch anderthalb Stunden auf dem Hof der Werkstatt sitzen und mit dem Autofreak vier Dosen Bier trinken mußte, während sein Gehilfe an meiner Lenkung herumschraubte, gehört wohl jetzt nicht hierher. Obwohl ...).

Das war aber ein langer Satz in Klammern, höre ich da jemand mosern. Ha – Klammer auf! (Woher der Ausdruck mosern kommt, weiß jeder, denke ich, und von Hans Moser auf Alkohol und Versacken zu kommen ist ja wohl wahrhaftig kein großes Kunststück – jemand, der ein ganzes Lied über ein verschwundenes Schlüsselloch gesungen, ja, den größten Teil seines musikalischen Œuvres dem Trinken gewidmet hat ...). Tja, Ihr Herren Oberlehrer, auch beim Schreiben kann man gelegentlich kein Ende finden, versacken eben, wie beim Lieblingsgetränk – so ein Kapitel nimmt und nimmt kein Ende, genausowenig wie irgendeiner dieser Abende, scheinbar wenigstens, aber irgendein Ende nimmt's immer, wenn auch manchmal keins, an das man sich mit gebührender Präzision erinnern mag. Beziehungsweise mögen vielleicht schon, nur nicht können. Oder eben mögen schon gar nicht. Weil können.

Ja, ja – und oft genug ein böses Ende! höre ich da die Apostel schon wieder, *denken wir bloß mal an all die haltlosen Trinker, die winters auf dem Weg nach Hause erfroren sind!* Ich persönlich, muß ich da erwidern, halte diese Todesart ganz und gar nicht für die schlechteste. Die Vorstellung, mehr oder weniger leise vor sich hin singend durch die Nacht zu wandern, unter einem sternklaren Winterhimmel, dann vielleicht, ein wenig müde von all der frischen Luft und all den Bögenausnutzungsumwegen, in eine weiche Schneewehe zu sinken, in sich hinein kichernd, weil einem all die Großväter einfallen, die sich auf diese Art aus der mühseligen Welt geschlichen haben, eine dem ruhebedürftigen Körper wunderbar angepaßte Kuhle in den Schnee schmelzend den Himmel betrachten, wegdösen, in angenehme Träume gleiten, von sanftesten Schneeflocken zugedeckt in ein schmerzloses Koma fallen, nie mehr aufwachen ... *To sleep ... maybe to dream ...*

Die Statistik besagt (es gibt immer eine passende Statistik), daß die meisten der solcherart Verstorbenen mit einem sehr zufriedenen Gesichtsausdruck aufgefunden werden, ganz im Gegensatz zu denen, die auf dem Weg zum Büro am Steuer ihres Wagens im siebten Stau der Woche einem Herzinfarkt erliegen, oder denen, die unter der 160-Kilo-Hantel eines Fitneßgerätes gefunden werden.

Nur so als Beispiel.

En unserm Veedel

Denn heh hält m'r zosamme
Ejal, wat och passeet ...
Bläck Fööss

Der Mensch ist von Anbeginn darauf eingerichtet, sein Überleben durch härtesten Einsatz seiner Kräfte zu erkämpfen. Durch die heutige Entwicklung (Arbeitszeit sinkt, Arbeit wird physisch leichter, körperliche Anforderungen werden geringer) – wobei ich jetzt, ehrlich gesagt, den Unterschied zwischen »physisch leichter« und »körperlich geringeren Anforderungen« nicht ganz nachvollziehen kann – aber ich habe ja auch weder Jura noch Politologie studiert ... – *werden Kräfte des Menschen frei, die er früher zum Überleben brauchte. Wenn diese Kräfte nicht sinnvoll eingesetzt werden, kommt es zu Fehlentwicklungen wie Langeweile, Gewalt und Drogenkonsum.* Niemand geringerer als Heiner Geißler schrieb das, in seinem Büchlein über *seine* Passion, das Bergsteigen. Ganz offensichtlich hat der Mann keinen Schimmer, wie kräftezehrend ein Abend in einer stinknormalen Kneipe in, sagen wir, Köln-Niehl sein kann. Im Kampf gegen genau diese von ihm diagnostizierten Fehlentwicklungen. (Nicht umsonst nennt uns manch einer ja auch Kampftrinker.)

Du kommst da rein, vielleicht so gegen fünf Uhr nachmittags – drei Rentner mit lauwarmen Rentnergedecken, zwei arbeitslose Anstreicher mit Asbach-Cola, ein Studentenpärchen bei Beziehungsclinch und Weißweinschorle: *Langeweile*. In deiner schimmernden Rüstung (du warst vorher vielleicht schon bei einem leichten Mittagsschoppen) nimmst du den Kampf auf – sprichst einen der Rentner an (»Auch noch eins?«) und fragst ihn, laut genug, daß die Anstreicher es hören können, wie lange er denn noch mit seiner Rente hinzukommen glaube, bei all den Arbeitslosen heutzutage. Natürlich hebt einer der Anstreicher den Handschuh auf – warum, glaubst du wohl, habe er keinen Job? Nach einigem Hin und Her gelingt es dir, was von Schwarzarbeit und Studentenschnelldienst zu murmeln. Da du inzwischen schon eine zweite Runde gegeben hast, lenkt der zweite Anstreicher seinen Zorn gerne auf den Schorlentisch. Schnell mäandert der folgende Disput von der Lage am Arbeitsmarkt zum Andrang weiblicher Arbeitskräfte, dem Chauvinismus von Volksschulabsolventen im allgemeinen und der Schwanzfixiertheit eines bestimmten arbeitslosen Anstreichers im besonderen zum offensichtlichen Hängebusen (dünne Batikbluse, kein BH) einer gewissen »interlektewellen Emanze«, die nach ihrer siebten Schorle nur zu bereit ist, ihren den ganzen Nachmittag angestauten Dampf abzulassen und die achte dem Anstreicher ins Gesicht zu schütten – *Gewalt.*

Weil der Student natürlich stellvertretend für seine dann doch unantastbare Freundin vom Stuhl fliegt und zwei der Rentner den solidarischen Pinselkollegen festhalten müssen, was mit einem solchen Gerangel verbunden ist, daß der schläfrige Wirt sich bemüßigt fühlt, mit einem Gummiknüppel hinter seiner Theke hervorzurollen. Da der schöne Tag versaut wäre, wenn wir jetzt alle vor die Tür gesetzt würden, stiftest du ein bißchen Frieden und bestellst noch eine Runde für alle. Nein, nein, meint der erste Anstreicher, froh, daß er Sieger durch Abbruch geblieben ist, jetzt sei *er* aber mal dran – *Drogenkonsum.* Danke, Herr Geißler.

He, hallo, schreit jemand dazwischen, Heiner sprach von *sinnvollem* Einsatz der frei gewordenen Kräfte! *Fehlentwicklungen!* Papperlapapp! sag ich, der ist Politiker, der quatscht viel, wenn der Tag lang ist. Jemand, der sich, seinen Körper *und* seine Söhne damit piesackt, daß er in aller Herrgottsfrühe auf steinige, windumtoste und womöglich noch eisstarrende Berge klettert, um sich selbst zu überwinden *(Glück stellt sich nicht ein, wenn alles leicht und bequem ist, das Gefühl des Glücks ist die Antwort auf eine besondere Herausforderung und das Ergebnis von Selbstüberwindung – H. Geißler, ebd.)*, so jemand sollte mir nicht vorschreiben dürfen, was ich mit meinen Kräften anfange – wer, wenn nicht die Politik, ist denn verantwortlich dafür, daß Arbeitszeit gesunken, körperliche Anforderung geringer geworden ist? Ist meine eigene Arbeitszeit nicht zum Beispiel deswegen gesunken, weil ich heutzutage mit unserem Opel Blitz mit fast hundert Sachen über vierspurige Autobahnen brettern und schon in acht Stunden in Oberdorfen auf der Bühne vom *Bluespunkt* stehen könnte (Verkehrspolitik!), das aber nie im Leben schaffe, weil die Autobahnen mit LKWs verstopft sind, deren Ladung eigentlich auf Schienen gehörte (noch mehr Verkehrspolitik!), dort aber schon um halb elf meine Zugabe abbrechen (Lärmschutzverordnung!) und um eins mein letztes Bier austrinken muß (polizeiliche Sperrstunde!)? Wo's doch gerade erst anfangen wollte, gemütlich zu werden?

Der Berg muß auch eine Chance haben – sagt H. Geißler. Jau, Heinerle, und *meine* Passion auch – herauszufinden, wie Menschen funktionieren, und was um Himmels willen sie warum tun. Schließlich will ich die Welt verbessern. Und da muß ich mich auch schon mal selbst überwinden und zwischenmenschlichem Erleben ein wenig auf die Sprünge helfen – ich trinke doch nicht bloß um des schnöden Saufens willen! Da könnte ich doch gleich zu Hause hocken bleiben und achtundneunzigprozentigen polnischen Wodka in mich reinschütten! Und was das zwischenmenschlichem Erleben antut, das kannst du ja in Polen sehen. (Als ich das letzte Mal von diesem Wodka trank, wenn auch vorsichtshalber verdünnt mit Saft von biologisch angebauten Kürbissen, hatte am nächsten Morgen in einer verschlafenen norddeutschen Kleinstadt das Denkmal vor dem Rathaus, die Statue eines nur mäßig entnazifizierten ehemaligen Bürgermeisters, keinen Kopf mehr. Vielleicht sollte ich dazu sagen, daß wir während des Wodkatrinkens ziemlich laut mehrere Roland-Kirk-Platten gehört hatten. *Ziemlich* laut.)

Man muß eben auch mal Neues wagen, Neuland betreten, Grenzen überschreiten, Grenzen erweitern. Selbst wenn mancher das auf den ersten Blick provozierend findet – aus der Anstreicher-Schlägerei zum Beispiel wurde noch ein wunderbarer

Abend: Am Ende knobelten der Student und der Wirt um Magenbitter – ein Würfel, ein Wurf, tief verliert –, während seine Freundin mit dem zweiten Arbeitslosen knutschte und ich mit dem ersten hinter der Theke stand und am Schnapsregal im schönen sportlichen Wettbewerb Wir-fangen-oben-links-an-und-gucken-mal-wer-als-erster-aufgibt antrat.

Das ist wie mit Musik – du stehst da und spielst ein wunderbares Solo, über zwei, drei, vier Chorusse, Ende offen, steigerst dich zu ungeahnten Qualitäten, die Musik trägt dich fort – und patz! danebengegriffen, ein falscher Ton! Wir sind nicht im Studio, keine Chance auf einen neuen Take, und alle haben den falschen Ton gehört, Wolke neun hat plötzlich einen Riß. Soll man dich für den in Erinnerung behalten oder für ein geiles Solo? Also kehrst du mit voller Absicht zu dem falschen Ton zurück, immer wieder, fügst noch einen zweiten, ähnlich abwegigen, hinzu, reitest auf ihnen herum, bis es allen scheint, daß das so sein muß, daß es Töne sind, die zur Harmonie gehören, einer neuen zwar, aber interessant, abenteuerlich, spannend – Jazz! Progressiv! Underground! Der Riß ist geflickt, Wolke neun funktioniert wieder, das große Schweben. Applaus für das Solo, und der blöde Sänger kann endlich aufhören, am rechten Bühnenrand mit der kleinen Rothaarigen zu flirten, auf die du schon länger ein Auge geworfen hast, und seine dritte Strophe singen: *Ich verstehe zwar nicht viel / Bin wohl etwas blöd / Und sowieso meistens blau …*

Genau.

Der Rote Flamingo

»Ohne Gedächtnis sind wir nichts«, schrieb der spanische Filmregisseur Luis Buñuel in seiner Autobiographie. »Das Gedächtnis ist ebenso zerbrechlich und gefährdet, wie es unentbehrlich und allmächtig ist. Es wird nicht nur vom Vergessen bedroht, ... sondern auch durch falsche Erinnerungen, die es dauernd bedrängen.«
Trübe Aussichten.
Alfred Nemeczek in ART 01/2001

Oder, wie's der einschlägig bekannte Kölner Kartenspieler und Ratssitzungsbeobachter Bernd Imgrund in meinem Fragebogen formulierte: *Das Beste am Alkohol ist das Vergessen, das Schlechteste das Erinnern.* Ob er sein *Und umgekehrt* erst am nächsten Morgen hinzugefügt hat?

Rockkonzert in einer bayerischen Kleinstadt, Anfang der 80er. Anschließend mit ein paar Freaks in die – einzige – örtliche Freak-Kneipe. Stones und Rory Gallagher hören, wie üblich; Geschichten von der Anarchie in Bayern über sich ergehen lassen, mit Mädels in selbstgefärbten Hemdchen und Hosen aus Teppichresten flirten und Bier aus übergroßen Senfgläsern trinken. Um Punkt ein Uhr allerdings hat die Anarchie ein Ende – auch der Freak ist auf seine Konzession angewiesen. Jo, do tät's scho no wos ge'm – oba des is fei nix füa unsaoans.

Och. Für unsereins schon. Wer will schon um Viertel nach eins halb nüchtern und alleine in seinem Bett im *Hotel zum Ochsen* herumstehen? Also läßt man sich zum – eben – *Roten Flamingo* führen. Trara! *Geöffnet bis vier Uhr in der Früh*, rote Lampenschirme, glitzernde Girlanden, eine halbvolle Theke, und alle Angestellten tragen Hemden oder Blusen mit blau-weißem Rautenmuster. Genau wie die dauergrinsende nette Dame, die einen Großteil ihrer Rauten auf einem chromglänzenden Akkordeon geparkt hat und mächtig für lokalpatriotische Stimmung sorgt.

Meine Kollegen lassen sich von der Aussicht auf eine Portion

Gulasch mit Schöpfnudeln ins Hinterzimmer locken. Ich mag kein Essen zum Bier, also entere ich einen Hocker und pflanze mich an die Theke. Mißtrauisch werden die langen Haare, der finstere Backenbart, die verschlissene Motorradlederjacke, die perlenbestickten Lederbändchen um Hals und Handgelenke beäugt. Aber heute war Zahltag, und so lasse ich beim »Bittscheen-glei-Zoin!« des ersten Bieres meine Rolle Scheinchen sehen und komme sogar damit durch, daß ich beantrage, mir ab sofort anzuschreiben, schließlich wolle ich ja heute abend nicht noch sechzehnmal mein Geld aus- und wieder einpacken.

»Geht? Wunderbar – trinkste einen mit?« Macht er doch glatt. Gerne.

»Wohlsein. I bin da Michi.«

»Prost – Rich.« Beruhigung auf beiden Seiten.

Vier Bier später ist das Lächeln der Akkordeonspielerin unverändert, aber der Laden merklich voller. Alle Hocker rechts und links von mir sind besetzt, und langsam bildet sich an der Theke eine zweite Reihe.

Vor allem hinter mir, merke ich irgendwann.

Ich richte ein Ohr nach hinten und begreife, daß mich a) vier oder fünf Spieler des hiesigen Eishockeyclubs umzingelt haben, sie mich b) gleich als Saupreißnhippie identifiziert und deshalb c) keine Scheu haben, in tiefstem Dialekt zu beratschlagen, was sie diesem rheinischen Paradiesvogel für Streiche spielen könnten und wie weit sie damit zu gehen bereit seien. Heißa, wieder ein Abenteuerabend! Blöd ist nur, daß der Druck auf meine Blase immer größer wird (bayrisches Bier halt) – ich werde nicht umhinkommen, aufs Klo zu gehen.

Ich lasse mich also von meinem Hocker rutschen und stehe eine Nasenlänge vor dem geschlossenen Halbkreis. Der sich keinen Millimeter bewegt. Bis auf die fünf glattrasierten Kiefer, die Kaugummi wälzen. Ich rauche. Das Akkordeon spielt den Hit der Woche. Die Top Ten. Die Kiefer mahlen. Ich nehme noch einen Schluck von meinem Bier. Und rauche.

Regel Nummer eins, auf nicht selten drastische und nachdrückliche Art gelernt in Köln-Nippes, -Ehrenfeld, -Höhenhaus, -Kalk und wie die Viertel alle heißen: Nie Angst zeigen.

Regel Nummer zwei: Nie aggressiv wirken.

Daraus Regel Nummer drei: Immer freundlich bleiben. *Aggressive und laute Menschen sind nach meiner Erfahrung nicht immer die Starken, und ich habe nie versucht, dem nachzueifern ... Schreien, verbittern und wütend werden – das ist alles negative Energie. Es raubt Kraft und bringt nichts ein.* Ist immerhin kein Geringerer als Kofi Annan meiner Meinung, irgend so ein UNO-Heinz.

Also lächle ich den mittleren Kaugummi an:

»Darf ich mal durch?« Die Akkordeonspielerin macht eine Zigarettenpause. Als sie wieder angefangen hat, um sich an die Top Twenty zu machen, öffnet sich vor mir eine puckbreite Lücke. Ich bedanke mich freundlich und zwänge mich hindurch, so rücksichtsvoll wie möglich, aber ohne mich dünner zu machen als nötig. Als ich fast durch bin, schließt sie sich wieder ein wenig, und der Vorstopper neben mir sprüht mir eine Dosis Spearmint ins Ohr:

»Bei uns hoaßt des: Derf i *bitte* amoi durch, gell!« Ich nicke gelehrig und gehe pinkeln. Stehe vor einem Urinal voller streng riechender grüner Marshmallows und habe was zum Nachdenken. Könnte Ärger geben, wenn ich versuche, meinen Hocker wiederzukriegen. Vielleicht sollte ich mich zu meinen Kollegen ins Hinterzimmer setzen, und wir könnten gemütlich ein wenig über den Auftritt von heute abend reden, das Programm von morgen. Die Renovierung unseres Proberaums. Das Cover unserer nächsten Platte. Gulasch mit Nudeln.

Aber mein Deckel liegt da, wo mein Hocker steht. Und auf dem Deckel mein erst halb ausgetrunkenes Bier. Und ich hätte gerne noch mindestens ein frisches. Frisch gezapftes, nicht nach einer langen Kellnerrunde schal im Hinterzimmer abgeliefertes. Außerdem könnte es noch viel mehr Ärger geben, wenn ich a) Angst zeige, indem ich nicht zu meinem Platz zurückkomme, und mich b) als Teil einer ganzen Gruppe von Außenseitern zu erkennen gebe – einem alleine spielt man mehr oder weniger harmlose Streiche, aber einer Gruppe tritt man anders gegenüber, massiver wahrscheinlich, als Eishockeymannschaft sowieso. Wiederum andererseits ist da diese Tür zum Hof. Nicht abgeschlossen. Ein Fluchtweg. Aber dann? Im *Ochsen* um eine Flasche Bier betteln? Den Durst mit Leitungswasser löschen?

Beim Pinkeln kommen einem ja oft die besten Gedanken. Ich wasche mir die Hände, streiche meinen Backenbart zurecht, verteile mein Geld auf verschiedene Taschen, drehe mir eine neue Zigarette, zünde sie an und gehe zu meinem Hocker zurück. Der ist noch da. Unbesetzt und einladend steht er inmitten eines klassischen Eishockey-Halbkreises. Eines recht stabilen Halbkreises – natürlich haben sie mich kommen sehen (überrascht), und natürlich habe ich mitgekriegt, daß sie sich breit und steif machen (kein bißchen überrascht).

Regel Nummer vier: Frechheit siegt.

Regel Nummer fünf: Manchmal.

Daraus Regel Nummer sechs: Paar' sie besser wieder mit Freundlichkeit.

Ohne Zögern marschiere ich auf die Phalanx zu, sage laut und deutlich und breit lächelnd:

»Darf ich *BITTE* mal durch?«, nehme gleichzeitig den Mittelstürmer an beiden Oberarmen und schiebe ihn zur Seite. Überraschungsangriff nannte Modesty Blaise so etwas. Jedenfalls – während fünf Mann das Kaugummikauen vergessen und Hirnwindungen quietschend in die Gänge zu kommen versuchen, sitze ich schon auf meinem Hocker und rufe fröhlich:

»Ach, mein Bier is' weg! Michi –«, ich drehe mich kurz um, »wollt ihr auch eins, Jungs?«, wieder zur Theke, »Michi, mach doch ma' sechs, bitte!«

Wurde noch ein wunderbarer Abend. Mit der halben Eishockeymannschaft im Rücken gelang es mir sogar noch, dem Wirt (Ex-Eishockey-Torwart) klarzumachen, daß es irgendwo auf der Welt mit Sicherheit noch nicht vier Uhr sei.

Mein Bett im *Ochsen* habe ich nie gesehen.

Dafür hatte ich zwei Karten für ein wichtiges Eishockeyspiel. Die ich leider verfallen lassen mußte – am Abend des Spiels saß ich nämlich mit dem Gitarristen von TON, STEINE, SCHERBEN in dieser Zuhälterkneipe hinter einer Tankstelle im Gewerbegebiet von Saarbrücken …

Man hat's nicht leicht

Bier zum Marathon – Wegen eines Enzyme, Vitamine, Kalium und Magnesium ist Bier ein Fitmacher und ideal für Marathonläufer. Sagt zumindest der Brauer-Bund.
EXPRESS, 22.07.2001

Und – von dem Quallität des EXPRESS-Lektorat mal abgesehen gewesen – die Konstitution eines Marathonläufers brauchst du, erst recht, wenn du von 1976 bis 1983 Bassist der SCHROEDER ROADSHOW bist. Nicht nur wegen all der *Roten Flamingos* im Land. Allein bei jedem Auftritt ständig aufpassen und ausweichen müssen, damit dein Sängerknabe, für den der Begriff hyperaktiv völlig neu definiert werden müßte, dir nicht sein Mikrophonstativ in die Saiten oder noch empfindlichere Teile dengelt, oder auf der Hut sein vor einem durchgeknallten Saxophonisten, der es fertigbringt, mit einer selbstgebastelten goldenen Maske über die Bühne zu pesen, sein Instrument im Arm wie eine Kalaschnikow. Leider hat er in seinem Kifferwahn vergessen, sich Augenschlitze in die Maske zu schneiden. Damit nicht genug, hast du auch noch einen Schlagzeuger im Rücken, der schon mal Frisbee mit kiloschweren Crash-Becken spielt, und davon abgesehen springt dir alle drei Lieder ein wild gewordener Punk oder irgendein Sponti auf die Bühne, um auch mal ein paar Takte ein Star zu sein oder um dich in brüderlicher Solidarität zu umarmen und dir eine Dose Bier über das gerade zum Singen geöffnete Maul zu halten. Oder um einfach nur, als Ausdruck juveniler Freude, einen Köpper in die Arme seiner Freunde in der dritten Reihe zu machen. Auch schon mal daneben, wenn die Freunde ihrerseits gut drauf sind.

Nehmen wir einfach mal das Jahr 79. Nach der keinen sonderlichen Anspruch auf Vollständigkeit erhebenden Buchführung eines Tontechnikers, der an seinem Mischpult aus Langeweile gelegentlich Feuer spuckte und nach dem Gig auf die obligate Frage »Na, wie war's heute?« grinsend mit »Gut laut!«

zu antworten pflegte, hat diese Kapelle in diesem Jahr einhundertsechsundachtzig Auftritte absolviert. Davon abgesehen, daß dabei eine Spannbreite von vierzehn zahlenden Zuhörern in einem österreichischen Jugendzentrum bis zu hundertfünftausend nicht zahlenden beim *Umsonst & Draußen*-Festival in Vlotho zu bewältigen war und es wahnwitzige Strecken zurückzulegen gab, weil womöglich dem Konzert in Osnabrück eins in Wien, dem eins in Berlin und diesem eines in Friedrichshafen folgte (in einem Bus, der bergab spielend 95 km/h schaffte, vorausgesetzt, der Auspuff blieb dran), hieß das einhundertsechsundachtzigmal die Anlage in den Bus laden, am Auftrittsort auspacken, auf die Bühne wuchten und aufbauen und nach dem ersten Bier nach der letzten Zugabe wieder abbauen und in den Bus zurückschaffen, überhitzt, durchgeschwitzt und voller Adrenalin, wie man war, ob in einer brütenden Sommernacht, bei strömendem Regen oder in einem Schneegestöber bei Temperaturen unter Null.

Tee, Fachinger und Traubenzucker? Wat hammer jelaach.

Schau'n wir doch mal in unser imaginäres Tagebuch – drei Tage *wieder unterwegs ...*

Tag eins. Auf dem Tourplan steht, sagen wir mal ... – Salzgitter. Über'n Daumen dreihundertfünfzig Kilometer. Also über den anderen Daumen mit einem normalen Kraftfahrzeug um die vier Stunden.

»Wann is' Soundcheck?«

»Um fünf, wie jeden Tag.«

Aha. Also:

»Abfahrt neun Uhr.«

Schließlich kann bei unserem Opel Blitz von einem normalen Fahrzeug keine Rede sein. Wobei ich nicht im geringsten an Autos dieser Marke herummäkeln möchte – ich rede hier ausschließlich von unserem Tourbus, einem Gefährt, das 1963 gebaut wurde, zehn Jahre Dienst bei der Bundespost tat, dann drei Jahre Obst transportierte, zweimal eine hessische Landkommune heil rund um Spanien und drei weitere Jahre die Jazzrock-Kapelle BRAINSTORM von Auftritt zu Auftritt brachte, bevor es sandfarben lackiert und mit dem SCHROEDER-ROADSHOW-Schriftzug in Schokoladenbraun versehen werden konnte. Der Laderaum war verkürzt worden, damit hinter die Fahrersitzbank eine alte Couch paßte – wenn auch ohne Lehne –, auf der es sich vier bis fünf Leutchen mehr oder weniger gemütlich machen konnten, aber zu der Zeit immer noch groß genug, um die gesamte SCHROEDER-Anlage aufzunehmen. Wenn man geschickt stapelte.

»Neun Uhr Abfahrt« hieß bei dieser Kapelle, daß am Vorabend die Anlage in den Bus gepackt wurde und am Morgen jeder so gegen halb zehn sein Frühstücksgeschirr wegräumte, um dann in sein Zimmer zu schlurfen, sein Privatköfferchen und seinen Schlafsack zu packen, sich eventuell von Frau, Freundin, Kind, Hund und Katze zu verabschieden und sich nach ein, zwei Verdauungszigarettchen gegen halb elf im Bus einzufinden.

»Alle Mann drin?«

»Hmm.« Der frühe Morgen ist nicht unbedingt des Rock'n' Rollers kommunikativste Tageszeit. Na, früher jedenfalls. Als noch alles besser war.

Zündschlüssel rumgedreht, Motor läuft.

»Moment – ich muß mir noch 'ne Zeitung holen!«

»Au, Scheiße – ich hab' mein Dope vergessen!«

»Haben wir eigentlich den Karton mit den Platten eingeladen?«

»Wartet mal, ich muß noch meinen Zahnarzttermin absagen!«

Und der alte Wagen rollt und rollt und rollt ... So gegen halb zwölf nämlich.

Kurz vor Wuppertal, also gerade mal nach fünfzig Kilometern, gibt's eine einigermaßen preisgünstige Raststätte.

»Ich muß mal pissen!«

»Bring mal 'n paar Zeitschriften mit!«

»Und 'ne Bockwurst!«

»Mir 'ne Büchse Bier!«

»Au ja – mir auch zwei!«

»Kinners! Wir haben drei Gigs hintereinander!«

»Ja, eben!«

»Okay – ich nehm' 'ne Cola.«

»Zwei.« *(Grummel)*

Und der alte Wagen rollt und rollt und rollt ...

Kurz vor Hannover, Frühstück und Bockwurst sind lange her, kann man ein Stück von der Autobahn runter in einem schnuckeligen kleinen Fernfahrertreff Deutschlands besten Leberkäse mit Spiegelei und Bratkartoffeln bekommen. Nimmt man besser mit – wer weiß, wie heute abend das Catering aussieht. (Um das kurz vorwegzunehmen: fantastisch. Es besteht aus einem Kuchenblech mit einem Berg Mett- und Marmeladenbrötchen. Die irgendeine gute, aber übereifrige Seele schon morgens um zehn zurechtgemacht hat – die Brötchen haben die Konsistenz von neuen Badelatschen, riechen aber wie alte, und das Mett ist unter den Bergen von inzwischen gelb gewordenen Zwiebelwürfeln kaum zu sehen, aber dafür gut zu riechen; die Marmelade allerdings sieht gut aus – findet eine Hundertschaft Fliegen darauf anscheinend auch.)

Das *Wilde Huhn*, der Club, in dem wir heute spielen, ist, wenn man erst mal im richtigen Viertel Salzgitters ist, leicht zu finden: Drinnen läuft eine BUZZCOCKS-Kassette über die Bühnenanlage, und selbst wenn nicht alle Fenster des Ladens offen wären, könnte man die Musik meilenweit hören – das *Wilde Huhn* ist nicht viel mehr als ein Holzschuppen, der aussieht, als habe er im vorigen Jahrhundert einem Schützenverein als Clubhaus gedient. Wenn man drin ist, sieben Mann auf einer bierkastenhohen Bühne ihre Gerätschaften aufgebaut haben und vier bis fünf ehrenamtliche Mitarbeiter ihnen um halb sieben beim – fast planmäßigen – Soundcheck zugucken, glaubt man, daß nun höchstens noch fünfundzwanzig Zuschauer Platz haben. Daß es dann abends über achtzig sind, die dann auch noch genug Raum finden, um Pogo zu tanzen, bestätigt einmal mehr, daß Reisen bildet.

Tut es schon deshalb, weil man in Deutschland selbst nach zehn Jahren auf Tour immer noch und immer wieder unbekannte Biersorten entdecken kann. Und da der Künstler an sich ein neugieriges Wesen ist, muß er die natürlich alle mal probieren – man will ja zu Hause was zu erzählen haben, am besten etwas, worüber man sich ein eigenes Urteil gebildet hat.

Weshalb der Abend erst endet, als das entzückende Wesen mit den sieben Sicherheitsnadeln in der Nase, das sich für die Thekenspätschicht geopfert hat, ein bedauerndes (und bedauerliches) »Bier is' alle! Verpisst euch!« in den Raum kräht. Einen Raum, in dessen Ecken mehrere Zuschauer schon seit ein paar Stunden liegen und schnarchen.

Bedauerlich schon deswegen, weil wir ja die SCHROEDER ROADSHOW sind – in unseren Konzertverträgen steht ausdrücklich: *Paragraph 11 – Unterbringung: Kein Hotel. Der Veranstalter verpflichtet sich, die Musiker in Privatunterkünften wie Wohngemeinschaften etc. unterzubringen.* Schließlich sind wir keine abgehobenen Popstars, sondern *Die Brüder der romantischen Verlierer.*

Ich weiß nicht, ob Sie wissen, wie das ist, im Gästezimmer, in der Wohnküche, auf dem Speicher einer 79er Punker-WG zu übernachten ... Wollen Sie gar nicht wissen, glaube ich.

Einmal mehr haben wir Glück im Unglück – einer unserer Gastgeber hat schon von uns gehört und präsentiert nach dem Verteilen von Schlafplätzen und dem Ausrollen von Schlafsäcken noch einen Kasten vom hiesigen Bier. Muß das Glück des Tüchtigen sein – natürlich können wir uns mit dem Kasten Kölsch revanchieren, der für Notfälle unter der Couch im Tourbus klemmt. Das gefällt wiederum einer unserer heutigen Mitbewohnerinnen so gut, daß sie eine Flasche *Jägermeister* aus ihrem Versteck holt – trotzdem ist der Abend gerettet.

Ich möchte jetzt nicht näher darauf eingehen, welcher SCHROEDER mit zweien der GastgeberInnen als letzter in der Küche saß und verdrießlich auf die übriggebliebenen vier Flaschen Bier starrte, die niemand mehr schaffte, aber als er den

Reißverschluß seines Schlafsacks hochzog, schellte in einem Nebenzimmer ein Wecker – einer der Punks hatte eine Mathearbeit zu schreiben und mußte pünktlich sein.

Ja, wie – tönt es da aus der zweiten Reihe links, *erfahren wir hier gar nix über das Konzert? Wie war denn das Konzert?*

Na, wie schon – gut laut, wie immer.

»Ich tu's ja nicht gerne«, zwitschert die Stimme unserer Gastgeberin ein paar Minuten nach dem Einschlafen, »aber ihr wolltet ja unbedingt um zehn geweckt werden ...«

Von Wollen kann keine Rede sein. Aber heute abend spielen wir in Offenbach. Noch einmal haben wir Glück – außer einer Waschschüssel Müsli gibt es tatsächlich ein paar Pfannen Rührei zum Frühstück. Daß wir dabei die neue Platte von *Checkpoint Charlie* hören müssen, kann nicht verhindern, daß das *Wilde Huhn* auf der Liste der Läden landet, die unser Management ruhig noch mal buchen kann. Zum Abschied selbstangebaute Verdauungsrauchwaren und herzliche Umarmungen – *Abschied ist ein scharfes Schwert.* Offenbach, wir kommen.

Rollt und rollt und rollt und rollt und ro-hollt ...

Wie auf den alten Segelschiffen wird auch bei uns die Mannschaft unterwegs zu Wachdiensten eingeteilt – damit wir nicht vom Kurs abkommen. Und damit der Steuermann nicht einschläft. Scheint zwar nicht leicht, einzuschlafen, bei dem Krach, den unser Bus bei achtzig km/h macht, aber der Mensch gewöhnt sich schließlich an alles; gibt ja Leute, die nicht mehr einschlafen können, *weil* sie nach einem halben Leben hinter dem Güterbahnhof aufs nervtötend ruhige Land gezogen sind.

Im Tourbus jedenfalls liegen stundenweise drei bis vier Leutchen auf der Couch rum und pennen, während zwei bis drei vorne sitzen und sich, einander und den Fahrer unterhalten. Aber auch das kann irgendwann langweilig werden. Da hilft dann ein Sixpack Bier schon mal auf mehrfache Weise – erstens hebt es die Stimmung, zweitens gibt es kein besseres Mittel gegen den Kater vom Vorabend, drittens dämpft Bier den Hunger und verhindert, daß man aus lauter Langeweile an jeder dritten

Raststätte Bockwürste, Fritten, Schokolade oder Eis am Stiel in sich reinfuttert, und, last, not least, ist viertens der Fahrer meistens der Schlagzeuger; und ein Schlagzeuger sollte weitgehend nüchtern auf die Bühne klettern, schließlich muß er den Krach von zwei verbissen konkurrierenden Gitarristen, einem halbtauben Bassisten und einem bekifften Saxophonspieler halbwegs strukturiert zusammenhalten, damit Sänger und Publikum zumindest eine Ahnung haben, welches Stück gerade gespielt wird.

Und wie wichtig es sein kann, unterwegs Sixpacks zu leeren, konnte man ja später mal im bayerischen Landsberg sehen – da verdammte den Trommler eine Darmgrippe zu Einmal-Aussetzen. Nach kurzer Rücksprache mit dem Publikum (»Spielen! Spie-len!«, beziehungsweise »Spuin! Spuin ...!«) wurde der Bus leergeräumt (angenehmer Nebeneffekt eigentlich), und wir konnten, neben ein paar Dutzend »richtigen« Perkussionsinstrumenten, einem Haufen Besteck aus der Jugendzentrumsküche und einer Kiste Werkzeug aus der angeschlossenen Fahrradwerkstatt, ungefähr vierzig Bierdosen mit Kieselsteinen, Nägeln, Linsen, Reis und was weiß ich füllen und unters Volk verteilen. Komplettes Konzert, also die üblichen zweieinhalb bis drei Stunden, mit hundertzwanzig Schlagzeugern. Voller Erfolg. Danke, Landsberg.

Aber das nur am Rande – wir kommen ja gerade erst in Offenbach an. In der Offenbacher *Kulturfabrik*, genauer gesagt. Toller Konzertsaal. Vor allem, wenn man Roadies hat – der Saal liegt im fünften Stock, und der Lastenaufzug ist entweder defekt, oder der schlüsselverwaltende Sozialarbeiter hat den Termin verpennt. Wir haben keine Roadies, schließlich sind wir *Die Brüder der Rebellen und Piraten.* Schleppen ist angesagt. Wobei man ganz schön ins Schwitzen gerät – ich erspare mir und Euch jetzt die Aufzählung dessen, was da alles hoch muß. Samt Gewichtsangaben. Bleibt die medizinisch-physiologisch untermauerte Notwendigkeit, dem geplagten Körper Ersatz für ausgeschwitzte Flüssigkeit zuführen zu müssen – weiß inzwischen jeder Freizeitjogger. Da es jedoch in den siebziger Jahren absolut unüblich war, in Jugendzentren und ähnlichen Institutionen isometrische Getränke auszuschenken, bleiben wir bei dem, womit man zumindest im Geltungsbereich des deutschen Reinheitsgebots am wenigsten falsch machen kann. Da trifft es sich gut, daß es in unserem Vertrag neben dem Wohngemeinschaftsparagraphen auch einen gibt, der uns vier Kästen davon zusichert.

Schade nur, daß die heute alle vier in einer ausnahmsweise mal geheizten Garderobe stehen; leider bereits seit Mittag. Ein schöner Grund (mehr), sich mit Schleppen, Aufbauen und Soundcheck ein bißchen zu beeilen, da kann man in den zwei Stunden bis zum Auftritt die Gültigkeit einer alten Tourneeregel nachprüfen – *im Zweifelsfall: nächste Kneipe links.* Klappt auch in diesem Fall wieder insofern, als das Bier in *Paul's Pilsschwemme* gut gekühlt und gepflegt gezapft serviert wird, wenn auch unter den mißtrauischen, wenn nicht feindseligen Blicken von Personal und Stammkundschaft. Macht uns aber, wie immer, nicht viel – von einem in etlichen Jahren *on the road* zugelegten dicken Fell abgesehen, regelt das meist der Markt: Umsatz schafft Freunde. Kleiner Wermutstropfen ist allenfalls der Musikgeschmack von Paul beziehungsweise der seiner vergnügt die Musikbox fütternden Gäste: Heino rauf, Udo Jürgens runter. Kurz bevor wir uns in unser Schicksal ergeben und das Mitsingen anfangen, sind die zwei Stunden rum.

Und weil es uns gelungen ist, die restlichen drei Kästen in der Garderobe derweil in einer Kühltruhe unterzubringen, die man bloß von einer Ladung Cola befreien mußte, ist auch der Flüssigkeitsnachschub wegen Schwitzens während des Konzerts kein Problem mehr. *Anarchie in Germoney,* drei Zugaben, begeistertes Gedrängel in der Garderobe, Nachruhm, Nachdurst …

Und Nachrichten.

Die gute: Wir können unseren ganzen Krempel bis morgen auf der Bühne stehen lassen. Die schlechte: Bis zwölf muß er abgeholt werden. Kein Problem, um zwölf müssen wir ja schon wieder auf der Autobahn sein; nächster Gig: Ulm. Genauer gesagt, irgendein Kaff um Ulm herum.

Die gute: Auf der Autobahn sein können wir relativ schnell, denn wir haben wieder alle einen Schlafplatz in der gleichen Groß-WG. Die schlechte: Die WG liegt in einem Kaff vierzehn Kilometer von der *Kulturfabrik* entfernt.

Die gute: Mehrere unserer Gastgeber sind Besitzer einer kleinen, aber feinen Freak-Disko in eben diesem Kaff, sind begeistert vom Konzert ihrer Gäste und laden zu »einem netten kleinen Umtrunk« – außerdem habe Brigitte Geburtstag. Wer immer das sein mag. Jedenfalls pflege die den immer sehr gründlich zu feiern. Die schlechte: Das Geburtstagskind entpuppt sich als rothaariger Wonneproppen, der, neben einem zur Haarfarbe passenden Motorroller, nur noch einen Wunsch hat: Die Jungs aus Köln sollen ihr zu ihrem Dreißigsten in ihrer eigenen Disko ein Ständchen bringen.

Gott, sind die Jungs aus Köln begeistert. Je nach Temperament graduell verschieden. Aber natürlich gibt es, abgesehen von Gastfreundschaft und Charme der Jubilarin, ein ganzes Päckchen Argumente: eine Fete überhaupt, damit einhergehend Freibier, die Aussicht darauf, daß sich auf Geburtstagsfeiern von Wonneproppen nicht nur lallende männliche SCHROEDER-Fans tummeln, die einen die halbe Nacht überzeugen wollen, daß man unbedingt über dies oder jenes einen Song schreiben müsse; schließlich die Annahme, daß da keine Polizeistunde das zu erwartende Vergnügen abrupt beendet … – UND: Wonneproppen organisiert kurz entschlossen und energisch ein rundes Dutzend Helfer, die in Windeseile unsere schnell zusammengepackte Anlage die fünf Stockwerke hinab und in unseren Bus schaffen. Für ihr Geburtstagsständchen müssen wir, außer der einen oder anderen Gitarre vielleicht, nicht mal mehr was davon ausladen, da dort schon eine Anlage aufgebaut ist. Wenn das keine Argumente sind (hatte ich Freibier schon erwähnt?) … Ab dafür.

Die Freak-Disko heißt natürlich *Venceremos* (wahrscheinlich gab's bei der Eröffnung in Offenbach schon einen Club namens *Revolution*), hat folglich einen fetten roten Stern an einer schwarzen und einen schwarzen Che Guevara an einer roten Wand und ein sieben Jahre altes Poster mit *Heute im Sonderangebot: Kubanischer Rum-Cocktail!* über und ein *Für amnesty international*-Bonbonglas auf dem Tresen, aber das Bier kommt, nach der obligaten Runde Geburtstags-Zosche, vom Faß aus einem funktionierenden Kühlkeller, der Discjockey beweist mit SAVOY BROWN durchaus Geschmack, und das Schönste ist, daß, selbst nachdem all die Kölner hereingepurzelt sind, die Y-Chromosomen unter den Gästen in der Überzahl sind.

Schon allein, damit deren Trägerinnen gleich klar wird, wer hier wer ist, machen wir es kurz und schmerzlos – prügeln auf einen Boogie der britischen weißen Neger ein, bis die aufgeben, geben jeder ein der Uhrzeit angemessenes Solo zum besten, drehen *Happy Birthday* durch die SCHROEDER-Mühle, beweisen brachial zum zweiten Mal an diesem Abend, daß wir *Wieder unterwegs* sind, kredenzen *Anarchie in Germoney* und jagen *Fette Ratten* und demonstrieren den Mädels zum Abschluß mit den *Brüdern der romantischen Verlierer* noch schnell, daß wir auch tieferer Gefühle fähig sind. Zur Vertiefung zwischenmenschlicher Kontakte, über Landesgrenzen hinweg, also durchaus ansprechbar.

Wonneproppen freut sich, ihre Freundinnen freuen sich mit ihr, fröhliche Gesichter allenthalben – das freut uns. Und bedeutet Kurzweil für die Fahrt nach Ulm – da kann man sich eine ganz schöne Strecke lang darüber austauschen, wer nun mit wem alles angestoßen hat letzte Nacht.

Wenn wir lieben, hat sich die Ewigkeit in uns vereint …

Angesichts der Ewigkeit natürlich wurscht, daß so 'ne Nacht nur drei Stunden dauert. Kaff bei Offenbach – nette Gegend; wenn uns der Name wieder einfällt, fahren wir vielleicht noch mal hin.

Denn schließlich: *Rollt und rollt und rollt …*

Aber erst mal um Ulm herum, ein Stück die Schwäbische Alb hoch, durch ein Dörfchen, in dem an diesem Samstagnachmittag um vier vor mindestens acht der zwölf geranienstrotzenden Häuser stramme ältere Damen den nicht mal kinderwagenbreiten Bürgersteig fegen und sich fragen, was wohl ein Lieferwagen verkaufen mag, der SCHROEDER ROADSHOW heißt. Bis ihnen einfällt, daß ja seit drei Tagen an dem Buswartehäuschen am Ortseingang dieses komische Plakat mit den Comicfiguren und dem gleichen Firmennamen hängt und auf eine Vergnügung *für d'jonge Leut'* hinweist.

Ah – Herr Schroeder hält an. Schon stehen alle Besen still. Gespannt sehen die Putzteufel zu, wie das Beifahrerfenster heruntergekurbelt wird. Zucken einen halben Schritt zurück, als aus dem Inneren des Wagens eine Fahne quillt, daß einige der Geranien die Köpfe hängen lassen (hatte ich schon erwähnt, daß wir unterwegs an ein paar Raststätten anhalten mußten, zwecks Katerbekämpfung?), erkennen aber schnell den Geruch – so riecht's, wenn ihre Männer von einer Übung der freiwilligen Feuerwehr heimkommen –, und wagen einen ganzen Schritt nach vorn, als ein fast zugewachsenes Gesicht zum Vorschein kommt. In dem sie dann doch ein breites, rotäugiges Grinsen orten können.

»Wo die Turnhalle is'!« grölt das Gesicht. Die Putzteufel schauen sich an – *ah, von auswärts!* Wir merken, daß wir im Süden sind: Die Menschen sind freundlich und hilfsbereit. Drei von ihnen halten uns einen kanonartigen Vortrag, dem wir sinngemäß in etwa entnehmen, daß Vorsicht geboten sei, wenn man sich mit Luftmatratzen aus Gerolsteiner Zement auf den Starnberger See begebe – die Gefahr, unter Wasser einzuschlafen, sei fürchterlich groß und mütterliches Unter-Tränen-Zusammenbrechen nicht auszuschließen.

Aha.

Zum Glück sind wir erfahrene alte Fahrensleut' – wir hören wie immer kaum auf den Text, sondern halten uns an die universelle Sprachgewalt von wild wedelnden Armen. Drei davon weisen in Fahrtrichtung, was schon mal Mut macht, zwei deuten anschließend einen Bogen nach rechts und bergauf an, weswegen wir den dritten, wie er selbst schon vorschlägt, links liegen lassen.

»Danke, Mädels! Und einen schönen Tag noch!« Nein, nein – wir sollten nichts überstürzen, meint die mit dem linken Arm und flattert in die Richtung, aus der wir gekommen sind: Der Starnberger See sei ein schaschlikhaltiges tiefes Gewässer bei Washington, und ganze Postschiffe seien dort von menschenfressenden Muscheln in die schwefelhaltigen Stromschnellen geschlürft worden, *gell?*

Na klar doch, versichern wir, nun müßten wir nur noch die Turnhalle finden.

Kein Problem, mischen sich noch zwei Hinzugeschlurfte ein und gestikulieren nun wieder in Fahrtrichtung, Muscheln seien durchaus eßbar und schmeckten am beschte' in einem Sud aus …

Das ist das Problem mit Schlagzeugern: Kommen nie pünktlich, aber prügeln schon bei drei los, wenn andere noch bis vier zählen – der Wagen *rollt und rollt* schon wieder, läßt die netten Damen unhöflich mitten in einem neuen Kanon stehen, so daß wir anderen nur noch ein vielstimmiges *Danke!* und *Adele!* loswerden können, und biegt bereits zwanzig Meter weiter nach rechts in einen Schotterweg ein, der einem Schild zufolge zum *Schützen- und Sportlerheim St. Hubertus* führt. Die Bretter, die die Welt bedeuten. Zumindest, nachdem wir vier Rotwein verkostenden sogenannten Aufbauhelfern klargemacht haben, daß wir das Dutzend blauer Turnmatten und die beiden Sprungböcke dort für unseren Auftritt nicht unbedingt brauchen. Ein Stromanschluß wäre allerdings nicht schlecht.

Klar, daß wir dafür auf den Hausmeister warten müssen.

Aber die Sportschau geht ja nur bis sieben.

Rotwein also, zur Abwechslung.

Yeah, yeah, yeah.

Als der Hausmeister kommt, sogar noch vor der Sportschau, ist nicht nur der Rotwein alle. Vier SCHROEDERS haben sich ein paar der Turnmatten zurückgeholt und halten Siesta hinter der Bühne, während der Rest beeindruckt zuschaut, wie die vier Mitglieder der örtlichen Vorgruppe, Lokalmatadore, deren Name schon einen erinnerungswürdigen Abend verspricht – The Trojan Horse Apple –, unsere wie immer akkurat aufgebaute Anlage zur Seite räumen, damit ihr Schlagzeuger Platz für einen Orientteppich hat, den wir zweimal falten müßten, damit er in unseren Proberaum paßt. Er braucht den Platz allerdings (der Trommler) – zwei Baßdrums, drei chinesische Gongs, ungefähr siebzehn Tom-Toms und mehr Becken als Irene Manns Fernsehballett. Wir vier schließen Wetten ab, wie lange er für seinen Soundcheck braucht; ich verliere einen Zehner mit meinem Tip. Es sind nicht vierzig, sondern fünfzig Minuten. Darin inbegriffen aber auch der Test der Trockeneis-Nebelmaschine, deren Steuerung ebenfalls Aufgabe des Schlagzeugers ist. Neue Wette: Wird er auch singen oder nicht? (Natürlich wird er – den Zehner wieder her!)

Macht aber alles nichts – inzwischen ist der Veranstalter aufgetaucht, ein Typ wie der Rübezahl in meiner bebilderten Ausgabe von *Deutsche Sagen und Legenden*. Mir nicht nur deshalb gleich sympathisch – er schleppt auch eine Schubkarre voller Wiener Schnitzel mit Kartoffelsalat an und ist im Besitz des Schlüssels zum Kühlraum, so daß wir gleich etwas gegen die vom Rotwein pelzigen Gaumen tun können, wobei er uns fleißig Gesellschaft leistet. Dabei bringt er das Kunststück fertig, uns gleichzeitig mit »Isch des guät, des ihr do seid!« und »Haut rein, Jungs! Proscht!« zu animieren und mit »Haldet Euch e bißle z'rück – i hent do no' ebbes vorb'reidet!« zu bremsen.

Währenddessen füllt sich das *Schützen- und Sportlerheim St. Hubertus* zusehends, mit Gestalten, bei deren Anblick man sich fragt, wo die denn alle herkommen mögen, in einer Gegend wie dieser – sind das etwa die Söhne und Töchter der Bürgersteige fegenden Mütter?

An Bremsen ist aber nicht mehr zu denken, als die Trojanischen Pferdeäpfel unter dem johlenden Applaus von dreihundert Trollen, Waldschraten und Elfen die Bühne stürmen – und mit dem ersten Akkord und dem punktgenauen gleichzeitigen Einschalten von Nebelmaschine, schätzungsweise dreißig fetten bunten Scheinwerfern und einer Handvoll Stroboskope sämtliche Sicherungen rausspringen lassen. Rübezahl und Hausmeister verdonnern die Pferdeäpfel zum Halbieren ihrer Stromfresser, mindestens, und während ein halbes Dutzend Techniker und Möchtegernelektriker sich darum kümmern, sieht der Schlagzeuger aus, als hätte er darauf nur gewartet (wenn nicht sogar darauf hingearbeitet), und nutzt die Gelegenheit zu einem zwanzigminütigen Schlagzeugsolo, bei dem er der staunenden Gemeinde aber auch alles vorführt, was er da so aufgebaut hat.

Okay – warum sollte er es sonst auch aufgebaut haben ...?

Nach der Hälfte der Vorführung ist auch die Halle nur noch halb gefüllt, der Großteil des Publikums hat sich um die Theke im – ähem – Foyer geschart und schüttet zügig, wenn auch arhythmisch halbe Liter aus ebenso schweren Henkelkrügen in sich hinein, was wahrscheinlich den eigentlich einem Liter angemessenen Preis rechtfertigt.

Uns kann's egal sein – er habe schon viel von uns gehört, meint Rübezahl, und habe gar nicht glauben mögen, daß einem Verein wie uns vier Kästen Bier reichten; daher habe er einen Kasten für jeden von uns bereitgestellt. Der Mann wird mir immer sympathischer.

Wie im Fluge vergeht dergestalt die Zeit bis zur letzten trojanischen Kurzsinfonie, inklusive programmäßigem Schlagzeugsolo – leider ohne Nebel, was noch während des Schlußbeifalls in unserer gemeinsamen Künstlergarderobe zur Auflösung der Pferdeäpfel führt. Erst als uns bei unserem freundlichen Angebot, wir könnten ihnen gerne beim Abbauen ihrer Anlage behilflich sein, und beim eilfertigen, auf dem fremden Terrain aber etwas unsicheren Aufstehen ein paar Stühle und ein Tisch mit zwei Dutzend leeren Bierflaschen umkippen, brechen die jungen Kollegen ihre Diskussion ab und beeilen sich, die Bühne für uns freizumachen. Und zeigen nicht einmal ein bißchen Stolz, als wir ihnen einen halben Kasten Bier spendieren und sie zum Gewinner des Jahres erklären: einzige Vorgruppe und hundertvierzig Minuten überzogen – nicht schlecht.

Sie können mich, jeden von uns, heute noch, ein Vierteljahrhundert später, mitten in der Nacht aus dem Bett zerren, uns ein Instrument in die Hand drücken und »Fette Ratten« sagen – wir haben das Intro schon gespielt, ehe wir noch ganz wach sind. Will sagen: Das können wir nicht nur im Schlaf, sondern in jedem Zustand. Eine nützliche Fähigkeit an diesem Abend. Und da a) unser Adrenalinspiegel, normalerweise auf zwanzig Uhr programmiert, um halb elf kurz vor dem Überschwappen steht, b) unsere Nerven nach Salzgitter, Offenbach, Offenbach-Dingsda und den Trojanern kurz vorm Zerreißen sind und wir c) nach den diversen Rübezahl-amuse-gueules mehr als neugierig sind, was der für uns denn heute abend noch *vorb'reidet* hat, brettern wir los, wie nur wir es können: Das Intro von *Fette Ratten* ist noch nicht zu Ende gespielt, da steht draußen an der Theke nur noch ein einsamer Zapfer, dreihundert offene Münder und sechshundert weit aufgerissene Augen stürmen an den Bühnenrand, werden von unserer Energie dorthin gesogen wie Wollmäuse zum Staubsauger, reagieren mit einem einzigen Aufschrei, werfen die Energie verstärkt auf uns zurück, lassen die Halle beben, die Luft vibrieren, die Engel jubilieren, den Teufel im Dreieck springen – *Wenn wir tanzen, tanzt die Nacht berauscht mit uns den Sternentanz …*

Rübezahl ist fix und fertig.

»I pack's net«, wiederholt er, kopfschüttelnd und schweißgebadet, immer wieder. »Fünnef Zugabe! Achtzehn Minude *Schrei di' frei* …! I pack's net!«

Aber packen müssen wir. Geht heute besonders schnell – unser neuer Freund rekrutiert unter Androhung von Prügeln und lebenslangem Lokalverbot in seiner Kneipe ein Dutzend Helfer, und in der Rekordzeit von elf Minuten ist die Anlage im Bus verstaut. Fünfunddreißig Minuten nach dem letzten Akkord stolpern wir im Nachbardorf in einen Schuppen, der *Mägga* heißt, was nichts mit mega-cool, Maggeln oder flüssigen Speisewürzen zu tun hat, sondern die mundartliche Version von Mekka ist – wir befinden uns in einem Wallfahrtsort für die Freak-Fraktion im Umkreis von fünfzig Kilometern, mindestens, mit STONES- und Zappa-Memorabilia an allen Wänden, äußerst zivilen Bierpreisen, weswegen die Zapfhähne höchst selten zugedreht werden, und Cocktails, die *Street Fighting Man* und *Mother's Little Helper* heißen. Für uns ist eine lange Tafel im hinteren Teil aufgebaut, hereingefahren wird eine weitere Schubkarre, die Schnitzel diesmal warm, dazu Berge von dampfenden Spätzle und grünem Salat – und Bier natürlich, aus Literkrügen, die wie von Zauberhand nie leer zu werden scheinen. Um uns herum tanzen, trudeln und torkeln begeisterte und bewundernde Gesichter; Schulterklopfen, Händeschütteln, Einladungen zu Joints, Cocktails, Parties und Ferien auf dem Bauernhof. Aus den Lautsprechern über uns SCHROEDER-Platten nonstop, bis wir protestieren; schnell einigen wir uns auf unsere derzeitigen Favoriten, und die Einheimischen beobachten verwundert, wie wir mit Begeisterung POLICE-Nummern rauf und runter singen. Klar – unsere jahrelangen Anstrengungen, Rockmusik mit anspruchsvoller Lyrik zu verbinden, können freilich nicht mithalten mit deren *Do do do, da da da / Is all I want to say to you ...* Wie könnte man die Probleme zwischenmenschlicher, speziell zwischengeschlechtlicher Kommunikation treffender auf den Punkt bringen?

Als wir nach einer Stunde schon kurz davor sind, Pfauenfedern zu bestellen, um uns zwecks Erleichterung im Hals zu kitzeln wie mittelalterliche Fürsten, knallt dumpf eine Magnumflasche *Metaxà* auf den Tisch, begleitet von einem Dutzend Cognacschwenkern so groß wie Badezimmerlampen.

»So«, meint Rübezahl, »jetzscht trinke' mir e Verdauungströpfle, un' dann gehet mir zum g'mütliche' Teil üb'r ...«

Soll noch einer sagen, die Schwaben seien geizig.

Mag aber sein – Rübezahl ist Franke (ein sehr überzeugter Franke – als seine Frau in den Wehen lag, schickte er einen Krankenwagen aus der nächsten Kreisstadt wieder zurück: »Moi Sohn kommt in koinem bayerischen Hoschpidal net zur Welt ...!«).

Schade eigentlich nur, daß die Mehrzahl der Elfen, die vor ein paar Stunden noch vor unserer Bühne herumtanzten, irgendwo im Ländle verschwunden sind – das *Mägga* scheint eher ein Männerschuppen zu sein. Andererseits, was könnte eine echte Elfe schon dem abgewinnen, was unser Gastgeber, dann doch durchaus in unserem Sinne, den »gemütlichen Teil« nennt ...

Angeblich bringt übermäßiger Genuß von alkoholischen Getränken im Konsumenten ja nur hervor, was bereits in ihm steckt. Gehen Sie mal am Heiligen Abend gegen Mitternacht in eine der raren offenen Kneipen in Bahnhofsnähe, wo dutzendweise Gestalten, die aussehen wie zwanzig Jahre Knast wegen Körperverletzung, zum unvermeidlichen *Sti-hille Nacht* aus dem Radio Rotz und Wasser in ihre Getränke heulen, dann wissen Sie, was damit gemeint ist.

Wir unsererseits müssen uns allerdings Gedanken machen, gründliche, ernsthafte Gedanken darüber, was denn da in *unseren* finsteren Seelen alles so verborgen ist – das *Mägga* ist am nächsten Morgen kaum noch wiederzuerkennen. Es begann im Grunde harmlos, weil multikulturell – dank Rübezahls immenser Plattensammlung (»Was willscht höre' – i hent ois!«) konnten wir das Fläschchen *Metaxà* stilvoll zu den Klängen von Mikis Theodorakis und Nana Mouskouri leeren.

»Wenn scho', dann richtig! Original griechisch!« forderte Rübezahl jedoch lebensfroh, als die letzte Runde Schwenker gefüllt war und er den siebten oder achten Toast auf seine besonderen und ihm besonders willkommenen Gäste ausgebracht hatte. Sprach's, kippte seinen Cognac und warf das Glas über die breite Schulter. *Klirr ...* Höflich, wie wir sind – wer möchte schon Gefahr laufen, einen derart generösen Gastgeber zu beleidigen –, taten wir es ihm nach. *Klirr ...*

Nein, nein, wußte der Abiturient unserer Truppe es mal wieder besser, das sei überhaupt keine griechische Sitte, sondern eine russische – der Grieche pflege bei seinen Festivitäten nicht mit Gläsern, sondern mit Tellern zu schmeißen.

»Isch des wahr?« wunderte sich Rübezahl. »Aber koi Problem ...«, meinte er lernfähig und begann, auf griechische Art das Eßgeschirr abzuräumen. Wobei wir, wohngemeinschaftserprobt und gute Gäste, die wir sind, ihm selbstverständlich gerne behilflich waren. *Schepper ...*

Ein paar Chansons von George Moustaki schienen da durchaus der rechte musikalische Rahmen zu sein. Der guten alten Kellnerregel »Kein Weg mit leeren Händen« folgend, waren Rübezahls Angestellte derweil auf dem Herweg unermüdlich mit überschäumenden Bierkrügen und auf dem Hinweg mit Besen und Kehrschaufeln unterwegs. Aber seine blamable Bildungslücke ließ ihrem Chef sichtlich keine Ruhe.

»Russisch?« meinte er nach einer Weile stummen Brütens. »Koi Problem!« Legte die Don-Kosaken auf und packte zwei Flaschen Wodka und ein Tablett Schnapsgläser auf den inzwischen recht aufgeräumten Tisch. »Nasdrowje!«

»Du uns auch!« *Klirr ...*

Wenn wir lachen, strahlt das Universum hell im Sphärenglanz ...

Um es kurz zu machen: Wir unternahmen noch einen kleinen Abstecher nach Kuba, mit weißem und braunem Rum und ein paar Tropfen Cola, Mongo Santamaria auf dem Plattenteller und Samba auf dem Tisch – *klirr, schepper ...* –, wechselten bei einer Portion braun-grün Gekrümeltem zu den durchgeknallten Indianern von EXUMA und ein paar Kriegstanzreigen kreuz und quer durch den Laden – *splitter ...* –, besannen uns eine Weile auf unsere Wurzeln und tanzten mit Peppino di Capri und zwei Kellnerinnen einen dank einer Flasche Grappa möglicherweise etwas unorthodoxen *St.-Tropez-Twist* und schöpften ein wenig Atem bei ein paar kleinen Pastis und den Chansons des großen Charles Trenet – *klirr ...* Dessen Klassiker *La Mer* allerdings inspirierte den einen oder anderen ausgelassener werdenden Partygast zu einem erfrischenden Bad in Rübezahls Raumtrenner – einem monströsen Aquarium voller winziger leuchtender Zierfische –, und allein die Tatsache, daß das Ding fünfhundert Liter faßte, verhinderte, daß *Mägga* von einer Sintflut heimgesucht wurde – kein *Wuschschsch* ...

Allerdings gab es dann irgendwann kein einziges heiles Glas mehr, und nur der Geistesblitz, daß zu Bob Dylan's *Blonde On Blonde* ein Kasten *Budweiser*, aus der Flasche geleert, durchaus stilgemäß sei, verhinderte einen wenig kommoden vorzeitigen Abbruch des Abends. Schade dann bloß, daß am Ende irgend jemand auf die Idee kam, der ideale sanfte Ausklang dieses schönen Beisammenseins sei ja wohl *Chet Baker With Strings* (eine Idee, der alle heftig applaudierten).

»Ja, wie – fünftausend Platten, und nicht eine von Chet Baker ...?!« Rübezahl war untröstlich.

In seiner Verzweiflung über dieses Versagen beschloß er, dann auch keinen Plattenspieler mehr zu brauchen, und warf den aus dem Fenster. Na ja, *durch* das Fenster. *Schepper, klirr* ...

Weshalb das alternativ von allen akzeptierte *Requiem* von Mozart etwas eiernd und rauschend von einem alten Tape-Deck erklang.

Nicht, daß das noch irgend jemandem etwas ausmachte.

Allein in Raum und Zeit gestellt / hat diese heißgeliebte Welt / unsre Kinder für die Hoffnung auserwählt ...

»Koi Wunder, daß du Rüggeschmerze hascht«, sagte einmal diese wunderhübsche Medizinstudentin in Tübingen zu mir. »Du bischt zu dick, dei Wirbelsäule hat zuviel zum Schleppe. Un zu dick bischt, weil du zuviel trinkscht. Also muscht damit aufhöret.«

»Mach du erst mal dein Studium zu Ende und heirate deinen Proktologen, du blöde Kuh!« antworte ich ihr. »Wenn du hundertsechsundachtzigmal im Jahr einhundertzehn Kilo Baßanlage dreimal am Tag durch die Gegend schleppst – von dem vierten und fünften Mal abgesehen, wo es vielleicht irgendeinem dämlichen Zollbeamten eingefallen ist, dich die ganze Scheiße vor sein Wärterhäuschen stapeln zu lassen –, hast du irgendwann einen kaputten Rücken, da kannst du so kräftig und so schlank sein, wie du willst. Spätestens da fängst du an zu trinken, schon allein, um die bekackten Schmerzen zu dämpfen.«

»Ach, des sin doch nur Ausrède! Du hascht doch scho vorher getrungge! Un diese Anlag' schon besowwe un in völlig falscher Haltung durch d' Gägend g'zerrt!« Da hat sie natürlich recht. Vielleicht ist ein Medizinstudium doch zu was gut.

Bleibt die Erkenntnis des Brauer-Bundes, siehe oben. Wenngleich ich ergänzend hinzufügen möchte, daß Bier selbstverständlich nicht nur gut für Marathon*läufer* ist – auch Marathon*trinker* wissen seine Vorzüge durchaus zu schätzen; siehe Tagebuch.

Vielleicht ruf' ich sie doch noch mal an, wenn ich mal wieder in Tübingen bin. Aber wahrscheinlich hat sie mittlerweile tatsächlich ihren Tuppes geheiratet, und das letzte Konzert, das sie besucht haben, war Chris de Burgh.

Das Ziel ist der Weg

There are some things
I promised myself
Things I haven't done yet:
This is my last cigarette ...
k. d. lang

Selbstverständlich gibt es auch Argumente *für* schlechte Angewohnheiten. Nicht nur gepflegtes, sondern gezieltes Trinken zum Beispiel. Eine Theorie besagt, daß ähnlich wie bei einer Büffelherde, wo die langsamsten Tiere das Tempo der Wanderung bestimmen, das menschliche Gehirn nur so schnell arbeiten kann, wie die langsamsten Zellen die elektrischen Signale passieren lassen. Da neueste epidemologische Studien ergeben haben, daß übermäßiger Alkoholkonsum zwar Hirnzellen abtötet, aber die schwächsten und langsamsten zuerst dran glauben müssen, ergibt sich weiterhin, daß regelmäßiges Saufen hilft, schlappe Hirnzellen zu eliminieren und das Hirn so zu einer schnelleren und effizienteren Maschine zu machen. Also: Soll unser Land technologisch nicht immer weiter ins Hintertreffen geraten, müssen wir uns noch viel öfter und länger an die Theke hängen und mehr oder weniger schäumendes Zeugs in uns hineinschütten.

Ich geh' schon mal vor.

Und das schließlich seit Jahren, ach, Jahrzehnten schon. Und was ist der Dank? Sie erhöhen Getränke- und Tabaksteuer. Und treffen einen harmlosen Landsmann wie mich gleich doppelt.

Rauchen nämlich. Es soll Menschen geben, die nicht mehr ins Kino gehen, weil zweistündiger Nikotinentzug ihnen den Spaß am schönsten Film verdirbt. Die zwar seit ihrer Schulzeit von einem Trip nach New York schwärmen, da aber nicht mehr hinkönnen, weil dort inzwischen die Gefahr, Prügel von einem militanten Nichtraucher zu beziehen, größer ist als die, von einem stark pigmentierten Crack-Raucher um einen Dollar an-

oder umgehauen zu werden. In New York gibt es neuerdings sogar eine Kneipe, die Kölsch ausschenkt. Ja, echt! Mit einem wunderschönen Biergarten, vom Gehweg zur Straße hin mit einem typisch deutschen Jägerzaun abgetrennt – *original Black Forest design*. Und wenn Sie dort sitzen, eine Weile Ihre Umgebung betrachtet haben – *the city that never sleeps* – und sich zu Ihrem zweiten Glas Bier, um den Genuß vollkommen zu machen, eine Kippe anzünden wollen, können Sie das gerne tun, müssen aber, um die zu rauchen, vor den siebzig Zentimeter hohen Zaun auf den Bürgersteig gehen. Wo Sie allerdings leicht mit einem der militanten Nichtraucher aneinanderrasseln können. *If you can make it there / You'll make it anywhere ...?*

Rauchen. Die Bärlauch-Suppe war ein Gedicht, das Hirschragout eine Ballade, der Vanille-Macademia-Eisbecher mit heißer Waldbeersauce ein ganzer Gedichtband, es wird herrlich duftender Espresso aufgetragen, der Cognac hat mehrere Sterne ... – jetzt eine Zigarette! Die ersten paar Züge sind die Krönung eines exorbitanten Abendessens, das Sahnehäubchen auf einer Erdbeere, die Streicher auf einem Sinatra-Song, das Gitarrensolo im Fade-out einer Hendrix-Nummer – ein wahrer Genuß. Darauf verzichten sollen?! Nie im Leben.

Das Tischgespräch kommt langsam wieder in Gang, man steckt sich eine zweite Zigarette an, und bei der dritten hat man das Gefühl, zum Abendessen hätten es auch zwei Matjes-Brötchen oder ein Teller Bratkartoffeln mit Spiegelei getan. *What a waste ...*

Rauchen. Ravels *Bolero*, wahlweise das letzte Robbie-Williams-Album oder die Neue von Diana Krall sind längst ausgeklungen, der schwere Atem beruhigt sich, die roten Flecken verblassen, der Schweiß auf der Haut trocknet; es wird kühl, man sucht die Bettdecke, die in der letzten halben Stunde irgendwo am Fußende verschwunden ist, man kuschelt sich ein, aneinander, ein letzter, wohliger langer Seufzer erübrigt ein »Und – wie war's für dich?« ... – jetzt eine Zigarette! Nebeneinander schiebt man sich gegenseitig fürsorglich Kopfkissen in den

Rücken, macht es sich bequem, einer zündet zwei Zigaretten gleichzeitig an, schiebt sie zärtlich zwischen ein Paar angenehm warme, lächelnde, von wilder Knutscherei vielleicht leicht geschwollene Lippen. Die ersten paar Züge sind die Krönung eines gelungenen Abends, schmecken wie der erste Kuß, nach Eroberung, Leidenschaft, Vertrautheit. Eine Vertrautheit, die auch darauf beruht, daß man nun schon zwei Leidenschaften miteinander teilt. Füße reiben aneinander, ein paar Muskeln beruhigen sich mit einem letzten Zucken. Darauf verzichten sollen?! Nie im Leben. Es soll Leute geben, die sich auf zwischengeschlechtliche Aktivitäten nur deswegen einlassen, wegen der Zigarette danach. Mir nicht gänzlich unnachvollziehbar.

Münder werden trocken, man geht eine Flasche Mineralwasser aus dem Kühlschrank holen, legt auf dem Rückweg vielleicht die Keith-Jarrett-CD auf, die man vor Verlassen der Wohnung vorsorglich aus dem Regal gezogen hat, macht es sich wieder gemütlich, raucht eine zweite Zigarette, einen Kopf in der Armbeuge, ein Knie zwischen den Knien, sanfte Fingernägel in der Halskuhle.

Der Himmel auf Erden.

Aber Menschen sind verbale Wesen, sie müssen reden.

»Du, die Kellnerin, die uns heute abend bedient hat – die kennst du aber schon länger, oder?«

Rauchen. In den urgemütlichen Raucherzimmern von Krankenhäusern. Wo Menschen mit grau-gelben Gesichtern und rostbraunen Fingern in ihren Rollstühlen sitzen und sich gegenseitig mit Prahlereien zu überbieten suchen, wer denn diese Woche Stationskönig sei:

»Ich gleich nach dem ersten Frühstück!«

»Ich direkt am ersten Abend!«

»Ich war noch halb weg von der Narkose!« Gewonnen. Applaus. Sie reden übrigens von der ersten Kippe nach der Raucherbein-Amputation.

Rauchen. Unerquickliches Thema, besonders für einen, der seit vierzehn Jahren nach dem Hustenanfall vor dem Frühstück regelmäßig verkündet: »Ich hör' jetzt auf. Also bald.« Mit einer Stimme, die man sich gut im Fernsehen vorstellen kann, zu Bildern von einer Yacht mit prallen grünen Segeln, auf der propere junge Menschen mit polierten Fingernägeln, frisch gefönten Frisuren und in fleckenlosen weißen Sweatshirts – offensichtlich die Crew des Schoners – lachend Bier aus ebenfalls grünen Flaschen trinken. Man fragt sich vielleicht kurz, ob sie ihre Biermarke extra passend zu den Segeln gewählt haben oder umgekehrt, aber dann läßt man sich von der Musik einlullen und wegtragen – wollte man ja immer schon mal: *Sail away* …

Geht ja auch mit Flaschenbier.

Verzäll nix!

Sperrstunde kürzer – Die SPD will, daß in NRW ab dem 1. August Kneipen nur noch zwischen 5 und 6 Uhr schließen müssen. Und Biergärten und Straßencafés sollen abends länger auf bleiben dürfen. Nur der Weg dahin ist unklar. Gegen eine generelle Öffnungszeit bis 24 Uhr (FDP-Vorschlag) sprachen sich allerdings SPD und Grüne aus.
EXPRESS, 22.06.2001

Klar – wie in unserer schönen Kölner Südstadt zum Beispiel. In den siebziger und frühen achtziger Jahren konntest du hier noch drei Tage (und Nächte) am Stück um die Häuser ziehen – irgendein Dieter, Clemens, Harry, Hatti, Schorsch oder Franz hatte immer auf, ob das nachts um zwei, mittags um eins oder morgens um halb sieben war. Das fand mit mir auch ein Haufen Studenten und -innen gar nicht verkehrt und sehr angenehm – das Viertel vibrierte und boomte. Dann starb eine große Anzahl der eingesessenen Omas und Opas, deren Söhne und Enkel es vorzogen, Doppelhaushälften in Erftstadt zu beziehen, mit angebauten Garagen, die sie für ihre Autos brauchten, die sie in der Stadt nicht brauchen konnten, aber anschaffen mußten, auf Raten, weil sie ja jetzt in Doppelhaushälften in Erftstadt wohnten. Auf Raten natürlich. Also gründeten die Studenten Wohngemeinschaften und zogen als solche in die schönen Hundertzwanzig-Quadratmeter-Altbauwohnungen mit Stuckdecken und Zweitklos und fühlten sich erst recht wohl hier und gingen abends mit viel Vergnügen vor die Tür und vermischten sich ein paar wunderbare Jahre lang in vielfältiger Form mit den erst recht vergnügungssüchtigen Südstadt-Touristen, die massenhaft kamen; wegen der vielen vergnügten Studenten. Und -innen natürlich.

Bis die Arschgeigen ihr Studium abschlossen und Anwälte oder Studienrätinnen wurden. Da heiratete Sabine aus dem Vorderzimmer dann auf einmal den Rainer aus dem Durchgangszimmer, vielleicht auch umgekehrt, der Rest der WG wurde aus dem Haus geekelt (»Du, irgendwie kannst du jetzt hier nicht mehr rauchen oder so – Sabine will schwanger werden!«), die Wohnung gekauft und das Linoleum über dem Parkettboden rausgerissen. Und eines Abends kommen sie mit ihrem erbförstergrünen schicken Volvo von IKEA zurück und stellen fest, daß die Scheiß-Kneipentouristen schon wieder alle Parkplätze zugestellt haben mit ihren stinkenden Golfs und Kadetts. Und daß sie mit ihren Paketen voll *Fjell*-Zeitschriftenordnern, *Kvik*-Smörebrödtellern und *Billy*-Regalbrettern Slalom laufen müssen um all die Biertische, die da in ihrer schönen Straße unter den alten Bäumen den Bürgersteig verkleinern. Und überhaupt – seit Sabine um acht in ihrer Gesamtschule im Bergischen sein muß und Rainer um halb neun in seinem Büro in Bad Godesberg, finden sie, daß es hier spätabends viel zu lange viel zu laut ist.

Also gründen sie mit ein paar anderen Anwältinnen und Studienräten eine Bürgerinitiative, erfinden Anwohnerparkplätze und Parkausweise und Gründe, warum diese und jene Kneipe frühestens nachmittags um fünf auf- und abends spätestens um eins zugemacht werden müsse. Aber auch nur so lange aufbleiben dürfe, wenn sie ab zehn die Musik leiser drehe und die Tische von den Bürgersteigen räume. Kaufen ganze Häuser und verdoppeln die Mieten, so daß ein paar der Kneipen gleich ganz dichtmachen können, und erzählen ihrem ehemaligen Lieblingswirt, daß er mit seinem Schuppen ins Arbeiterviertel Ehrenfeld ziehen kann, wenn er nicht Pinot Grigio und einen ordentlichen Rosé auf seine Karte setze und seinen traditionellen Strammen Max gegen ein zartes Carpaccio austausche.

Das Ende vom Lied: ein paar bankrotte Gastronomen, ein Haufen Studentinnen ohne Job, also von der Bildfläche verschwunden, also immer weniger Jungs – keine Touristen mehr im Viertel, und wenn du mitten in der Woche nach zwei Uhr noch ein Bier willst, mußt du schon zu dem arg kleinen Kreis von Eingeweihten und Auserwählten gehören. Und dann immer noch überfreundlich sein zu Wirten, denen du ansonsten eher Hefeschleim an die Backe als einen gesunden Umsatz wünschen würdest, und um jede zweite Runde quasi betteln.

Zur Strafe tun wir denn auch genau das. Und unser Bestes, trotz allem zu versacken, und nach dem Rausgeschmissenwerden pinkeln wir an ein paar Volvos und ecken damit an, daß wir morgens um halben sieben in der alten Eckbäckerei rumhängen, mit hartgekochten Eiern belegte Brötchen essen und *Waiting On A Friend* oder *Take Me Home, Country Road* singen. Oder uns lautstark gegenseitig aus dem druckfrischen EXPRESS vorlesen (»Schon gesehen, wer neuerdings bisexuell ist?«), wenn Sabine und Rainer in ihren Dreihundert-Euro-Laufschuhen ihre Croissants genannten Hörnchen und Vier- bis Sechskornbrötchen kaufen kommen. Und während die beiden an der Kasse stehen und uns angestrengt ignorieren, diskutieren wir vergnügt, ob solch hochrote Köpfe nun von verbissenem Joggen, von verkrampftem Walken oder von schlichtem Bluthochdruck aufgrund übermäßigen Bardolino-Genusses kommen.

»Vielleicht schämen sie sich ja auch bloß«, sagt Willi.

»Wofür sollten die sich schämen?« fragt Addi.

»Falsche Frage«, wirft Olli ein. »Womit? Zum Schämen braucht man ein Gewissen.«

»Was soll ein Anwalt mit einem Gewissen?« kontert Addi.

»Okay, er vielleicht nicht«, lenkt Willi ein. »Aber ich wette, sie hat eins. Weswegen sie sich auch noch schämen kann.«

»Wofür?« fragt Olli diesmal. »Hat sich doch gut gehalten – für ihr Alter ...«

»Aber sie war ja auch mal jünger«, sagt Willi. »Und ziemlich locker drauf. Ich erinnere mich da an eine Szene in Harrys Damenklo ...«

Aber das hört Sabine schon nicht mehr. Ihr ist anscheinend aufgefallen, daß sie ihr Laufpensum noch nicht ganz erfüllt hat.

Ümit hingegen, die kleine Brötchenverkäuferin, freut sich – hat Rainer ihr bei seinem sportlich flotten Abgang doch tatsächlich zwei Euro sechzehn Trinkgeld liegen lassen ...

Wie aber erklär ich jemandem, der nie die Harald-Schmidt-

Show gesehen hat, weil er nach seinem Glas Rotwein zu den Tagesthemen immer ins Bett geht, was so reizvoll daran sein soll, sechsunddreißig Stunden lang von einer Kneipe in die andere zu fallen? Gegenfrage: Wie erklären Sie einem Elfjährigen, daß Sie sich gerade die vierzehnte Zigarette anstecken, obwohl sie ihm doch neulich, nach seiner ersten, eine stundenlange Predigt über die ästhetischen, genetischen und finanziellen, ja tödlichen Gefahren des Rauchens gehalten haben?

Ist halt, ich erklärte es doch schon, schlicht eine Frage des Nicht-aufhören-Könnens.

»Und weil du und deinesgleichen mit irgendeinem Blödsinn nicht aufhören können, sind wir hier plötzlich die Arschgeigen? Und verantwortlich für den Niedergang eines ganzen Stadtviertels?« fragt Sabine mich ein paar Wochen später. Sie hat ein wenig Schwierigkeiten mit dem Wort Stadtviertel. Zu viele Konsonanten um die Uhrzeit, selbst für eine Gesamtschullehrerin.

»Guck mal auf die Uhr«, schlage ich vor. Daß es halb vier ist, kann sie allerdings noch erkennen.

»Ja, und?« fragt sie. Grinst ein bißchen schief, räkelt sich aus meinem Arm und nimmt noch einen Schluck Bier aus der Flasche neben meinem Bett. Rainer ist gerade auf einem Juristenkongreß in Bremen.

»Und wann hast *du* heute abend das erste Mal gesagt ›das is' aber wirklich das letzte Glas‹?«

»Och, komm ...!« Sie haut mir einen Ellbogen zwischen die Rippen. »Einmal im Jahr ...!«

»Und nur weil ich und meinesgleichen öfter als einmal im Jahr Spaß an so was haben, sind wir hier plötzlich die Arschgeigen, die euch den Spaß am Leben in eurem schönen kaputtsanierten Viertel verderben?«

»Hast du 'ne Ahnung, wie das ist, wenn man morgens um halb sieben rausmuß, und nachts um drei noch irgendwelche notorisch Besoffenen vor deinem Fenster herumgackern?«

»Erstens: Hab' ich. Zweitens: Warst du nicht vor zwanzig Jahren eine von den Gackernden?«

»Jugendsünden!« tut sie das mit einem verächtlichen Schnauben ab. Aber ihr Kichern hat einen Unterton von Verärgerung.

»Ach! Da bist du aber lange jung geblieben – hast du nicht vor anderthalb Stunden noch lauthals *Let's Spend The Night Together* über die Alteburger gekräht und schallend gelacht, als jemand ›Ruhe!‹ aus einem Fenster brüllte?«

Das gefällt ihr nicht sonderlich. Wen interessiert schon die Wahrheit, morgens um halb vier, nach dreizehn Absackern und einem fröhlichen Seitensprung? Sie entwindet sich meinem Arm und verläßt das zerwühlte Bett.

»Du bist blöd«, sagt sie zu meinem Fernseher. Dabei ist der nicht mal an. Vielleicht meint sie aber auch gar nicht ihn.

Aber so sind sie – den Schrank voll Abitur, sechzehn Semester Pädagogik und alle zwei Jahre Fortbildung in der Toskana, und alles, was dabei rauskommt, ist das gleiche ›Du bist blöd‹, mit dem Schiefers Rita mich auf dem Drosselweg sitzenließ, wenn sie nicht mit meinem Roller fahren durfte.

»Und drittens«, sage ich, denn so schnell laß ich mich ja nicht abservieren – Sabine ist schließlich nicht Schiefers Rita. »Drittens: Hast *du* 'ne Ahnung, wie das ist, wenn man abends um halb eins von der Arbeit kommt und gerade mal zwei Feierabendbiere kriegt, weil irgendwelche notorisch nüchternen Frühaufsteher das Viertel übernommen haben?«

Sie hebt ihre Jeans vom Boden auf und wühlt wütend nach dem Slip, der noch darin stecken muß.

»Klar – wenn's nach dir ginge, wär' ganz Köln eine einzige Altstadt!«

»Um Himmels willen.«

»Ach?«

Als hätte sie mit diesem ›Ach?‹ einen entscheidenden Punkt gemacht, läßt sie das Bündel wieder fallen, dreht sich um und marschiert ins Bad. Ich trinke gerade das Bier aus, als sie noch einmal ihren Kopf herausstreckt.

»Werd' doch endlich mal erwachsen, Junge!«

Fast hätte ich mich verschluckt. *Erwachsen werden …!*

»Erwachsen werden?! Wofür hältst du mich?« brülle ich hinter ihr her. Ich denke schon, die Toilettenspülung hat mich übertönt, aber da kommt Sabine noch einmal zurück ins Zimmer und sammelt ihre Klamotten auf.

»Für einen Kindskopf, im besten Fall«, sagt sie dabei. »Für einen Alkoholiker, im traurigen Fall. Für einen Feigling, im schlimmsten Fall.«

»Feigling?«

»Ja. Flucht vor der Realität. Flucht vor Verantwortung. Das Leben ist doch kein ewiger Betriebsausflug!«

»Nicht? Sondern?« Keine Antwort, nur ein mißbilligendes Kopfschütteln. Ein Hat-doch-gar-keinen-Zweck-denn-das-verstehst-du-ja-doch-nicht-Kopfschütteln. Wie recht sie hat.

Davon ist auch sie überzeugt. Betrachtet das Gespräch als beendet – und wie es scheint, auch *ihren* Betriebsausflug –, nimmt ihr Bündel unter den Arm und stolziert wieder ins Bad, um sich anzuziehen. Ein paar ihrer Körperteile wackeln appetitlich ein bißchen hin und her. Aber die einzigen Falten an ihrem Hintern stammen von meinem verschwitzten und verkrumpelten Laken.

Olli hatte recht – hat sich wirklich gut gehalten für ihr Alter.

Nein, selbst in meinem Alter verspüre ich immer noch nicht die geringste Lust, erwachsen zu werden, Sabine.

Schon gar nicht, wenn Erwachsensein bedeutet, achteckige schwedische Autos zu fahren und am Wochenende schwitzend und mit knallroter Birne um den Volksgarten zu rennen, weil man die Woche über zuviel in achteckigen schwedischen Autos, an Schreibtischen und vor dem neuen DVD-Player zwischen den dekorativen fünf Lautsprecherboxen gesessen und den *Director's Cut* von *Thelma und Louise* geguckt hat. Oder daß man sich, wie dein Rainer, der so erfolgreiche Anwalt, eingeschnürt in häßliche Krawatten mit Mandanten rumschlagen muß, die man im Grunde für dumme Schlitzohren hält, die den Hals nicht vollkriegen, wenn sie sich von der Mutter ihrer siebzehnjährigen Kinder trennen oder wenn sie den Krieg um die sieben Zentimeter Garagenauffahrt mit ihrem Nachbarn nun bis vors Oberlandesgericht ausfechten wollen. Obwohl sie mit dem schon zusammen zur Konfirmation gegangen sind. Und dabei wartet Rainer nur darauf, daß er in Deutschland endlich auch mal einen dieser Prozesse führen darf, wie sie in Coca-Cola-Land gang und gäbe sind:

Der 19jährige Carl Truman aus Los Angeles erhielt $ 74 000 Schmerzensgeld und Ersatz der Heilbehandlungskosten, weil ein Nachbar ihm mit seinem Honda Accord über die Hand gefahren war. Mr Truman hatte anscheinend den Nachbarn am Steuer des Wagens übersehen, als der versuchte, ihm die Radkappen zu stehlen.

Die Antwort auf den Vorwurf, ich sei Alkoholiker, bleibe ich dir mal schuldig, meine Liebe (bis zum vorletzten Kapitel, genauer gesagt). Aber schon mal darüber nachgedacht, daß ich gerne Realitätsflüchtling bin, Sabine, wenn *das* die Realität ist?

Vielleicht solltest du dich aber auch der deinigen mal stellen. Wußtest du, apropos Vorwurf Nummer drei, ich sei ein Feigling, daß dein Rainerle, obwohl er schon lange nicht mehr auf seine Sekretärin steht, schon weil sie beim Vögeln sabbert und plappert wie eine Fünfjährige, sie jetzt gerade in Bremen trotzdem pimpert, weil er Angst hat, sich als einziger ohne Sekretärinnengeliebte bei seinen Kongreßkollegen zu blamieren und für entweder schwul oder spießig gehalten zu werden?

»Pah, mit dir bin ich doch auch bloß noch mal aus Nostalgie in die Kiste gehüpft, du Penner!« giftet meine alte Freundin zurück. »Deine Bierwampe find ich nämlich alles andere als sexy!«

Na, das hat doch gesessen, Frau Lehrerin. Hast sogar fünfundfünfzig Prozent deiner Geschlechtsgenossinnen hinter dir. Mehr noch, siebenundsechzig Prozent nämlich, halten ungepflegte Hände für schlimmer. Die größte »Beautysünde«, die unsereins begehen kann, sind jedoch gelbe Zähne – einundsiebzig Prozent aller Frauen finden das *schrecklich*, heißt es jedenfalls im *Abtörner-Ranking* der Frauenzeitschrift *Amica* (tolles Neudeutsch, wie?). Ein Glück, daß ich mir regelmäßig die Zähne putze, was? Aber was soll ich gegen meine Figur machen, schließlich bin ich ein Feigling – und würd' mich gar nicht traun, mit einer Wampe wie meiner um den Volksgarten herumzurennen. Müßtest mir vielleicht nur noch kurz erklären, was dann dein »Oh, Mann, hab' ich so was lange nicht mehr erlebt« kurz vor der Zigarette danach zu bedeuten hatte.

»Ach, ich war betrunken!« schmettert sie ab.

Ach ja?

Versackt vielleicht …?

Am Wasser gebaut

Wenn das Wasser im Rhein
Gold'ner Wein wär'
Ja, dann möcht' ich so gern
Ein Fischlein sein ...
Willy Schneider

Ein schöner Platz zum nüchternen Versacken ist übrigens auch das Treppchen am Rheinufer, eine Zigarettenlänge hinter der Südbrücke, wo der Rhein diesen schönen großen, fast majestätischen Bogen macht. Und mit Treppchen meine ich nun nicht das gleichnamige Biergartenlokal dort, vor dem an freundlichen Sommertagen ganze Rudel von hemdsärmeligen, mehr oder weniger jungen Männern mit bis zu den Augenbrauen hochgezwirbelten Schnurrbärten stehen und lautstark und breitbeinig demonstrieren, daß sie es sich leisten können, mitten in der Woche dort zu stehen und lautstark und breitbeinig demonstrieren, daß sie es sich leisten können, mitten in der Woche dort zu stehen. Und Bier zu trinken, das schneller warm wird, als sie es trinken können, und glitzernde Autoschlüssel um den Zeigefinger wirbeln zu lassen. Denn selbstverständlich setzen sie sich anschließend in die blitzenden und glänzenden meist Stuttgarter Autos, mit denen sie extra am Morgen durch die Waschanlage gefahren sind. Was ich zwar keineswegs gutheißen kann (nein, nicht die Waschanlage – das ostentative Herumstehen und besoffen Heimfahren), mir aber immer noch lieber ist, als mir die von ihnen anzusehen, die sich in neonfarbene Zweithäute aus teurem, da atmungsfreundlichem Kunststoff gezwängt haben, weil sie mit vierundzwanziggängigen Mountainbikes oder gar Rennrädern hergekommen sind. Die sie dann auf dem Heimweg vorsichtshalber schieben – betrunken radfahren ist risikoreicher, als von mindestens einem Airbag geschützt mit Tunnelblick über die Rheinuferstraße zu brettern. Das Räderschieben geschieht dann auch wieder in Rudeln, damit nur ja niemand auf die Idee kommt, sie müßten ihre Räder schieben, weil sie beim Versuch, sie auf herkömmliche Art zu fahren, im Rhein landen könnten – nein, nein, sie müssen sich ja noch unterhalten. Und unterhalten heißt für sie vorzugsweise lästern – vor allem über die von ihnen, die heute nicht mit dem Rad, sondern unsportlicherweise mit dem Auto gekommen waren, die Weicheier.

Na, und was lästerst du über die – erstens sind die doch einfach nur bei einem Frühschoppen versackt, also ganz in deinem Sinne, und was hat das zweitens mit nüchternem Versacken zu tun? Okay, okay … – freilich lasse ich den ersten Einwand gelten, aber zweitens wollte ich ja nur, um der Verwechslungsgefahr zu entgehen, erklären, daß ich nicht das Lokal *Treppchen* meine, sondern ein richtiges, steinernes Treppchen – ein Dutzend Stufen ein paar hundert Meter davor. Das die fahrradschiebenden Heimkehrer auch oft frequentieren, um unter einem Gegröle, das mich an Schulhöfe erinnert, einen Teil der überschüssigen warmen Plörre in ihrem Leib in hohem Bogen in den Vater Rhein einzuspeisen; und sie halten es so gut wie immer erst für einen gelungenen Frühschoppen, wenn sie sich ausreichend vor Lachen über die uralte Geschichte bekringelt haben, wie in ein paar Tagen irgendein holländisches Meisje Probleme mit ihrem Jan-Willem bekommen werde, weil sie ihm einen Tripper erklären müsse, obwohl sie doch angeblich nur einen Nachmittag mit ihrer Freundin am Rheinstrand bei Arnheim verbracht habe, mit einem gelegentlichen kühlenden Bad im neuerdings wieder so sauberen Fluß.

Rechts von diesem schiefen steinernen Treppchen jedenfalls liegen ein paar große Schiffe, auf denen Rudervereine und Ausflugslokale ihre Heimat gefunden haben, daneben ein paar dieser überflüssigen teuren Marienburger Motorboote. *He, Miesepeter – es macht Spaß, mit so einem Bötchen mit Karacho über die Wellen zu brettern!* Mag sein, Alter. Es macht auch Spaß, ArachnophobikerInnen eine Handvoll Kreuzspinnen in den Korb mit den Frühstücksbrötchen zu schmuggeln. Es macht auch Spaß, Fernseher aus Hotelzimmern zu schmeißen und sich anschließend mit pickeligen Landpolizisten herumzuprügeln …

Über das alles – und ich bin sicher, es ist der eine oder andere kaputte Fernseher dabei – spannt sich die Rodenkirchener Autobahnbrücke mit ihren ehemals transparenten Lärmschutzwänden voller mehr oder weniger phantasiereicher Graffiti. Links hast du einen schönen Blick auf das Rheinaugelände – noch: Was sie da Gräßliches zu bauen planen, dreht einem jetzt schon den Magen um. Dahinter liegen das immer wieder schöne Altstadtpanorama und die restlichen fünf Rheinbrücken. Gegenüber erstreckt sich über Kilometer das Grün der Porzer Wiesen, mit Tennis- und Fußball-, Grill-, Sonnen- und Campingplätzen und einer hübschen langen Fußgängerallee. Der Rhein plätschert zu deinen Füßen. Enten, Möwen, Frachtschlepper, Ausflugsdampfer, Ruderer und Wolken ziehen an dir vorbei, und du merkst schon nach wenigen Minuten, wie dein Puls sich beruhigt, der Rhythmus des Flusses dich in eine friedlichere Stimmung versetzt, dich ein Stück der Hektik und dem Unsinn der Welt hinter dir entrückt. Du gewinnst Abstand, auch zu deinen eigenen Sorgen und Problemen, kannst auf eine neue, frischere Art darüber nachdenken, kommst vielleicht auf Lösungen oder Ideen, die dir an deinem Schreibtisch nie eingefallen wären – und bist erstaunt, wenn es plötzlich dämmert, eine Million Mücken um dich herumschwirren und der kleine Hügel Kippen auf der Stufe unter dir darauf schließen läßt, daß aus deiner üblichen halben mindestens drei Stunden geworden sind, vergangen wie im Flug. Hunger. Durst. Zeit vielleicht, das Treppchen zu wechseln.

In einer Stadt zu leben, die nicht am Wasser liegt, muß furchtbar sein.

Bahnhof verstehen

Der Klügere kippt nach.
Heiner Lauterbach

Versacken. Vielleicht mal nicht in einer der gewohnten Stammkneipen, sondern, zum Beispiel aus Neugier, in, sagen wir, Bahnhofsgaststätten. Vorzugsweise der Art, wie man sie in Vororten oder Kleinstädten findet (so man sie überhaupt noch findet – bedauerlich viele davon haben in den letzten Jahren ihren Zapfhahn für immer hochgedreht). Dunstige Räume von fast sakraler Zeitlosigkeit, wenn man auch meistens den Zeitpunkt der Eröffnung anhand der Möblierung leicht in den fünfziger Jahren festmachen kann. Ein Zeitalter, aus dem neben dem Mobiliar auch die lustigen Sprüche an der Thekenrückwand stammen, fein säuberlich gerahmt oder in lackierte, helgolandförmige Holztäfelchen gebrannt. Die Musik von Kassetten, auf die in den Siebzigern mal jemand seine Schellackplattensammlung überspielt hat; und auch der Großteil der Gäste muß sich damals gerade von der Blüte seiner Jahre verabschiedet haben. Sie sitzen vor ihrem Bier, über ihren Köpfen stehen Qualmwolken wie die Sprechblasen eines Comicstrips, in dem kein Schwein was sagt, alle zwölf *DingDongs* schlurft einer zum Geldspielautomaten, um ihn mit einem Geldstück am Leben zu erhalten, als sei das eine Miet-Eiserne-Lunge, und wenn die Tür aufgeht, dreht sich eine Reihe Köpfe herum, registriert, wer reingekommen ist, und dreht sich wieder zurück, als liefe eine unsichtbare Pleuelstange in Augenhöhe rund um den Tresen.

Wer würde es hier ohne Neugier länger als drei, vier Bier aushalten?

Das reicht doch auch völlig! schreit da der Ärzteverband dazwischen. *Mehr ist gar nicht gesund!*

Mischt Ihr Euch da nicht ein, kann ich nur erwidern – hab' ich nicht kürzlich erst gelesen, daß nach Kassenangaben mindestens fünfzehn Prozent aller verordneten Arzneien keinerlei therapeutischen Nutzen haben? Und Ihr wollt mir erzählen, was gut für mich ist?

Aber wo war ich stehen-, sitzen- oder wieder mal hängengeblieben? Neugier, richtig. Bahnhofskneipen. Worauf ich da neugierig sein kann? Na, zuallererst mal darauf, ob meine Vorurteile bestätigt werden – läuft hier die grausliche Musik, die ich erwarte? Ist der Charme der Wirtin von der W.C.-Fields-Sorte? Hebt irgendeiner innerhalb der nächsten Stunde sein Glas und nuschelt: »Prostata!« in die Runde? Dauert es länger als drei Zigaretten, ehe der nächste aus heiterem Himmel ein »Kennsteden?« in die Runde wirft? Gewinne ich meine innere Wette, daß mich spätestens bei meinem vierten Bier einer anspricht, um herauszufinden, wer ich bin, wo ich herkomme, wo ich hinwill, was ich da mache, was ich hier mache, ob ich einen mittrinke (damit ich mich eventuell verpflichtet fühle, im Gegenzug zwei auszugeben), was meine Einstellung zu Politik, Bundesliga und Hartz IV ist?

Kleiner Tip am Rande: Wenn Sie bei Gelegenheit in einer solcher Situation nicht recht wissen, wie Sie sich dem wieder entziehen können, ohne die restlichen vierzig Minuten auf einem zugigen, naßkalten Bahnsteig auf Ihren Anschlußzug warten zu müssen – sehen Sie zu, daß das Gespräch ganz schnell auf das Thema Formel Eins gelenkt wird (was nicht schwer ist), und dann vertreten Sie vehement die Meinung, daß das wohl die dämlichste aller Sportarten sei, von der Umweltverschmutzung ganz abgesehen, und daß Sie nur gelegentlich reinschauen, um endlich zu erleben, daß sich zwei milliardenschwere Brüder gegenseitig totfahren. Ihr Reiz als Gesprächspartner sinkt gegen null, und Sie haben Ihre Ruhe. Mit den schrägen Blicken werden Sie wohl die vierzig Minuten noch leben können …

He! Versacken ist dein Thema! Schreit's da schon wieder dazwischen. *Und du kommst ganz schön weit davon ab!*

Wieso, Erbsenzähler? Noch nie erlebt, welch ausufernde Diskussionen solch eine Bemerkung andererseits auslösen kann?

Diskussionen, die zu trockenen Kehlen führen, die zu weiteren Runden führen, die dazu führen, daß mittlerweile mindestens vier Züge in deiner Richtung in diesen Bahnhof rein- und ohne dich wieder rausgefahren sind? Habt Ihr eine Ahnung von dem Nervenkitzel, wenn man in einer fremden Kleinstadt auf einem grundsätzlich wackligen Hocker sitzt, mit leicht wackligem Kopf, weil das Bier immer schneller fließt, und leicht wackligen Knien, weil man umringt ist vom örtlichen Kegel-, Fußball-, Karnevals- oder sonstigen Verein und beweisen muß, daß man kein Terrorist oder Schlimmeres ist – schwuler Kommunist womöglich?

Hach, mit diesem wunderbar heiklen Moment jonglieren, wo die Stimmung umzukippen droht und du Peter Fonda in *Easy Rider*, Sidney Poitier *In der Hitze der Nacht* oder Spencer Tracy in *Stadt in Angst* bist! Gehst du jetzt zur Toilette, könnte es durchaus sein, daß jemand die Wandfliesen dort mit deiner Nase scheuert. Zahlst du jetzt, um endlich einen Zug zu erwischen, könnte es auch sein, daß du diesen Zug nur erwischst, wenn du draußen in ein Taxi springst und dich zum nächsten Bahnhof fahren läßt.

Aber du willst ja gar nicht zahlen, willst gar keinen Zug kriegen – wieso hier wegwollen, wo's doch gerade so spannend ist? Wo du's doch gerade mal wieder auf die allerletzte Sekunde geschafft hast (dieses Mal noch später als beim letzten Mal), die Kurve zu kriegen, die Stimmung umzudrehen, ein Ventil zu öffnen, das den Überdruck in eine andere Richtung bläst oder einfach verpuffen läßt – du bringst jemanden zum Lachen, hast ein paar Biederbacken mit einer wahren Geschichte beeindruckt oder einer erfundenen Fähigkeit (oder umgekehrt), baust einen neuen Sündenbock auf, schmeißt zur Not eine Runde oder läßt dich mit dem Libero oder dem Tambourmajor auf ein Wettrinken ein (»Pah«, raunt er seinem Linksaußen zu, »dieses langhaarige Bürschchen is' doch eh schon halb besoffen!«). Oder vielleicht ist es dir sogar gelungen, dir die alte Gitarre, die hinter der Theke hing, aufdrängen zu lassen, und nach ein bißchen Schaustimmen und ein paar beeindruckenden Takten Flamencoähnlichem (kommt immer gut – kann der örtliche Alleinunterhalter nämlich nicht) verwandelst du mit dem einzigen deutschen Schlager, den du in deinem mageren Repertoire hast – *Marmor, Stein und Eisen bricht* – einen prügellustigen Haufen in eine fröhlich grölende Polonaise, *dam dam, dam dam.*

It's All In The Game

Kaum werden sich zwei Menschen so mißverstehen wie die, deren Leidenschaften derselben Sache zu gelten scheinen. Vielmehr sitzt jeder Passionierte auf einer einsamen Insel; und noch die Flaschenpostbriefe über den Zustand seiner Seele, die er gelegentlich abschickt, sind in einem Dialekt verfaßt, den nur er selbst versteht.
Burkhard Spinnen

Spielleidenschaft zum Beispiel.

Wer kennt nicht Mutters genervte Rufe, an eigentlich gemütlichen Sonntagvormittagen, daß gleich das Essen kalt werde und die Männer im Wohnzimmer endlich die verdammten Karten aus der Hand legen sollten? *Ich, ich!* höre ich da etliche zarte Stimmen, *ich kenn' das nich'!* Hach ja, fällt mir ein, deine Leser werden ja auch immer jünger – so mancher wird nicht einmal wissen, was ein Wohnzimmer ist.

Das ist das Zimmer, in dem früher der Fernseher stand, Kinners! Und noch früher, als die Bilder in diesem Fernseher noch schwarzweiß waren und erst abends anfingen, sich zu bewegen, gab es dort gesellige Runden, in denen gespielt wurde. Miteinander. Mensch-ärger-dich-nicht, Monopoly, Mikado, Malefiz, Mau-Mau (wieso fange ich eigentlich bei »M« an?) – Spielrunden, die oft genug kein Ende finden wollten – weil es solchen Spaß machte; weil einer nicht als Verlierer vom Tisch weggehen wollte; weil ein überheblicher Dauergewinner zu immer neuen Runden herausforderte; weil das für die Kinder eine gute Gelegenheit war, das Ins-Bett-Gehen hinauszuschieben, und weil, wie an jeder x-beliebigen Theke, man »so jung nicht wieder zusammenkommt« …

Und euer verständnisloses Kopfschütteln könnt ihr euch sparen – hab' ich nicht den einen oder anderen von euch schon mit hochrotem Kopf von eurem Gameboy hochblicken und voller Panik zur U-Bahn-Tür stürzen sehen, weil ihr drei Stationen verpaßt und jetzt Schiß habt, in eine Gegend zu geraten, wo sich Altersgenossen tummeln, die noch ganz andere Spiele auf'm Zettel haben, Straßenspiele wie Gameboy-her! oder Haare-ab! oder Jacke-und-Nikes-aus! Sprich: Beim Spielen versackt, ihr also auch.

Das kann man nämlich bei jedem Spiel. Tennisspieler rennen bis zum Kreislaufkollaps hinter einem gelben Ball her. Männer in karierten Hosen kriechen durch Gebüsche, um ein weißes Bällchen zu suchen, obwohl es schon stockduster ist und viel zu spät, noch Löcher im Boden zu sehen, geschweige denn zu treffen. Gestandene Fernfahrer werden mit gebrochener Elle in die Ambulanz eingeliefert, weil sie nicht mit Armdrücken aufhören wollten. Millionenschwere Strampelanzugträger fahren so lange im Kreis herum und bauen Unfälle, bis sie sich mal so überschlagen, daß es ihnen den Helm von den Schultern reißt, und hören trotzdem erst damit auf, wenn in diesem Helm auch noch ihr Schädel steckt.

Hochintelligente Menschen brechen kotzend zusammen, weil sie siebenunddreißig Stunden am Stück vor einem Monitor gesessen und Drachen, Riesen und Trolle bekämpft haben. Geisteswissenschaftler und Hausfrauen verkürzen ihre Lebenserwartung beträchtlich und aus freien Stücken, weil ihnen Um-den-Block-Laufen zu wenig ist – erst laufen sie Langstrecken, dann Marathon, dann arbeiten sie sich zum Biathlon vor, dann zum Triathlon, und weil ihnen selbst der noch zu kurz ist, melden sie sich beim Dreifach-Triathlon an und rennen hundertzehn Kilometer, schwimmen zur Abkühlung neun Stunden und radeln dann fast dreihundert Kilometer weit – wobei ich daran vor allem nicht verstehe, daß sie das so schnell wie möglich hinter sich zu bringen versuchen: Hat vielleicht doch nichts mit unserem Thema zu tun.

Selbstverständlich bin ich in meinem Leben auch schon dreihundert Kilometer radgefahren – allein die Strecke von meinem Hinterhof zu meinem Tabakladen ist über vierhundert Meter lang. Und Tabak braucht man reichlich, wenn man ordentlich versacken will. Schon um die Hände zu beschäftigen, während man zuschaut, was sich andere alles an Spielen einfallen lassen. Kreative Spiele, nichts, was *Beep Beep* macht, abschaltet und ein Programm neu startet, wenn man ein Huhn nicht getroffen oder sonst einen Fehler gemacht hat.

Bierdeckelspiele zum Beispiel.

Da gibt es die Zeitgenossen, die stapeln. Einfach. Zu einfach. Auch eher gedankenlos. Kann man aber verfeinern: So stapeln, daß Schriftzüge und Bilder auf den Deckeln kongruent sind, alle immer in der gleichen Richtung ausgerichtet, egal wie viele man vom Stapel abhebt. Oder nebeneinander. So daß der rote Strich unter dem Markennamen sich einen halben Meter lang zieht. Oder bis wo immer der Nachbar seine Ellbogen aufgestützt hat, während er seinen Stapel in Treppenform aufbaut, so daß der Markenname mit dem roten Strich darunter fein säuberlich unter- oder übereinander in Reihe liegt. Symmetrie herstellen ist ganz wichtig (höre ich da was von analer Phase?).

Dann gibt es die Deckelarchitekten. Zwei Deckel möglichst flach oder möglichst steil schräg so aneinanderlehnen, daß sie nicht umkippen. Vier davon. Sechs. Was schnell dazu verführt, einen weiteren waagerecht auf dem Unterbau zu balancieren. Auf den man dann wieder aufbauen kann, in Bestform bis zu fünf Stockwerke hoch.

Sie haben keine Schrift, keine Bilder auf Ihrem Deckel? Dann spielen Sie doch das Olympische-Ringe-Spiel – mit dem nassen Boden Ihres Glases zeichnen Sie (möglichst symmetrisch natürlich) Ringe auf den Deckel. Oder horizontale Ringe, eng gelegt und ineinander verschlungen, von links nach rechts, bis der Deckel aussieht, als liefe eine Spirale darüber hinweg, wie die Form des flatternden Bandes, das eine grazile Bodenturnerin elegant hinter sich her schlängelt. Oder wie eine Rolle Natodraht. Gestalten Sie Ihre Ringe ruhig auch farbig – es gibt Spirituosen in allen möglichen Farben. Und in unterschiedlichen Größen – vom Boden des Aschenbechers bis zum Schnapsglas gibt es in jeder herkömmlichen Kneipe mindestens sieben Formate.

Sie *wollen* keine Schrift, keine Bilder auf Ihrem Spieldeckel? Dann können Sie – am besten nach den Nasse-Ringe-Spielen – einen klassischen Papierbierdeckel in einzelne dünne Schichten zerlegen, eine nach der anderen vorsichtig ablösen, als Könner in einer kompletten, unversehrten Lage (Perfektion statt Symmetrie). Diese einzelnen Lagen kann man wunderbar zu mehr oder weniger wurschtigen Würmchen zusammendrehen – gewonnen haben Sie, wenn am Ende elf bis vierzehn *gleich große (!)* Röllchen neben Ihrem Glas liegen, in einer selbstverständlich perfekt ausgerichteten Reihe. Mit diesen Röllchen lassen sich dann übrigens wieder sehr schöne Spielchen treiben – sollten Sie jedoch zu den Extremsportlern gehören, die daraus wieder einen Bierdeckel basteln wollen, der aussieht wie neu, seien Sie mir nicht böse, wenn ich mich woandershin setze.

Zu der jungen Frau vielleicht, die ihre Deckel schlicht und schnöde, brutal zuweilen in kleine Schnipsel zerreißt; das oft in Verbindung mit oder als Folge von Beziehungsgesprächen. (Haben Frauen keine anale Phase ...?) Zu welcher Phase mögen dann die drei unterschiedlichen Typen von Schnipslerinnen gehören? Die erste entsorgt ihren Schnipselberg, groß genug, daß man ihn nicht in einer Hand halten könnte, im Aschenbecher. Das ist der Typ, mit dem ich Beziehungsgespräche gerne auf drei, vier Sätze beschränke – ich hasse es, wenn in dem Aschenbecher vor uns kein Platz ist, um meine Zigarette auszudrücken oder sie mal für eine Minute abzulegen, wenn ich mit der einen Hand mein Glas halten muß und mit der anderen vielleicht besänftigend einen Nacken streicheln, ein Knie drücken möchte. Oder wenn eine schlecht ausgedrückte Kippe unter einem Berg feuchter Pappe vor sich hin kokelt und einen Geruch verbreitet, der einen an die Pubertät erinnert, an die erste Liebe, an die Nervosität beim ersten Rendezvous – an verkehrt herum angezündete Filterzigaretten nämlich.

Typ zwei häufelt ihre Schnipsel in mehr oder weniger Pyramidenform *neben* den Aschenbecher. Mit der kann man sich schon länger unterhalten, muß aber dummerweise damit rechnen, daß der Service nachläßt – es ist für die Thekenkraft ziemlich lästig, alle naselang solch einen Berg Pappschnipsel vom Tresen zu fegen – der wäre es da schon lieber, sie bräuchte bloß einen vollen Aschenbecher auszukippen. Ich mag ja gelegentlich wegen Frauen in Kneipen gehen, aber ich möchte ihretwegen keinesfalls stundenlang auf ein neues Bier warten.

Typ drei reißt ihre Schnipsel vom Bierdeckel und läßt sie einfach vor oder neben sich auf den Boden fallen. Mir wurscht, ich gehöre nicht zu denen, die einen Laden für chic halten, nur weil der Boden aussieht wie der im Foyer eines Bestattungsunternehmens. Aber es soll ja vorkommen, daß man sich im Verlaufe eines anregenden Gesprächs auch mal Gedanken macht, wie es wohl wäre, mit dem Gesprächspartner zusammenzuleben.

Ganz zu schweigen davon, daß ein Berg Schnipsel zu Füßen eines Barhockers *immer* irgendeinen antiautoritär (also gar nicht) erzogenen Köter anlockt, der froh ist über die Abwechslung an diesem verhaßten, weil stinkigen, schmerzhaft lauten und wenig artgerechten Aufenthaltsort. Also wühlt er in dem Schnipselhäufchen herum, sabbert einem die Hosenbeine voll, beißt einem im Übereifer in die Schuhe, fängt wild an zu kläffen und springt womöglich an einem hoch, mit Pfoten, die gerade durch eine Cola-Pfütze getappt sind. Bis man ihm eins auf die Nase haut. Woraufhin er wütend nach meiner Hand schnappt, woraufhin ich ihm diese in den Rachen ramme und ihm als Abmahnung seinen Kiefer ein bißchen verdrehe. Weswegen er wiederum anfängt zu jaulen, als würde es ihm ans Leben gehen, was unvermeidlich sein Herrchen auf den Plan ruft, das diese Art der Hundeerziehung »irgendwie total Scheiße« findet, »echt, ey!«, und nicht müde wird, einen in eine Diskussion zu verwickeln, die doch nur damit enden kann, daß man als Tierquäler, Macho und Faschist, als der man gerade geoutet wurde, nur noch seinem neuen Ruf gerecht werden kann und Herrchen beibringt, daß sich das bunte kretische Halstuch, mit dem sein Hund herumlaufen muß, auch gut als Knebel verwenden läßt.

Und das alles bloß wegen eines Bierdeckels. Beziehungsweise wegen der Probleme. Ich glaube nämlich, daß Frauen, die Berge von Bierdeckelschnipseln herstellen, ein Problem haben. Zumindest eins: Auf der Liste meiner *favourite drinkin' buddies* stehen sie nicht so wahnsinnig weit oben. Und versacken kann man mit denen ja sowieso kaum – ist nicht diese Art von Zerstörungswut eine Form von Ungeduld (»Bring mich hier weg, sonst gibt's Ärger!«) ...?

Faites vos jeux, s'il vous plaît!

Faulsein macht dumm – Wer im Urlaub faul ist, büßt dabei rund 20 IQ-Punkte ein, so das Magazin MODERN LIVING. Besser: Schach oder Bridge spielen.
EXPRESS, 26.06.2001

Das kann ja wohl nicht nur für die Urlaubszeit gelten. Wiewohl: *Domino sollte erst ab Mittag erlaubt sein, oder zumindest sollte man ruhig spielen, aus Respekt vor denen, die in die Kneipe kommen, um ihren privaten inneren Lärm abklingen zu lassen.* Fordert zumindest einleuchtend Jeff Torrington in seinem amüsanten Buch *Schlag auf Schlag.* Womit er manch einem alten Franzosen so recht aus dem Herzen spricht, der nach einem härteren Abend gerne gleich nach dem Frühstück – oder *als* Frühstück – seinen Pernod nimmt, um schon vormittags *den Kopf leerzutrinken.* Das zu schaffen in einem Laden, in dem schon am frühen Morgen japanische Chips in Flippern »musizieren« und potentielle Spieler anblöken, Cola schlürfende Schulschwänzer in unförmigen Turnschuhen Weltraumgeschöpfe wegballern oder halbtaube Ex-Fließbandarbeiter sich über die Auslegung von Skatregeln in die Wolle kriegen, bedarf es schon eines besonders dicken Fells und jahrelanger Übung.

'tschuldigung – ich weiß auch nicht, wie ich jetzt von alkoholfreien Spielrunden wieder auf die Sauferei komme. Vielleicht, weil ein Backgammon-Turnier in einer meiner Stammkneipen noch nicht so lange her ist. Dessen Ankündigung (»Startschuß: 14 Uhr«!) war leider an mir vorbeigegangen, und als ich zur gewohnt späten Stunde auf meinen gewohnten Hokker kletterte, hatten einige der nach dem K.-o.-System übriggebliebenen Teilnehmer schon deutlich trüb schimmernde Augen und beredte Stolperzungen. Nun hätten sie ja einfach ihre lästig klackernden Spielbretter zuklappen und schlicht zum normalen Absacken übergehen können – aber nein: noch eine Partie, noch eine Verdopplung des Einsatzes, noch ein neuer Gegner, noch eine Revanche!

Natürlich kann man sich, wenn einen bloß der Spielteufel reitet, auch nüchtern die Nacht um die Ohren schlagen, aber Szenen wie diese wird man dann wohl kaum erleben: Es wurde, selbst für diesen Schuppen, *sehr* spät, und – ich nenne sie mal Hinz und Kunz – lieferten sich noch eine »allalallaletze« Schlacht. Es geht um fünfzig Euro. Pro Stein. Hinz wirft eine Sieben und setzt drei Steine je vier Felder vor. Kunz flucht – das bringt ihn in Bedrängnis. Nur eine Zehn könnte ihn retten. Aber hat er nicht schon den ganzen Abend eine Glückssträhne?

»Isch setze 'n Ssehner, da-datt isch jetz' 'ne Ssehn werfe!«

»Ha-ha-halt isch jejen!« Kunz würfelt. Beide Würfel landen unter dem Nachbartisch. Während Kunz unter dem herumkriecht, bestellt Hinz noch zwei Bier. Bis Kunz mit den Würfeln zurückkommt, sind die Biere schon da und müssen formgerecht angetrunken werden (Zuprosten, Gläser mit dem Bodenrand aneinanderklicken, einen langen Zug nehmen, genüßlich seufzen, das Glas noch einmal grüßend zum Gegenüber heben, auf dem Tisch einen Platz für das Glas suchen, an dem es beim nächsten Wurf nicht allzu gefährdet ist …). Bis dahin hat Kunz natürlich vergessen, worauf er gewettet hat. Er wirft zwei Fünfen und flucht erneut. Nestelt einen zerknüllten Zehner aus seiner Hemdtasche und wirft ihn über den Tisch. Hinz schaut konsterniert drein:

»Ha'm wa nich' um'm Fuffi gespielt?«

»Kla'! Abba abberechnet wird ssum Schluß! Odde'?«

»Kla'. Wer's dran?«

»Du.« Kunz hat seinen Fünferpasch nicht gesetzt, Hinz würfelt zwei Einsen. Als er damit einen gegnerischen Stein hinauswirft, fallen ihm zwei Zentimeter Asche auf das Spielbrett. Lässig pustet er die fort. Kunz, voller Panik, etwas davon könnte in sein Bier geraten, grabscht nach seinem Glas. Trifft es nur halb und kippt ein halbes Bier ins Spiel. Empört springt Hinz auf und klappt dabei eine Seite des Spielkoffers hoch. Etliche Steine beider Farben landen auf dem Tisch. Das Spielergebnis ist spätestens jetzt unmöglich zu ermitteln.

Aber ein Spiel einfach abbrechen? Ohne Ergebnis? Undenkbar. Bei einem frischen Bier erarbeiten die Kontrahenten eine salomonische Lösung:

»Wir ssähln die Schteine, die draußn lieng, un' machn halbehalbe!« So wird's gemacht – Hinz zahlt Kunz einhundertzwanzig Euro aus, und Kunz blättert Hinz einhundertzwanzig Euro von seinem eigenen Geld hin. Prima Abend – »Jens, noch zwei Bier! Nein – mach drei und gib dem Schwab für sein blödes Grinsen auch noch eins!«

Hat uns ja in frühester Kindheit Oma Klütsch schon beigebracht: *Taler, Taler, du mußt wandern ...*

Wes' das Herz voll ist ...

Es ist schwierig, jemanden wach zu machen,
der nicht schläft.
Surinamesisches Sprichwort

»Na, wie geht's?« Eigentlich keine Frage, denn wer will schon eine wahrheitsgemäße Antwort hören? Sondern nur eine Floskel, die wieder einmal jemand zu brauchen glaubt, um ein »Gespräch« zu eröffnen, das sich doch nur darum dreht, wie es dem Frager geht. Weshalb man in mindestens jeder dritten Kneipe an mindestens jedem zweiten Tag Zeuge des folgenden schönen Dialoges werden kann:

A: »Und – wie isses?«

B: »Au, ganz beschissen im Mom–«

A: »Na, das is' die Hauptsache! Wir fahren ja nächste Woche an die Ostsee ...«

Aber schon Christian Morgenstern wußte doch: *Genau betrachtet, ist alles Gespräch nur Selbstgespräch.* Und der olle Schopenhauer gestand: *Ich rede bisweilen mit Menschen so, wie das Kind mit seiner Puppe redet – es weiß zwar, daß die Puppe es nicht versteht, schafft sich aber durch eine angenehme wissentliche Selbstdeutung die Freude der Mitteilung.*

Eine Freude, die natürlich an den Theken dieser Welt besonders ausgeprägt ist, wie auch das nächste belauschte Gespräch anschaulichst belegt:

A: »Hellja, mach uns noch drei Bier!«

B: »Für mich nich' mehr!«

A: »Ja, wie?«

B: »Ich muß noch fahren.«

A: »He, du wohnst zwei Häuser weiter ...!«

B: »Ja. Aber wir haben jetzt einen Aufzug.«

C: »Hellja, mach noch drei Kurze dazu. Hat der Hein doch jetzt seinen Schrebergarten verkauft ...«

Oops. Bin ich doch schon wieder bei dem bösen Thema gelandet. Aber so ist es eben, das menschliche Gehirn – kehrt immer wieder dorthin zurück, wo es sich am wohlsten fühlt. Oder zu fühlen glaubt. Wie der berühmte Verbrecher und sein Tatort. *Junge Leute reden von dem, was sie tun, alte von dem, was sie getan haben,* weiß der französische Volksmund, *und Narren von dem, was sie tun wollen.*

Der Franzose hat ja überhaupt nicht nur Ahnung von Wein und Cognac und so schöne Sachen wie *apéritif* und *digestif* und das *amuse-gueule* erfunden, sondern gelegentlich auch kluge Köpfe unter seinen Mitfranzosen. Wenn auch ziemlich viele davon einer anderen, sehr viel merkwürdigeren seiner Erfindungen zum Opfer gefallen sind. Was wieder beweist, daß Gut und Böse beim Menschen einfach nicht zu trennen sind – du hast das beste Essen und die feinsten Getränke der Welt, einige der herrlichsten Landschaften auf Erden, das wunderbare Licht der Provence, und nicht von ungefähr heißt es von Leuten, denen es besonders gut geht, sie lebten »wie Gott in Frankreich«, aber das hält dich keineswegs davon ab, dir Dinge wie die Guillotine, Stopfenten, die Fremdenlegion oder die Tour de France auszudenken. Oder Autos mit Lenkradknüppelschaltung. Schimmelkäse und den *accent circonflexe.*

Aber, wie gesagt: Doch auch so einige kluge Köpfe. Voltaire und Rimbaud. Molière und Rousseau. Johnny Halliday und Baudelaire. Louis de Funès. Sartre, Camus und Jacques Tati. Edith Piaf.

Oder Jeanne Moreau zum Beispiel. *Bleib gesund im Kopf und trau nicht nur dem, was du siehst; behalte einen klaren Verstand, aber auch eine kleine, geheime Ecke fürs Irrationale*, sagte die Gute einmal, als sie nach ihrem Rezept für geistiges und seelisches Wohlbefinden gefragt wurde. Schade, daß ihre Kollegin Brigitte Bardot da anscheinend wieder nicht richtig zu- und das mit dem klaren Verstand behalten überhört hat und sich auf ihre alten Tage selbst vom Sockel stürzt, indem sie Propaganda für Le Pen und seine Genossen, um nicht zu sagen Komplizen, macht. Aber sogar ich habe mir ja an der Côte d'Azur (apropos *circonflexe*) mal einen Sonnenbrand geholt, der von einem Sonnenstich nicht weit entfernt war.

Wird dem Franzosen vielleicht nicht schmecken, aber da kommen wir kaum umhin, einen verhaßten Engländer zu zitieren – *Es ist unglaublich, wieviel Geist in der Welt aufgeboten wird, um Dummheiten zu beweisen.* Oscar Wilde war das. Der allerdings auch sagte, *es ist wichtiger, sich über eine Rosenblüte zu freuen, als ihre Wurzel unter ein Mikroskop zu legen*, deshalb wollen wir jetzt nicht bei Über-anderer-Leute-Schwächen-Herziehen versacken. Wir waren ja in diesem Kapitel beim Reden, Labern, andere Leute vollabern zum Beispiel. Weshalb wir jetzt den Franzosen wieder versöhnen wollen mit einem Zitat seines klugen Landsmannes François La Rochefoucauld, dem Herzog von La-Vache-qui-rit, der schon im 17. Jahrhundert erkannte: *Wenn die Eitelkeit sie nicht reden ließe, würden die meisten Menschen überhaupt nicht reden.*

Ich weiß nicht, wie ich jetzt auf Benjamin von Stuckrad-Barre komme. Der mir mangels Mitteilenswertem auf sage und schreibe sieben Seiten des ansonsten gelegentlich durchaus informativen *Rolling Stone* weismachen will *Endlich hatte die Musik mich entdeckt, mir den Weg aus dem Egalstaub gezeigt, die Ohren langgezogen und das Hirn ordentlich durchgespült.* Und redet doch tatsächlich von einer Falco-Platte. *Falco ...!* Na ja, soll ja auch ein großer Schniefer vor dem Herrn gewesen sein. Aber *nihil nisi ...*

Gesundheit!

Lieder sind Schwämme, heißt es bei Schopenhauer. Das Bild ist recht gut, aber es ist mir selbst eingefallen und klingt nach Abreißkalender, schwadroniert Benjamin munter weiter, und natürlich sind die sieben Seiten dazu passend überwiegend mit Fotos dekoriert, die er von sich selbst gemacht hat. *You're so vain – I guess you think this song is about you ...* Sang Carly Simon zwar angeblich für Mick Jagger, aber mir scheint, das kann ich hier ruhig mal einschieben. Und mir zum soundsovielten Mal eine Notiz machen, mir doch bei Gelegenheit eins von Stuckrad-Barres Büchern zu besorgen. Nicht, weil ich so gespannt wäre, welche Abreißkalender-Weisheiten er noch so für mich in petto hat; allenfalls vielleicht, weil ich finde, daß der Junge durchaus Anflüge von Humor hat – aber vor allen Dingen, um eventuell eine Antwort auf die mich schon länger juckende Frage zu finden, was denn ausgerechnet ihn zum Popstar der deutschen Literatur gemacht hat, vulgo Popliteraten, ein Etikett, das ihn dann anscheinend wieder qualifiziert, sieben Seiten in einer Zeitschrift eingeräumt zu kriegen, die ich für teures Geld abonniert habe, um mir anhand ihrer Kritiken Platten auf einem Wunschzettel aufzulisten, die ich mir im Leben nicht werde leisten können. Und da ist von Falco nicht mal eine einzige dabei.

(Das Schöne am digitalen Zeitalter: Dieser Wunschzettel liegt papierlos auf meiner Festplatte, und ich brauche nur einen Mausklick, um mir anzeigen zu lassen, daß meine Liste noch anzuschaffender CDs mit dem neuen Prince-Album auf 1346 angewachsen ist. Über dreizehnhundert Platten …! Macht bei einem angenommenen Durchschnittspreis von dreizehn Euro neunundneunzig eine Summe, von der ich bei meiner Art des kontemplativen Vor-mich-hin-Trinkens siebenhundertdreiundfünfzig gemütliche Abende in *Erika's Reiterstübchen* verbringen könnte! Und da hab' ich den Bücher-Wunschzettel noch gar nicht berücksichtigt …).

Andererseits – kauf' ich mir etwa ein Buch mit dem Titel *Festwertspeicher der Kontrollgesellschaft*? Klingt für einen Vogelsanger Proletarier-, wenn nicht gar Proletensohn wie mich so obskur wie *Die Innenwelt der Außenwelt der Innenwelt* oder *Arbeitsvertragsrichtlinien für Einrichtungen, die dem Diakonischen Werk der Evangelischen Kirche in Deutschland angeschlossen sind* oder *Eine Alte Dame Ging Hering* – was soll man damit? Schmökern etwa?

Ein bißchen verdutzt war ich anfangs, daß so etwas wie *Festwertspeicher der Kontrollgesellschaft* im gleichen Verlag erscheint wie das Buch, das Sie gerade mit so viel Vergnügen lesen. Aber bietet der Supermarkt, in dem ich die leckere Olivenöl-

Margarine oder die günstige Kartoffelmehl-Brotbackmischung kaufe, nicht auch italienische Leckereien an, deren Verpackung viermal so viel wiegt wie ihr Inhalt (was dann womöglich wieder den staunenswerten Preis rechtfertigt), oder Bluejeans für elf Ocken, hergestellt letzte Woche in Tschechien, in denen Sie aussehen, als hätten Sie Ihre Jeans vor dreißig Jahren in Tschechien gekauft? Ganz zu schweigen (also eben nicht) von den putzigen Plastikkästchen für fünf Euro neunundneunzig, die einem potenziellen Einbrecher vorgaukeln sollen, er werde von einer Überwachungskamera beobachtet.

Den *Teletubby-Autor der jungen deutschen Literatur* nennt Iris Radisch jedenfalls unseren Benny in der ZEIT (der diese Koseform wahrscheinlich genauso haßt, wie ich es hasse, Richy oder Ritchie genannt zu werden, hihi), *ein Dichter, der das Leben, seinem neuen Buch nach zu urteilen, nicht mehr nur mit dem Fernsehen verwechselt, sondern das Fernsehen für die einzig gültige Währung schlechthin zu halten scheint.* Und beschreibt sein Schaffen und Wirken so schön, wie ich es selbst nicht schöner könnte: *Ansonsten wird von Stuckrad-Barre offenbar viel mit Verlagslimousinen rumgefahren, berichtet allerhand über Hotels, in denen er schläft, um in Buchhandlungen aus bereits geschriebenen Büchern zu lesen, in denen ebenfalls schon Hotels beschrieben wurden, in denen er wohnte, um in Buchhandlungen aus bereits geschriebenen Büchern zu lesen. Woraus folgt, daß man im Spätkapitalismus pro Leben eigentlich nur noch ein richtiges Buch schreiben muß, weil man alle folgenden Bücher damit füllen kann, was man auf den Reisen mit dem ersten Buch so erlebt hat.*

Köstlich – ich könnte Sie küssen! Danke, Frau Radisch!

Andererseits, meldet sich da wieder der Schütze in mir, ist es gerecht, so über einen Autoren herzuziehen, der seine Bücher doch selbst ehrlich und unverblümt *Remix* und *Remix 2* nennt? Selbstverständlich bekomme ich Wiederverwertetes, wenn ich mir einen Remix zulege ...!

Aber *Egalstaub*. Wir waren beim Labern.

He, Mann, was tust du denn anderes? meldet sich da unverhofft Frau Susanne W. aus K. zu Wort, *laberst und laberst mir hier den Kopp voll, von Hölzchen auf Stöckchen, ohne Anfang, ohne Ende ...!* Völlig richtig, Frau W., das machen die. Benjamin und ich zum Beispiel.

Oder Petri Sirviö, der Leiter dieses finnischen Schreihalschors, er heißt übrigens MIESKUORO HUUTAJAT, *Der Chor der Schreienden Männer.* Was man denn so mitbringen müsse, um Mitglied seines weltweit einmaligen Chores zu werden, wird der Finne von einer Radiomoderatorin gefragt (der so lustige Sachen macht wie die deutsche Nationalhymne von Melodie- und Textballast zu befreien und auf ein von dreißig Stimmen mehr oder weniger unisono minutenlang gebrülltes »Deutschland! Deutschland!« zu reduzieren – die Südkurve von Rostock ist nichts dagegen).

»Eine laute Stimme und starken Körpergeruch«, antwortet der sympathische Dirigent. Das heißt, mitbringen müsse man eigentlich nur die Stimme, der Körpergeruch stelle sich bei Proben und Aufführungen von selbst ein, schiebt er nach. Finnen haben einen sehr schönen, eigenen Humor; das weiß man ja nicht erst seit den Kaurismääkis, den LENINGRAD COWBOYS und M. A. Numminen, dem Kneipenmann und Tangoliebhaber. Das erkennt man doch schon daran, daß sie Weltmeisterschaften im Frauentragen, in Handy-Weitwurf und Sumpf-Fußball veranstalten. Außerdem bauen sie Saunen auf Motorrädern und trinken etwas, das Deutsche sich in die Kopfhaut massieren, in der Hoffnung auf stärkeren Haarwuchs: *Koivunmahla* – Birkensaft ...!

Gerne denke ich auch zurück an Luis Trenker, der uns in meiner Kindheit in der Sendung *Samstagnachmittag zuhause* ohne Punkt und Komma zu erzählen pflegte, wie er so lange auf den Berg eingeredet hat, bis der Berg ihm antwortete.

Und was ziehst du dann ausgerechnet über den armen Benjamin her? (Nein, das war nicht die Antwort des Berges – das war jetzt wieder Susanne W. aus K.).

Och, sagen wir, der war eben einfach gerade mal dran. Eignet sich allerdings besonders dafür, schließlich pflege ich schon seit langem eine deswegen auch gepflegt genannte Abneigung gegen Menschen, die so eingebildet sind, daß sie sich einbilden, sie müßten sich pfundweise Koks in den Kopp knallen, um als der zu erscheinen, der zu sein sie sich gerne einbilden.

Vor der eigenen Tür kehren? läßt Frau W. nicht locker, die langsam Frollein zu nennen ich nicht abgeneigt bin. *Wie kommt's denn, daß du selbst ohne ein paar deiner geliebten Biere im Schädel auch nicht viel redseliger bist als eine gemeine Parkuhr?*

Tja, Susanne. Treffer. Versenkt. Geht dich jedoch, mit Verlaub, zum einen einen Scheißdreck an, Frollein, kann ich zum andern jetzt ums Verrecken nicht beantworten, stocknüchtern, wie ich bei der Arbeit zu sein pflege. Bei dieser Arbeit zumindest – ein paar der mehr als gutgelaunten Konzertauftritte meiner Karriere mal außer acht gelassen.

Und um den nächsten Vorwurf gleich vorwegzunehmen – ja, ich hab' auch schon eine Menge Bewußtseinserweiterndes und Charakterverzerrendes oder auch Charakterentlarvendes ausprobiert in meinem Leben, und sicher nicht umsonst bin ausgerechnet ich derjenige, dem man zugetraut hat, ein Buch über das Versacken zu schreiben. Aber die Kunst beim Versacken ist ja, es nicht zum völligen »In-der-Versenkung-Verschwinden« ausarten zu lassen, einer weiteren Bedeutung des Wortes, die das renommierte *Duden Herkunftswörterbuch* aufführt.

Und sicher auch nicht umsonst steht im *Großen Wörterbuch der Deutschen Sprache* eben dieser Duden-Redaktion als Anwendungsbeispiel: *Er war dabei, in seligem Suff zu versacken.* Man beachte erstens das Attribut selig, das zu »Suff« durchaus zu passen scheint, im Zusammenhang mit auf Kneipen- oder Abgeordnetenhaus-Toiletten von Taschenspiegeln geschnupften Pülverchen aber wohl nicht einmal der Duden-Redaktion einfallen würde, und zweitens ist in keinem einzigen der konsultierten Wörterbücher von Entwicklungshilfe für kolumbianische Zuviel-*Miami-Vice*-Gucker die Rede.

Interessant allerdings in dem Zusammenhang diese Zeitungsmeldung – lustigerweise ebenfalls aus dem ROLLING STONE, diesmal vom Dezember 1999: *Eine Untersuchung im UK resultierte kürzlich in dem verblüffenden Ergebnis, daß praktisch jede kursierende Pfundnote Kokainspuren aufweist.*

Vor fünf Jahren also. *Praktisch jede.* Seitdem ist die Produktion von Koks um zweihundertvierzig Prozent gestiegen, der Preis für ein Gramm von dem Stöffchen allerdings nur um sechsundzwanzig Prozent gefallen.

Und außerdem gilt ja immer noch, um (von wegen »Keinen Anfang und kein Ende finden«, Frollein!) einen Bogen zu schließen und einem Franzosen das letzte Wort zu überlassen: *Unsere Feinde kommen in ihrem Urteil über uns der Wahrheit oft näher als wir selber.* Merci, Monsieur La Rochefoucauld. Wenn Ihr Aphorismus auch vielleicht nur eine Variante eines sehr viel älteren chinesischen Sprichwortes ist – *Nur mit den Augen der anderen kann man die eigenen Fehler gut sehen.*

À la bonheur. Auf daß wir uns nie aus den Augen verlieren, Susanne – & Co natürlich.

Gruppenhydraulik

Von wegen, nur Männer mögen Bier. Drei von vier Frauen stehen auch auf Gerstenbräu. So die jüngste Umfrage der deutschen Agrarwirtschaft. Am liebsten süffeln Frauen Pils (55 Prozent), gefolgt von Weizenbier (16 Prozent) und Export (8 Prozent). Offenbar schätzen die meisten die bierselige Geselligkeit: 60 Prozent genießen das kühle Blonde nur in netter Gesellschaft in der Kneipe.
EXPRESS, 29.09.2000

In eine Kneipe gehen muß man alleine, trotzdem. Schon zu zweit entstehen leicht Komplikationen, die einem die schönste Verabredung, auf die man sich schon seit zwei Wochen gefreut hat, entzaubern. Da kommst du rein mit deiner Begleiterin, und noch ehe sich die blöde Frage stellt: Wohin jetzt – Theke oder Tisch? Und wenn Tisch, welcher? Während womöglich beide innerlich das schwierige Problem wälzen: *Will sie jetzt, daß ich ihr aus der Jacke helfe, oder nicht?* Beziehungsweise *laß ich mir von dem aus der Jacke helfen oder nicht?*, trifft sie einen mehr oder weniger alten Bekannten. An ihm vorbei kann sie nicht, zum einen schon aus Höflichkeit, zum andern möchte sie dir vielleicht demonstrieren, daß es auch ohne dich und schon vor dir Männerbekanntschaften gibt und gab. Also redet sie zwei Takte mit ihm, du kriegst von ihm bloß einen dieser Hähnchenblicke *(Wat hat se denn da jetzt wieder für einen?)*, was dich aber genausowenig interessiert wie der Hahn selbst – du stehst einfach nur mal wieder blöde in der Gegend rum, weil klar ist: Gehst du jetzt einfach an die Theke und bestellst dir das Bier, wegen dem du hergekommen bist, bist du ein Stoffel; versuchst du kein Stoffel zu sein, sondern fragst, was sie trinken will, gehörst du zur Hähnchenfraktion, weil du ihn ignorierst; bist du höflich, fragst du beide, was sie trinken wollen – dann bist du in seinen Augen ein Schleimer, in ihren Augen ein Säufer, und außerdem seid ihr dann mindestens den einen Drink lang zu dritt; bleibst du einfach stehen, wo du gerade ausgebremst wurdest, kann's dir passieren, daß du dich so sehr als Randfigur darstellst, daß ihr den Rest des Abends zu dritt seid. Oder du ganz aus dem Rennen fliegst. Zu klären, ob's jetzt schlimmer oder weniger schlimm ist, wenn ihr Bekannter eine Bekannte ist, würde dieses Kapitel sprengen. Nur soviel: Wenn du da unbeschadet rauskommst, hast du dir ein Extrabier verdient.

Umgekehrt ist es natürlich genauso blöd, wenn irgendjemand aus *deinem* Bekanntenkreis meint, *dich* groß und breit begrüßen und in ein Gespräch verwickeln zu müssen – ein Freund kann's schon mal nicht sein, der würde dich schön in Ruhe lassen, wenn er sieht, daß du ein Mädel dabeihast, besonders, wenn es ein neues ist. Entweder ignoriert er deine Begleitung, dann wirst du hinterher dafür büßen *(was hast du denn für'n Bekanntenkreis?)*, oder er fängt gleich an, sie anzubaggern, dann büßt du entweder genau damit oder wirst unfreundlich – und bist Schwupps! schon wieder in der Stoffel-Abteilung gelandet. *M'r hät et nit leich'* ...!

Alles freilich nichts gegen das Unterwegssein in einer ganzen Gruppe. Da geht's ja schon los damit, daß die Wahl der Kneipe einem basisdemokratisches Denken an einem einzigen Abend ein für allemal austreiben kann. Von »Da isses bestimmt proppenvoll« über »Da is' bestimmt nix los« oder »Gibt's da auch was zu essen?« wahlweise »Das is' doch bestimmt 'ne Freßkneipe«, oder »Ich will aber Billard spielen!« über »Sieht aber arg teuer/arg billig aus« bis zu »Nö, guck mal, wieviel Motorräder da vor der Tür stehen« oder dem beliebten »Und wie komm' ich dann nach Hause?« gibt es Gründe zuhauf, sich freiwillig ein großes STOFFEL!-Schild über den Kopf zu halten und sich abzusetzen mit den Worten: »Ich sitze in der nächsten Kneipe links und trink' schon mal in Ruhe ein Bier – wenn ihr euch entschieden habt, könnt ihr da ja mal Bescheid geben.«

Wahrscheinlich kommt dann eine halbe Stunde später der aus der Gruppe, zu dem du das beste Verhältnis hast, in eben diese Kneipe, in der du dich beim dritten Glas gerade zu akklimatisieren beginnst, um dir schonend beizubringen, daß die andern drüben sitzen (in dem Laden, in den du von Anfang an reinwolltest, selbstverständlich) und sich darüber aufregen, daß du aber auch immer eine Extrawurst zu brauchen glaubst. Und wenn du richtig gut drauf bist, sagst du dann so was wie: »Sollten sie nicht lieber schon mal damit anfangen zu diskutieren, wer denn was zu bezahlen hat, wieso der eine vier und der andere fünf Striche auf seinem Deckel hat oder wer verdammt nochmal sich denn die vier Ören für Zigaretten auf den Gemeinschaftsdeckel hat geben lassen – immerhin wird in zwei Stunden eine Kellnerin kommen und abkassieren wollen?«

Und dann wird sich auch zeigen, ob sie den Richtigen geschickt haben – wenn er das Kichern anfängt und dem Typen hinter der Theke zwei Finger zeigt, die nicht *peace* oder *victory* bedeuten, sondern schlicht *zwei Bier*, war er's, ansonsten hast du eben den letzten Freund in der Gruppe verloren und kannst in Zukunft nur noch ohne die trinken gehen – und allein die Hoffnung darauf war doch diese Bemerkung wert, oder?

Vielleicht bist du aber auch ein bißchen gut drauf, hast womöglich sogar deinen halbwegs geselligen Abend. Dann überredest du den Abgesandten eventuell noch zu ein, zwei Bieren, die deine Geselligkeit ein wenig fördern, zahlst und begleitest ihn in den anderen Laden. Wo du an einem Tisch landest, dessen Besetzung dich mit einer bunten Mischung aus fröhlichem »Na also!«, hämischem »Ach – alleine macht's wohl doch nicht so viel Spaß, wie?«, angesäuertem »Ah, der gnädige Herr läßt sich herab …« und revanchistischem »Der letzte gibt die erste Runde aus!« begrüßt. Denn natürlich ist die Kellnerin schon zweimal genervt wieder weggelaufen, weil das nette Grüppchen sich nicht entscheiden kann, was getrunken werden soll, muß oder kann. Der eine ist sauer, weil er kein Bier trinken darf, weil er seine Begleiterin noch heimfahren muß, die zickt rum, weil es hier die Cocktails nicht gibt, auf die sie sich angeblich gefreut hat, ein anderer darf Bier trinken, mag aber die hiesige Sorte nicht, seine Begleiterin trinkt gerade die besonders gerne und muß prompt bereuen, daß sie am frühen Abend zugesagt hat zu fahren; einer meint mal wieder die Gruppe von den unschätzbaren Vorteilen des Keinen-Alkohol-Trinkens überzeugen zu müssen, und natürlich geht es seiner verhärmten Lebensabschnittsgefährtin tierisch auf den Keks, daß schon wieder drei am Tisch rauchen.

Als alter Kneipenhase versuche ich mich darum nicht allzusehr zu scheren und signalisiere der Kellnerin, daß ich gerne ein Bier hätte. Hübsche Kellnerin, übrigens. Vorne baumelt ein goldenes Ringlein von einem zwar entzückenden, aber leider auch entzündeten Bauchnabel, und hinten kann man raten, ob die Tätowierung, die in ihrer kurz über der Poritze endenden Jeans verschwindet, eine exotische Schlange, einen Arm eines neunarmigen Kraken oder das Kamener Kreuz darstellt.

»Soll ich jetzt etwa für jedes einzelne Getränk an diesen Tisch kommen?« fragt sie schnippisch.

»Nö, kannst mir auch gleich zwei bringen«, antworte ich freundlich und solidarisch. Was ihre Laune aber nicht wesentlich hebt. Im Gegenteil.

»Nur weil ich hier kellnere, heißt das noch lange nicht, daß mich jeder duzen darf!« Aha.

»Gerade weil du hier kellnerst, Hellja, sehe ich das völlig anders«, will ich sie zurechtstutzen, denn selbstverständlich habe ich als Wirt immer all meine Gäste geduzt, ob sie nun alte Freunde, entfernte Bekannte, randalierende Penner, aus Film, Funk und Fernsehen bekannte Sänger oder stellvertretende Bürgermeister waren (ebenso sehr hab' ich es gehaßt, gesiezt zu werden; tu' ich heute noch). Aber ebenso selbstverständlich mischt sich Miss Nichtraucherin 2001, 2002, 2003 und 2004 in meine Angelegenheiten – die schließlich, schon wieder selbstverständlich, nicht nur *meine* Angelegenheiten sind, weil ich Blödmann mich ja wieder mal auf einen Gruppenausflug eingelassen habe.

»Das find' ich aber auch«, kräht sie und wedelt Rauch durch die Gegend. »Bloß weil du in deiner Kneipe all deine Freunde und all die randalierenden Penner da duzen durftest.«

»Vergiß nicht die aus Film, Funk und Fernsehen bekannten

Sänger und den stellvertretenden Bürgermeister«, werfe ich ein. Immer schön bei den Tatsachen bleiben. Aber was sind schon Tatsachen für eine nichtrauchende Mineralwassertrinkerin, die sich in einer Kneipe, die *Delirium's Clemens* heißt, nach Rotbusch-Tee erkundigt (nichts gegen Rotbusch, ist auch fester Bestandteil meiner privaten Kräutertee-Mischung – aber was geht Clemens mein Privatleben an?). Auf jeden Fall Zeit, sich eine zu drehen, ordentlich daran zu paffen und aus Versehen ein paar kräftige Rauchwolken über den Tisch zu pusten.

»Ja, ihr Wirte seid doch alle promigeil!« Promigeil. Ich. Mal ganz davon abgesehen, daß es als hinter einer Theke eingesperrtem Dienstleister durchaus mehr Spaß machen kann, sich gelegentlich mit jemandem zu unterhalten, der gerade eine zweiwöchige Japan-Tournee oder Dreharbeiten mit der wunderbaren Martina Gedeck hinter sich hat, als zum vierten Mal in dieser Woche Johannes und Steffi dabei zuzuhören, wie sie nach sieben bis elf Tequilas sorgfältig zusammengestellte Mix-Kassetten mit der Klärung ihres Beziehungs-Status-quo zu übertönen versuchen. Gerne auch unter Abhandlung von Steffis Übergewicht, Johannes' Abneigung gegen mehr als eine Nummer pro Woche, das schlechte Benehmen seiner Katze und Steffis Seitensprung mit Elfi vor vier Jahren – Promis im Laden bedeuten Umsatz. Umsatz bedeutet für eine Kneipe nichts weniger als Überleben, und Überleben einer Kneipe bedeutet, daß selbst Rotbusch trinkende Psychologie-Studentinnen einen Ort haben, wo sie sich hinhocken, mit spitzen Fingern Aschenbecher auf Nebentische umsiedeln und über Raucher herziehen können.

Aber ich muß mich ja jetzt und hier nicht auf fruchtlose Diskussionen mit so was einlassen. Brauch' ich auch nicht, schon deswegen, weil Miss Die-haben-ja-nich'-mal-Cocktails-hier! ihren Frust nur zu gerne auf der Kellnerin ablädt.

»Ach, dann entschuldigen Sie doch bitte, *Fräulein*, würden Sie denn bitte mal die Güte haben, zu Ihrem Chef zu gehen und ihm auszurichten, daß Sybille da sei und zu gerne einen *mojito* trinken würde?«

»Und ich drei Bier«, wage ich einzuflechten.

»Ich nehm' doch ein Bier«, traut sich daraufhin der zum Fahren Verdammte. »Wir können doch ein Taxi nehmen, Sybille, was meinst du?«

»Ich kann euch ja fahren«, bietet der Abstinenzler an. Was ihm böse Blicke aus dem brennenden Rotbusch einbringt.

»Aber du weißt, daß ich morgen früh meine Feldenkrais-Gruppe habe, nicht wahr? Um halb elf müssen wir spätestens los. Spätestens!« Natürlich hat er das vergessen, macht aber nichts, weil er bei all dem dummen Gelaber auch vergessen hat, sich eine Kirsch-Schorle zu bestellen, was ihm jetzt wieder einfällt, als das Kamener Kreuz mir drei Bier vor die Nase knallt, daß sich der unterwegs eingesunkene Schaum darauf erschrokken wieder aufrichtet.

»Ich danke Ihnen«, sage ich versöhnlich. »Stimmt so.« Verdutzt guckt sie mich an.

»Was?«

»Na, die drei Bier. Hatte ich doch bestellt. Danke.« *Augen verdreh* ... »Oh«, sage ich, als mein Kollege sich wie selbstverständlich, aber durchaus mißverstehend, eins davon schnappt, »ich nehm' dann gleich noch zwei.« Worauf sich Miss Feldenkrais natürlich einen Vortrag zu Alkoholexzessen im allgemeinen und meiner Auffassung von einem gemütlichen Abend im besonderen nicht verkneifen kann. Dessen Empörung sich fast zur Hysterie steigert, als Clemens, der Wirt, sich mit einem Tablett voller giftgrüner Getränke am Tisch einfindet und mit Sybille das beliebte Wir-haben-uns-ja-eeewig-nicht-gesehen-Schatz-ich-küsse-dreimal-die-Luft-hinter-deinen-Ohren-dann-weiß-ich-nicht-nur-wie-du-riechst-sondern-auch-Bescheid-wer-sonst-noch-so-da-ist-Spiel spielt. Trotzdem ist mir ein Wirt, der sich mit einer Lage Getränke vorstellt, nicht unsympathisch, und nachdem er auch erfahren hat, wer ich bin, hat er sich auch schon einen Stuhl herangezogen, bestellt mir ein Bier nach dem anderen und versucht angestrengt, mir die Mail-Adressen von ein paar meiner prominenten Ex-Gäste aus der Nase zu ziehen. Solange er bestellt, laß ich ihm seine Hoffnung.

Derweil gelingt es meinem Bier trinkenden Kumpel, sich vom Kamener Kreuz die Erlaubnis zum Duzen einzuholen, nicht zuletzt mit Hilfe mehrerer italienischer Kräuterschnäpse, die sich später wundersamerweise auf meinem Deckel wiederfinden werden. Und er findet auch heraus, daß sie gar nicht Hellja, sondern Helga heißt, und da Sybille sich mit einer »Runde *mojitos* für alle!« bei der Gastronomie revanchiert, kann ihr Freund ihr vorwerfen, er sei jetzt nicht nur zu betrunken, um das Auto nach Hause zu fahren, sondern auch zu pleite, um ein Taxi zu bezahlen. Was Miss Feldenkrais, die sich vom charmanten Clemens dann doch zu zwei *mojitos* hat überreden lassen (die sie übrigens »ausgesprochen lecker« fand), zu unkontrolliertem Gegacker veranlaßt. Worüber ihr Abstinenzler so erschüttert ist, daß er sich zu einer Endlosschleife von »Weißt-du-eigentlich-wie-spät-es-ist?!« hinreißen läßt. Das sei ihr aber so was von scheißegal, beendet seine Holde das Gejammer irgendwann und bemüht sich, ihren dritten »Wie-heißt-das-noch-gleich?« nicht zu verschütten; er solle nicht so ein Langweiler sein und ihr gefälligst mal irgendwo eine Zigarette schnorren. Das könne sie mal schön selber erledigen, bellt er sie an. Ja, das finde sie auch, bestätigt sie und legt Clemens zu dem Behufe einen Arm um die Schulter. Was der nicht nur damit beantwortet, ihr eine angezündete Zigarette zwischen die Lippen zu schieben, sondern auch eine Hand unter ihren nordseestrandfarbenen Hanf-Pullover. Sie sei unmöglich, bescheinigt Sybille ihrer besten Freundin, ihr alter Freund Clemens aber auch, schiebt sie nach und klopft ihm mit mehr oder weniger gespieltem Schmollen auf die Finger.

Wie lange sie sich denn eigentlich schon kennen, will da Sybilles Ex-Fahrer wissen, und wie gut überhaupt. Woran man mal wieder sähe, wie gut er seine Frau kenne, lästert der Abstinenzler. Was *er* sich da denn einmische, wird er zurückgefragt, und was denn mit seiner eigenen sei, die da einem wildfremden Kaschemmenwirt ihre primären Geschlechtsmerkmale zum Kneten überlasse. Was dem Abstinenzler nun auch auffällt und ihm eine Kirsch-Schorle wert ist – die kippt er mir nichts, dir nichts über den schönen Hanf-Pullover. Dessen Inhaberin, nicht faul, revanchiert sich stante pede und kippt ihrerseits etwas Grünes zurück – was nicht weiter schlimm wäre, wäre ihre Zielperson nicht erstaunlich schnell zurückgezuckt, weswegen die Ladung hauptsächlich mein Bier und mich trifft. Auch nicht so tragisch, träfe mein Versuch, statt eines nun ziemlich klebrigen ein frisches Bier zu bekommen, nicht auf völlig taube Ohren – Helga ist reichlich damit beschäftigt, sich auf meines Kumpels Schoß von diesem das Kamener Kreuz massieren zu lassen, und ihr Chef hat alle Hände voll zu tun, Hausherren-Autorität zu demonstrieren und dem Abstinenzler handgreiflich Lokalverbot zu erteilen.

Was dessen Gefährtin nun wieder schlagartig nüchtern werden läßt – kreischend, krallend und kratzend versucht sie, einen längst verlorenen Frieden zu stiften, und das so enervierend laut, daß die beiden Streithähne plötzlich voneinander ablassen und ihr fast synchron eine scheuern. Eine Therapiemaßnahme, die meines bescheidenen Wissens im Feldenkrais-Katalog gar nicht vorkommt. Das gehe ja wohl entschieden zu weit, befindet nun Sybille und fordert ihren Kerl auf, doch gefälligst etwas zu unternehmen, was diesem überhaupt nicht einleuchten will, schließlich habe er doch schon am Nachmittag kundgetan, er würde viel lieber zu diesem Basketballspiel gehen. Na, dann solle er doch mit seinen Scheißkumpels zu seinem Scheißspiel gehen, schreit Sybille. *Morgens um vier?* Sie rufe jetzt jedenfalls die Polizei, verkündet sie und begibt sich hinter die Theke, um ein Telefon zu suchen. Das wiederum bringt Helga zur Besinnung. Bereits so weit entblößt, daß selbst ich jetzt erkennen kann, daß es sich bei ihrer Tätowierung keineswegs um das Kamener Kreuz handelt, sondern um einen feuerspeienden chinesischen Drachen, will sie lospesen, um ihren Arbeitsplatz zu verteidigen, verheddert sich dabei aber in einem Teil ihrer Garderobe, landet auf dem Schoß des Nicht-mehr-fahren-Könners und verpaßt ihm mit ihrer Stirn eine ziemlich dicke Lippe und eine lustige Alfred-E.-Neumann-Zahnlücke.

Mannomann, jetzt geht's aber mit dir durch, eh! versucht mich da jemand zu bremsen. *Übertreibst du jetzt nicht ein kleines bißchen?*

Na ja – ein klitzekleines bißchen vielleicht. Aber das dient doch nur der Veranschaulichung – ich will doch bloß beweisen, was eingangs dieses Kapitels behauptet wird: In eine Kneipe gehen muß man alleine.

Aber sagte ich das nicht schon?

Schuld und Sühne

Wer nicht auf die hohen Berge steigt,
kennt die Ebene nicht.
Chinesisches Sprichwort

»Ich will hoch hinauf«, sagte des Bauern Sohn und kam an den Galgen, kontert der mecklenburgische Volksmund. Aber, um auf den Chinesen zurückzukommen – daß es hohe Berge gibt, wissen ja vor allem erst mal die, die unten sind. Und wie kann man tiefer kommen als mit Versinken. In etwas eintauchen, sich einlassen – versacken eben.

Bleiben wir ruhig noch einmal kurz beim Lesen. Beim Schmökern. Beim Alles-lesen-Müssen. Ob es der neue *STERN* ist, vom Editorial auf der ersten bis zum *Was macht eigentlich …?* auf der letzten Seite (und natürlich hab' ich unterwegs auch das Kreuzworträtsel gelöst und wie jede Woche den Kopf geschüttelt darüber, daß das, was ein Herr Tetsche da abliefert, beim *STERN* unter der Rubrik Humor läuft), oder eins der wunderbaren regionalen Wochenendblättchen, die uns Millionen von Anzeigenschaltern für *Susi sein Strickládchen* oder *Roswitha's World of Nails* bescheren. Und ohne die ich gar nicht wüßte, daß übernächsten Samstag im örtlichen Pfarrheim der alljährliche Büchertrödel stattfindet, auf dem ich solche Perlen der Erbauungsliteratur ergattern kann wie zum Beispiel das nachdenklich stimmende *Schritte in die Freiheit.* Als alter Unabhängigkeitskämpfer kann ich natürlich an so einem Titel nicht vorbeigehen. Und werde unter Umständen belohnt mit Augenöffnern wie dem folgenden Text, den fast lückenlos zu zitieren ich hier nicht umhinkann:

Der falsche Weg

Als junger Pastor hatte ich anfänglich, es war nach dem Krieg, nur einen schwarzen Anzug (nein, wir fragen jetzt nicht nach, wo er den denn herhatte, selbst wenn sich hier der Begriff Schwarzmarkt nahezu aufzudrängen scheint)*, den ich zum Pre-*

digtdienst am Sonntag anzog. Meine Frau wies mich immer wieder darauf hin, daß ich mich ja in acht nehmen und den Anzug schonen solle. (Ein Gedanke, auf den man als ungestümer junger Priester wohl selbst nicht kommt – aber:) *Bis heute kann ich nicht erklären, wie es dann doch geschehen konnte: An einem Montagmorgen nahm meine Frau den Anzug zur Hand, um ihn auszubürsten und bis zum Sonntag in den Schrank zu hängen. Dabei entdeckte sie in der Kniegegend der Hose einen handtellergroßen Flecken* (und nein, ich werde Euch jetzt nicht mit Kostproben meiner schmutzigen Phantasie kommen!).

Frauen und Flecken leben bekanntlich auf Kriegsfuß, fährt der Menschenkenner denn auch ungerührt fort, *also ging sie gleich an die Arbeit und versuchte, diesen Flecken auszubürsten. Aber das ging nicht. Der Fleck war nicht wegzubekommen. Sie versuchte es dann nach einem alten Hausrezept mit schwarzem Kaffee* (ich sag's doch immer: Lesen bildet!). *Doch auch das half nicht. Als die Hose trocken war, war der Fleck immer noch da. Es blieb ihr nichts anderes übrig, als in die Drogerie zu gehen* (hätte er ja vielleicht auch erledigen können, während sie neuen Kaffee aufbrühte – aber erstens geziemt es sich für einen Priester sicher nicht, in Unterhosen durch die Stadt zu laufen, zweitens hat er ja eventuell noch weiche Knie – immerhin handtellergroß, der Fleck in Kniegegend –, und drittens muß er ja aus diesem hübschen kathartischen Erlebnis seine nächste Predigt zimmern, wofür er gerade mal noch sechs Tage Zeit hat) *und einen Fleckenreiniger zu kaufen. Das schien erfolgreich zu sein* (so ein kluges Frauchen – kann erfolgreich ganz alleine einkaufen!) – *der Fleck war weg* (ach so). *Statt dessen hatte sich aber ein großer, heller Hof gebildet, gerade dort, wo der Fleck weg war. Wieder zur Drogerie. Sie kaufte ein besseres Mittel* (tja, Hochwürden – das kommt davon, wenn man immer erst den billigsten Scheiß kauft; von wegen: Geiz ist geil ...!). *Als endlich der Hof weg war, war der Fleck wieder da. Nichts half.*

Es blieb ihr schließlich nichts anderes übrig, als die Hose in die chemische Reinigung zu bringen (tja, die Wege des Herrn mögen unergründlich sein, aber das is' nix gegen die Strecken, die so ein Pastorenfrauchen im Laufe ihres Lebens zurücklegt). *Dort hatte man die nötigen Mittel, um diesen Fleck zu beseitigen* (noch ein paar Chemikalien aus Kriegsbeständen vielleicht?). *Am Freitag holte sie die Hose ab, und ich konnte mit einer sauberen Hose am Sonntag meinen Dienst versehen.*

Was will ich mit dieser kleinen Illustration sagen? Darauf sind wir allerdings alle gespannt, Don Camillo. Kann er uns aber selbstverständlich erklären: *Unsere Selbstbemühungen reichen nicht aus. Wir doktern herum, probieren dies und jenes aus, doch ohne Erfolg. Warum bekam meine Frau den Flecken nicht heraus? – Der Schmutz hatte sich irgendwie so ins Gewebe hineingefressen, das Gewebe durchsetzt, daß einfach alle herkömmlichen Mittel ohne Erfolg bleiben mußten.*

Ja, Kinners, ich weiß: Ihr habt ein Buch von Rich Schwab gekauft, da wollt Ihr auch Texte von Rich Schwab lesen und nicht – aber keine Bange, unser junger Pastor kommt ja schon zur Sache. Und zu seinem ureigenen Thema nämlich. Und zwar heftig ...

Schuld und Sühne fressen sich Metastasen gleich in uns hinein. Sie durchsetzen unser Sein, unsere Sinne, Gedanken und Ideen. Sie machen vor unserem Temperament und Charakter keinen Halt. Sie zerstören uns so, daß es buchstäblich zu einer Veränderung unserer Persönlichkeit kommt. Wir kennen uns selbst nicht wieder [...]. Unvergebene Schuld führt zu Gefühlen der Bitterkeit, der Selbstverachtung, zu Selbstmitleid, Depressionen, Furcht, Sorgen, Haß, Minderwertigkeitskomplexen, Selbstanklagen und Selbstmordgedanken.

Mein lieber Herr Gesangsverein! Sollten Sie selbst unter irgendeiner unvergebenen Schuld leiden, einem der früher schon erwähnten unbezahlten Deckel bei Schillings Pitter vielleicht oder bei Ihrem eigenen Stammwirt, und das aber trotzdem überleben, zum Beispiel, weil Sie dem verführerischen Refrain aus dem schönen Lied *Suicide Is Painless* noch nie getraut haben – es nützt Ihnen nichts: *Unvergebene Schuld führt zur Versklavung und zur Zerstörung des Menschen.*

Dä (das ist Kölsch für *et voilà*). Denn, so unser apokalyptischer Vorreiter:

Jeder Versuch der Selbstheilung ist bereits in seinem Ansatz zum Scheitern verurteilt. Auch der sicherlich aufrichtige und ehrliche Versuch eines Arztes kann nur vorübergehend oder dämpfend wirken und heilen. Die Bibel kennt und nennt nur einen Weg: befreiende Vergebung durch das Blut Jesu Christi …

Möglicherweise ist Ihnen in den letzten fünf Minuten ebenso der kalte Schweiß ausgebrochen wie mir. Vielleicht sind Sie aber auch ein wenig abgebrühter als ich, und alles, was Ihnen einfällt, ist, mich zu fragen, ob ich mich nicht schäme, mich über Bibelgläubigkeit und Religiösität lustig zu machen. Lustig machen? Ich? Nicht für zehn Cent (die können Sie nehmen und in den nächsten Klingelbeutel werfen). Nein, nein – ich finde durchaus, daß Religionen eine Berechtigung haben können, gerade auch im Zusammenhang mit unserem Titelthema; schließlich ist Kontemplation, das Sichversenken, also das Versacken, eine tief religiöse Erfindung und Erfahrung. Ob Sie nun als Ex-Kommunardin nach Poona reisen, ein demütiges halbes Jahr in einem buddhistischen Kloster vor sich hin summen oder in einem Bergkloster in den Pyrenäen lernen, auch mal die Klappe zu halten. Wobei ich persönlich aufgrund ernährungsphysiologischer Vorlieben – wen wundert's? – einem Bayerischen Benediktinerkloster, sagen wir Andechs, den Vorzug geben würde; hat nicht schon vor neunhundert Jahren die Klosterfrau Hildegard von Bingen, ganz ohne Melissengeist, gefordert, *cervisiam bibat* – man trinke Bier …?

Nö, ich war nur der Meinung, daß der oben zitierte rhetorische Bogen vom ominösen Flecken in einer Anzughose über fast spielerische Vermittlung von Wissen über Urgroßmutters Hausmittelchen und das Frauenbild der fünfziger Jahre zu Selbsthaß, Freitod und Menschheitszerstörung ein wunderschönes Beispiel ist für das Versacken im Erzählfluß, im William Blakeschen *stream of consciousness,* in stolzer Tradition der afrikanischen *griots,* der musizierenden Geschichtenerzähler, deren gesungener Bericht über die Neuigkeiten aus einem drei Tagesmärsche entfernten Nachbardorf auch schon mal von Sonnenuntergang bis Sonnenaufgang dauern kann und im Laufe von einhundertsechsunddreißig Strophen auch die politische Lage im Land, das unvergleichliche Leuchten in den Augen der jüngeren männlichen Zuhörer beim Anblick der Häuptlingstochter, Aufklärung über die Tücken der Monogamie, Gebrauchsanweisungen für Ghettoblaster oder Kalaschnikows, die Wettervorhersage und den Ausgang der Fußballweltmeisterschaft abhandelt. Wobei, im Gegensatz zu unseren drögen okzidentalischen Pastorenpredigten, siehe *Wort zum Sonntag*, sogar getanzt werden darf. Vom Leeren einiger Krüge stimmungsfördernden Palm- oder Hirsebieres mal ganz abgesehen.

Womit wir a) eine unverhoffte, zumindest Seelenverwandtschaft zwischen dem Bayern und dem – Pardon – Neger zutage gebracht und b) wieder fein die Kurve zu unserem geliebten Bier hingekriegt hätten.

Bits & Bytes

Der Computer ist die logische Weiterentwicklung des Menschen: Intelligenz ohne Moral.
John Osborne

Aber noch ist nicht die Zeit zum Biertrinken – ich muß ja am Computer sitzen und Geschichten schreiben über die Zeit, als ich so viel Zeit vergeudet habe. Jedenfalls nennen manche das Vergeudung – mir ansonsten durchaus wohlgesinnte Menschen. Hätte ich doch, statt ein halbes Leben zu versacken und versumpfen, gleich gearbeitet, meinen sie, dann hätte ich jetzt vielleicht schon seit längerem Erfolg und weniger finanzielle Sorgen. Selbst eine alte Freundin, ein wenig besser verdienend als ich, beantwortete neulich doch glatt meine Bitte, mir bis zur nächsten Honorarzahlung mal wieder ein Häppchen Geld zu leihen, mit dem guten Rat, mein Leben langsam mal in den Griff zu kriegen. Zumindest finanziell.

Auweia.

Warum fällt mir das bloß so schwer?

Ich hätte vielleicht vierzig Alben produzieren und veröffentlichen können wie der gute Van Morrison; oder vierzig Romane wie der wunderbare Bjarne Reuter (und um wieviel ärmer wäre diese Welt ohne die Platten des einen und die Bücher des anderen?!). Ich hätte ... – *hätt', hätt', hätt'– Schiß im Bett,* hätte Oma Klütsch an dieser Stelle eingeworfen, mürrisch auf ihrem Lehnstuhl neben dem Herd sitzend und unter ewigem, nicht mehr abstellbarem Kopfschütteln mit einem Ohr das dumme Geschwätz der jungen Leute ertragend, während sie mit gichtigen Fingern Strümpfe stopfte, Kartoffeln schälte oder Silberbesteck polierte. (Nichtstun? Einfach nur dasitzen und nichts tun? Unmöglich!)

Aber: Eben – danke, Oma; hätt', hätt', hätt ...

Hab' ich halt ein paar Alben weniger produziert (und noch weniger veröffentlicht), hab' ich halt ein paar Bücher nur im

Kopf und noch nicht mal geschrieben, geschweige denn veröffentlicht. Hab' ich halt nicht bei *Live Aid* vor hundert Millionen gespielt. Hab' ich halt keinen Literaturpreis bekommen. Hab' ich halt ... Lust, mal wieder ein Bier trinken zu gehen. Lust, einfach dazusitzen, an irgendeiner dieser heimeligen Theken, mit den Songs und den Geschichten in meinem Kopf noch ein bißchen herumzuspielen, während ich gedankenverloren das immer wieder schöne Schauspiel einer an einem angetrunkenen Glas herabperlenden Schaumkrone betrachte oder in den immer wieder neuen Wolkenbildern versinke, die über all den paffenden Männern und qualmenden Aschenbechern entstehen. Löcher in die Luft zu starren, Andrea Berg zu ignorieren und auf die Lieder in meinem Kopf zu hören, während ich den wohligen Zustand genieße, mich ganz langsam, ganz entspannt vom Nüchternsein zu verabschieden, gemütlich betrunken zu werden, meinen Frieden mit der Welt zu machen.

Denn ich bin ja nicht allzu arrogant. Wie sollte ich mir einbilden, daß auch meine Platten und Bücher die Welt zu einem besseren Ort machen könnten? Einem zumindest erträglicheren? Oder auch anders herum: Wenn all die anderen wunderbaren Schöpfungen die Welt nicht zum Besseren verändert haben – warum sollte das einem naiven kleinen Autodidakten wie mir gelingen ...?

Was natürlich mal wieder gar nichts mit der Überschrift dieses Kapitels zu tun hat. *Bits & Bytes* – freilich eine Umstellung für jemanden, der noch zu *Bits And Pieces* von den Dave Clark Five Jugendherbergsfenster zerdeppert und Nachlaufen mit Straßenbahnkontrolleuren gespielt hat und unter Flirten Schneebälle in Mädchenkragen stopfen verstand.

Computer also.

Ich arbeite nur mit Computern – die sind immer pünktlich und nehmen keine Drogen, behauptet Fat Boy Slim. Was mich stark vermuten läßt, daß der Kollege jemanden hat, der seine Büchsen bereits Stunden vor Gebrauch eingeschaltet und dahin gebracht hat, das zu tun, was der Chef dann mit ihnen vorhat.

Die Strichliste, die ich mal in einer beliebigen Woche spaßeshalber geführt habe, läßt die Hochrechnung zu, daß ich, seit ich mit *Bits & Bytes* arbeite, über den Daumen achtundzwanzigtausend mal den Befehl *Neustart* angeklickt habe. Worauf sich das Ding in ungefähr sechsundzwanzigtausend Fällen aus- und wieder eingeschaltet hat. Was im Normalfall etwa drei Minuten dauert. Für mich schon mal ein hervorragendes Argument dagegen, mir das Rauchen abzugewöhnen – was um Himmels willen macht ein Nichtraucher in dieser Zeit, wenn er sich keine Zigarette dreht? Was macht er in den bis zu fünfundzwanzig Minuten, während denen auf dem Monitor *Loading* ... flimmert? Was, erst recht, in den vier Stunden, in denen er jemandem, der mehr von Computern versteht als er selbst, zuschaut, wie der zuschaut, wie *Loading* ... oder *Updating* ... über den Bildschirm flimmert ...?

Will sagen, man kann ziemlich viel Zeit mit diesem Gerät verbringen. Und vergeuden. Unfreiwillig vergeuden. Ziemlich viel. Wie sagt der Kollege Jürgen Fritz vor einer Produktion so schön: »Soll es schnell gehen, oder setzen wir den Computer ein?«

Als ich mich mit meinem ersten *Atari* anfreundete, war ich oft einigermaßen verdutzt, daß mich jemand aus meiner Kneipe anrief und fragte, wo ich denn bliebe, meine Schicht habe doch schon vor einer halben Stunde angefangen. Tatsächlich, mußte ich nach einem Blick auf die Uhr feststellen, ich hatte neun Stunden am Stück an der Kiste herumgehackt – und gerade mal acht Takte Schlagzeug und ein paar Klavierakkorde programmiert. Und auf die war ich sogar noch stolz.

Ein paar Jahre später hatte ich mich dann verbessert – manche Klavierakkorde konnte ich inzwischen schon mit einer Hand einspielen, und für acht Takte Schlagzeugprogrammierung brauchte ich ein paar Minuten. Den *Atari* hatte ein *Mac* abgelöst. Da konnte es beim Schreiben meines zweiten Romans geschehen, daß ich plötzlich zu mir kam, weil ich einen völlig ausgetrockneten Mund, flimmernde Augen und einen wild knurrenden Magen hatte und meine Blase so voll war, daß ich Angst haben mußte, es nicht mehr bis zur Toilette zu schaffen – hatte ich doch zehn, zwölf, manchmal gar sechzehn Stunden alles um mich herum vergessen: versackt, am Compi.

Okay, beim Kampf mit widerspenstigen Romanfiguren kann man bestimmt genausogut versacken, wenn man auf einer 1954er Adler, mit einem abgekauten Bleistift oder einem klecksenden *Pelikan*-Füller schreibt.

Oder überhaupt als Künstler. Roman Opalka zum Beispiel. Seit 1965 hat der quasi die Hälfte seines Lebens damit verbracht, das Vergehen der Zeit in gemalter und auf Tonband gesprochener Zahl zu formulieren und sich dann am Ende eines jeden Tagewerks mit immer derselben alten Kamera, stets in weißem Hemd, stets in gleicher Pose per Selbstauslöser neben dem Bild zu fotografieren. Mehr als zweihundert Leinwände hat er inzwischen mit seinen Zahlenreihen gefüllt; seine erste Million erreichte er 1973, die zweite Million erschien 1977 in der Berliner Nationalgalerie; im Jahr 2000 war er bei gut fünf Millionen angelangt …

Haben Sie so einen Original-Opalka vor Augen? Die heißen zum Beispiel »Detail – 1 987 108 – 2 010 495« oder »Detail – 3 996 082 – 4 021 853«, Zahl an Zahl an Zahl, eng an- und untereinander gedrängt, in weißer und bis zum nächsten Eintauchen des Pinsels immer blasser werdender Farbe auf schwarze Leinwand gemalt, auf einer Fläche von immer exakt 1,96 mal 1,35 Metern … – was für ein König der Konsequenz, der Konzentration, der Kontemplation, was für ein Held des Versackens …!

Mein Unternehmen ist eine Alternative zu all den kreativen Bemühungen, die dem Schwachsinn des systematischen Verfertigens von Neuheiten verfallen sind, erklärt der Künstler.

Das hat seinen Preis, wie jedes Versacken.

Wenn er im Zeitplan bleibt, braucht Opalka für ein »Detail« drei Monate, während des ganzen Jahres 1992 entstand aber nur eins davon: Monatelanges, bis zu sechzehn Stunden täglich regloses Stehen vor der Leinwand belastete seinen Organismus bis zu Herzrhythmusstörungen, und erst mit Hilfe von Meditationstechniken gelang es diesem Künstler, seine körperliche Krise zu überwinden und sein Werk fortzusetzen.

Wer bin ich da, über elf Stunden am Computer zu jammern, wer seid Ihr, mir dreizehn Stunden an einer Theke vorzuhalten.

Frank Zappa hätte das gefallen – *konzeptionelle Kontinuität* hat auch er immer wieder gefordert. Das Blau von Yves Klein, die Nägel von Günther Uecker, die Banane von Thomas Baumgärtel. Die Neujahrsansprachen von Bundeskanzlern, die Tarifpolitik von Verkehrsbetrieben, die Langzeitrenovierung von Cher oder Jane Fonda. *Dinner For One,* das Wort zum Sonntag, die Abschiedstourneen der ROLLING STONES. Die Lindenstraße, Gewerkschaftspolitik und Mainz, wie es singt, lacht und einfach nicht daran ersticken will. Mein endloses Geschwafel ...

Kunst ist alles, was man nicht brauchen kann, erklärt der finnische Leiter des *lautesten Chors der Welt* kurzerhand und könnte damit glatt eine Menge Kritiker, Philosophen und Feuilletonisten arbeitslos machen. Andererseits ... – Zahnschmerzen: Kunst ...? Schuppen, Parkuhren, die FDP? Sonnenbänke, Mutter Beimer, Hämorrhoiden ...?

Oder *Bits & Bytes* eben. Wie haben wir nur so lange ohne auskommen, ja überleben können? Manchmal beneide ich Kollegen, die immer noch keinen Computer haben. Keine Mail-Adresse. Nicht mal einen Fax-Anschluß. Keine Konvertierungsprobleme, keine Formatierungssorgen, kein Kopfzerbrechen über System-Updates, Downloadzeiten und Speicherkapazitäten. Keine *Spams.* Keine Zeit, mit mir mal wieder ein Bier trinken zu gehen, weil sie noch vier Briefe schreiben müssen. Mit der Hand!

Ich säße heute noch an meinem ersten Roman, fürchte ich, ohne die verdammte Kiste.

Aber ich hätte auch ungefähr zweihundert Songs, Musiken für Hörspiele, Bühnenprogramme und Filme nie geschrieben (und ich ignoriere hier meinen Gitarre spielenden, computerlosen Kollegen, der aus dem Hintergrund ein kräftiges, Rock-'n'-

Roller-haftes »*Who fuckin' cares?*« beisteuert). Was wiederum bedeutet hätte, daß ich nicht erst heute, sondern schon lange pleite wäre.

Und wie hätten mich Briefe erreichen sollen, in denen jemand behauptet, der Sohn des verstorbenen Präsidenten von Zaire zu sein, und mir zwanzig Prozent von dreißig Millionen US-Dollar anbietet, wenn ich ihm behilflich bin, diese Dollars mal eben über mein Konto laufen und in Sicherheit bringen zu lassen ...?

Ein bißchen schwindlig wird mir da weder vor Ehrfurcht vor Präsidentensöhnen oder Ministerwitwen noch vor einer solchen Millionensumme – was mich verrückt macht, ist der Gedanke, was der Computer (da!) meiner Hausbank mir plötzlich für ein Dispo-Limit einzuräumen bereit wäre.

Nein, nein, so'n Compi is' schon was Feines. Allerdings sollte man vielleicht anfangen, sich ein paar Gedanken zu machen, wenn einem Unfälle widerfahren wie mir neulich – sitze ich am Schreibtisch und lese in einer Zeitschrift, die neben meiner Tastatur liegt.

»Toller Satz!« denke ich plötzlich. Greife zur Maus und versuche, diesen Satz zu markieren, damit ich ihn zur eventuellen späteren Verwendung abspeichern kann. Starre auf die Zeitschriftenseite und frage mich, wo denn der verdammte Cursor schon wieder abgeblieben ist.

Schnapszahl

Wenn man sein Leben lang gesoffen und geraucht hat, dann ist das nur schwer wieder wegzubekommen.
Karl Lagerfeld

Wären die Kapitel dieses Machwerks numeriert, trüge dieses hier die Nummer 33. Schnapszahl eben. Heißt im richtigen Leben: Diese Geburtstage ähnlich heftig feiern wie die runden.

Heißt nach unseren Regeln: Einmal aussetzen.

Schwips

Wie kann man jemandem trauen,
der sein Bier in kleinen Schlucken trinkt?
Robert B. Parker

Das Aussetzen muß ja nicht so gründlich erfolgen wie bei dem 27jährigen französischen Autofahrer, der neulich in Lothringen von einer Polizeistreife angehalten wurde, die seine Fahrweise recht – eh – eigenwillig fand. Als er es endlich schaffte, aus seinem Wagen auszusteigen beziehungsweise eher herauszufallen, stellte sich heraus, daß er für einen Alkoholtest bereits zu weggetreten war. Die im Revier vorgenommene Blutprobe ergab einen Blutalkoholgehalt von 5,15 Promille, was für einen traurigen Europarekord reichen dürfte.

Dachte ich. Bis ich ein paar Tage später im *EXPRESS* las:

Ein Ladendieb (33) hat in Nürnberg versucht, eine Dose Bier und eine Flasche Weinbrand mitgehen zu lassen. Witzig: Er wurde geschnappt, hatte 6,27 Promille.

Manche Kollegen hängen die Latte ganz schön hoch.

Und was, lieber EXPRESS-Schreiber, ist daran so witzig?

Leder- und andere Allergien

Jede Weinrebe bringt drei Arten von Weinbeeren hervor: die erste erzeugt Heiterkeit, die zweite Trunkenheit, die dritte Reue.
Goethe? Schiller? Schopenhauer?
Otto Schenk? Dr. Stein ...??

Schon Terry Pratchetts Erzkanzler Ridcully fragte bedauernd: *Warum haben wir einen Gott des Weines, aber keinen Gott des Katzenjammers?* Und da es aber ganz offensichtlich keinen gibt, Beten also nichts nützt, beschäftigen sich die Opfer fröhlicher Runden seit Menschengedenken mit der Frage: Wie krieg' ich das bloß wieder weg?

Manche schwören doch tatsächlich auf Whisky-Cola als Katerkiller – Cola beruhige den Magen, Whisky die Seele, sagen sie. Andere versuchen, wenn sie vorhaben, abends kräftig zu feiern, mit einem großen Eßlöffel Olivenöl einem Kater vorzubeugen. Oder mit vier Eßlöffeln *Maggi*. Oder einer Magnesium-Brausetablette.

Wie Prof. Hademar Bankhofer, der mit der Naturküche-Kolumne – jeden Sonntag im Kölner *EXPRESS*. Der hatte zu Silvester 2001 aber noch ein paar weitere interessante Vorschläge. *So machen sie die Leber feierfit*, meinte er:

Trinken Sie zum Wein niemals Mineralwasser mit viel Kohlensäure. Sie beschleunigt die Aufnahme und verstärkt die Wirkung von Alkohol. Aaah, Fränzjen, jetzt sehe ich, wie unrecht wir dir immer getan haben – du denkst nur an unser Wohlbefinden, wenn du uns manchmal so schales Bier vor die Nase stellst ...! Kannst du uns noch mal verzeihen? Und diese Klage endlich mal an deine Brauerei weitergeben?

Gönnen Sie sich das Anti-Alkohol-Ei. Hartgekocht mit Senf, Apfelessig, Olivenöl, Pfeffer, Salz. Gut kauen. Dann kann man Alkohol besser vertragen und schneller abbauen. Das leuchtet mir ja noch ein, Professor – aber Apfelessig und Wein ...? Vor allem nach dem folgenden Rezept??

Trinken Sie direkt vor der Party einen halben Liter Rote-Bete-Saft. Der Eiweiß-Baustoff Betain fördert den Fettstoffwechsel, unterstützt die Arbeit der Leber. Ähnliche Wirkung: Selleriesaft. Ja, und falls Sie *auf* der Party gelegentlich von der Toilette *runter*kommen – der Magenbitter steht unten links im Kühlschrank. Nehmen Sie die Flasche ruhig mit aufs Klo – die beruhigende Wirkung setzt erst nach mehreren Schlucken ein.

Dann doch lieber gleich richtig medizinisch: *Besorgen Sie sich aus der Apotheke »Nux vomica«, die homöopathische Tinktur aus der Brechnuß. Geben Sie um 16, 17 und 18 Uhr je 5 Tropfen auf ein kleines Stück Vollkornbrot. Intensiv kauen.* Lieber Hademar, das ist sicher ein tolles Mittel – aber wenn ich um 18 Uhr aufstehe, habe ich die ersten zehn Tropfen schon verpaßt, und bis ich in der Lage bin, zur Apotheke zu gehen, hat die schon zu, und auf dem langen Marsch zur Notapotheke komme ich in meinem Viertel an mindestens fünf Kneipen vorbei. Selbst wenn der Mief und der Krach aus den ersten beiden mich noch davon abhalten, hineinzugehen und was Vernünftiges gegen meinen Kater zu tun – spätestens bei der vierten würde ich an der Theke landen und bei zwei bis neun guten Bieren über die Vorstellung meditieren, wie ich vor einer Apotheke stünde, ein Fläschchen Brechnuß-Tinktur in der Hand, und harmlose Passanten – oder vielleicht die Besatzung eines Streifenwagens? – nach einer Notbäckerei fragte ...

Und so vergraulen laut *EXPRESS* vom 24. Februar 2001, rechtzeitig vor Karneval also, Prominente ihren Kater:

Hans Christiani (49, »Gute Zeiten – schlechte Zeiten«) macht den Anfang: *Einen langen Spaziergang machen, viel Wasser trinken, nachmittags ein halbes Bier und abends essen gehen.* Viel Wasser geht ja in Ordnung, aber wo macht man denn einen langen Spaziergang, Hansi, wenn Hirn und Augenlider so schwer sind, daß man partout nicht aus dem Bett kommt? Und wer soll sich überhaupt für ein halbes Bier aus dem Bett quälen?

Freya Trampert (32, aus »Verbotene Liebe«) verrät uns: *Bevor ich ins Bett gehe, nehme ich eine Aspirin. Am nächsten Mor-*

gen gebe ich mir dann mit viel Obst den Vitaminstoß. Dazu eine Nackenmassage von meinem Freund, und alles ist wieder gut. Toll, Freya, so ein, zwei Kilo Pflaumen nach einem Bier-und-Ouzo-bis-zum-Abwinken-Abend zum Beispiel – dein Freund wird sich hüten, auch nur in die Nähe deines Nackens zu kommen, so wie du da spratteInd den ganzen Tag auf der Kloschüssel hockst.

Georg Uecker (38, aus der »Lindenstraße«) hingegen löst *je nach Kopfschmerz ein bis zwei Aspirin in einem halben Liter frischem O-Saft* auf. *Und trinken.* Ach so. *Dann zwei Eier in ein Glas hauen, kräftig salzen und runter damit. Wenn's noch nicht wirkt, warmes Bier mit zugehaltener Nase trinken.* Das *muß* doch wirken, Schorschi, spätestens bei dem warmen Bier. Wir hatten allerdings nicht nach einem Abführmittel, sondern nach einem Rezept gegen Kater gefragt. Das mit der zugehaltenen Nase könntest du aber vielleicht gelegentlich mal Freyas Freund verraten.

Die 27jährige VIVA-Moderatorin Nova Meierhenrich versichert: *Tomatensaft mit viel Pfeffer und scharfe Ingwerbonbons aus dem Asia-Laden wirken wahre Wunder.* Eine echte Novatät. Früher, als ich noch Kater hatte, also bevor ich mich gegen den Quatsch immun getrunken habe, hätte ich mich allerdings gegen einen morgendlichen Besuch im Dunstkreis eines Asia-Ladens mit zirka sieben oder acht Bieren wappnen müssen – und wozu hätte ich dann noch Ingwerbonbons gebraucht? Es sei denn, du hast dich – mal wieder – verplappert, Novi, und meintest einen Asi-Laden. Da geb' ich dir natürlich recht: Wenn du in einem anständigen Asi-Laden Tomatensaft und Bonbons bestellst, machst du dir zwar wahrscheinlich Gedanken über deinen Kopf, aber nicht mehr über einen Kater. *Gegen geschwollene Augen helfen gekühlte Baby-Beißringe,* legt Nova noch einen drauf. Na super. Du hast einen Schädel wie ein Brummkreisel auf Wellblech, und den ganzen Tag plärren die Blagen um dich herum, weil die Milchzähne rauswollen und Tante Supernova ihnen ihre Beißringe weggefressen hat.

Und womöglich kommt sie dann auch noch im Fernsehen.

Aber mal angenommen: Gestern war's wieder mal heute geworden. Oder wie Jeff Torrington es formuliert: *Für ihn war der letzte Tag mal wieder nur noch ein Kasten Leergut von vielen.* Also ist heute *parterre Gemütsverfassung* angesagt, wie Renate Just es nennt, wenn man sich *nirgendwo zugehörig* und daher in einem *fühllosen Zustand zwischen gar nicht vorhanden und überall im Wege* empfindet; wenn das Alleinsein sich umwandelt in Einsamkeit und Pläne für die Zukunft sich auf ein im dumpf pochenden Hirn umherkreisendes *Nie wieder Apfelkeh – Alkohol!* reduzieren. Bis einem einfällt, daß das allerbeste Mittel gegen diesen Zustand – das wußte schon Opa Klütschs Großvater – ein großes Glas von dem ist, womit man gestern aufgehört hat, Baby-Beißringe hin, Brechnuß auf Vollkornbrot her.

Natürlich kann man auch, wenn man es – wie der Ausnahmemusiker Jürgen Fritz zum Beispiel – sich leisten kann, einfach diesen einen Tag aus dem Kalender streichen und *liegen, flach atmen, liegen …* Aber nicht jeder kann Klavierspielen, geschweige denn sich soviel Freizeit (immerhin bis zu sieben Tagen die Woche!) damit verdienen. Deshalb – ich will das Verfahren mal ein wenig abkürzen – bleibt eigentlich nur eins: Vernünftig versacken. Keinen Kater bekommen. Sich an Dean Martin halten: *Der Kater kommt doch nicht vom Trinken, sondern vom Schlafen. Oder haben Sie morgens schon mal einen gehabt, wenn Sie die ganze Nacht durchgesoffen haben?*

Danke, Dino. Ich hätt's nicht besser sagen können.

1110 Wirte gaben auf – Im vergangenen Jahr gaben in Köln 1110 Wirte auf oder ihre Kneipe an neue Besitzer ab. Eine enorme Zahl, denn in Köln gibt's insgesamt nur 3700 Kneipen. Was sind die Gründe für das Aus der Weetschaff op d'r Eck? Christoph Becker, Geschäftsführer des Hotel- und Gaststättenverbandes: »Stärkere Auflagen im Bereich Lärmschutz und Lebensmittelhygiene, hohe Baukosten. Die Investitionen sind hoch. Zudem erwartet der Gast Erlebnisgastronomie wie After-Work-Parties. Das können die meisten Kneipen nicht bieten.« Heinz Brockert, stellvertretender Leiter des Gewerbeaufsichtsamts: »Viele stellen sich Gastronomie sehr einfach vor. Doch dann kommt das böse Erwachen.«
EXPRESS, 13.06.2001

Das soll ich aktualisieren, hieß es. Kein Problem – kann ich:

Kneipen dümpeln auf den Trockenen – Leere Barhocker, trockene Zapfhähne, gähnende Leere – zwei Drittel der Gastwirte in Deutschland klagen über schlechte Geschäfte wegen der Umstellung auf den Euro und »Sparsamkeit« der Gäste. Laut Wirtschaftsmagazin CAPITAL schätzen 61 Prozent aller deutschen Wirte ihre Lage wesentlich schlechter ein als noch vor drei Jahren, 24 Prozent meinen, es habe sich für sie nichts geändert, und nur 13 Prozent aller Gastronomen haben eine wirtschaftliche Verbesserung für sich ausmachen können.
EXPRESS, 15.04.2004

Aaach, hör' ich da ein paar mißmutige beleidigte Leberwürste schreien, *da erzählt er uns kilometerlang von den Freuden des Versackens – aber als er selber noch Wirt war, in seiner eigenen Kneipe: Wie oft hat er uns da um zwei oder sogar schon um eins vor die Tür gesetzt?! Obwohl wir doch gebeten und gebettelt und gedroht haben!* – Nu macht mal halblang, Kinners! Was glaubt Ihr denn, wieviel Spaß es macht, hinter einer Theke festgeklemmt zu sein, weil davor noch ein paar Gestalten hocken, sich vierzig Minuten an einem Bier festhalten und einem zum fünften Mal den Witz von dem Deutschen, dem Russen und dem Japaner erzählen? Oder nach dem Tape mit den beiden geilen AC/DC-Nummern verlangen, obwohl die Anlage – wegen der Nachbarschaft – schon seit langem ausgeschaltet ist. Oder seit anderthalb Stunden lallend darauf beharren, daß natürlich der Tyson den Ali geschlagen hätte, hätten die beiden denn jemals aufeinandertreffen können. Oder zum dritten Mal losgreinen, daß ihre Freundin sie nicht versteht. Oder eine Dreiviertelstunde auf dem Klo verbringen (eingepennt?), und vom nächsten, der von eben diesem Klo kommt, muß ich dann hören, daß da jemand den Spiegel vollgereihert hat. Ganz zu schweigen von denen, die nach dem vierzehnten Gedeck einen Rappel kriegen und glauben, unbedingt eine Schlägerei anzetteln zu müssen.

Sehr erbaulich auch die Fraktion, die sich darüber empört, was aus mir geworden sei – jahrelang *Anarchie in Germoney* gespielt und dann plötzlich das bourgeoise Arschloch sein, das pünktlich Feierabend haben will! Hätten sie nicht mindestens drei SCHROEDER-Platten gekauft? Seien sie nicht fast jedes Jahr einmal hier gewesen, um bei mir ihr schwerverdientes Geld zu versaufen? Seien also nicht nur Fans, sondern quasi auch Stammgäste? Und das sei nun der Dank?!

Sieh's doch einfach mal so, Dumpfbacke: Es ist ein Uhr durch, ich stehe hier seit sieben Stunden, davon hab' ich dir vier Stunden lang amtlich Bier gezapft, dreimal trockene Blättchen und neunzehnmal Feuer gegeben, dich den ganzen Abend mit Musik vom Feinsten beschallt, dir meine Zeitung von morgen zum Lesen überlassen (und in vierzehn Teile zerknüllt wieder zurückgekriegt), mir einen Knoten ans Ohr quatschen lassen, was du früher für ein doller Hecht gewesen seist (wie ja überhaupt früher alles besser gewesen sei), und dich davor gerettet, von Hassan eine aufs Maul zu kriegen, weil du seine Freundin blöde angemacht hast – jetzt hab' ich Feierabend und kann mir aussuchen, ob und mit wem ich noch ein paar Absacker nehme. Und wenn du nicht in der Lage bist, jetzt ein wenig zu *meiner* Unterhaltung beizutragen, dann gehörst du eben nicht dazu. Dann ist eben hier auch für dich Feierabend, selbst wenn ich mit

Hassan, Hülya, Jan und Monique noch hier kleben bleibe, bis die Putzfrau kommt, basta. Deswegen ist das nämlich meine Theke. Meine Konzession. Meine Freizeit. Und mein Bier eben.

Komm gut nach Hause, Alter.

Dreh heut nacht die *Brüder der romantischen Verlierer* nicht wieder so laut, daß deine Vermieterin Herzklabastern kriegt.

Und mach deine Kippe aus, bevor du einschläfst.

Dollarkurs

Egal, was du machst im Leben – du endest doch in einem Sarg. Kein Unterschied zwischen der einen und der anderen Art zu leben – außer vielleicht der Unterschied zwischen verschiedenen Stufen des Glücks. Aber der Mensch ist gar nicht fähig, glücklich zu sein, da Glück das Nichtvorhandensein von Schmerz bedeutet – und das gibt es nur, wenn du tot oder sternhagelvoll bist.
Jeff Torrington

Ob ich Alkoholiker bin? Matthew Scudder, der trockene Privatdetektiv in Lawrence Blocks schönen Krimis, sieht das so: *Ich will Euch mal sagen, was es bedeutet, Alkoholiker zu sein. Du gehst in eine Bar und da ist ein Schild, auf dem steht: Soviel Sie trinken können – für einen Dollar! Und du sagst: Toll – ich nehme für zwei Dollar.* So blöd bin ich nicht. Nie gewesen. Aber meinen Dollar hab' ich schon mehrmals ausgeschöpft. Ich habe auch an genug von diesen nächtlichen Runden teilgenommen, in denen man versucht auszurechnen, ob all das Geld, das man zeitlebens in Alkohol und Nikotin umgesetzt hat, nach all den Jahren jetzt ein oder zwei Eigenheime oder zwei Eigenheime und einen Rolls-Royce oder ein Mehrfamilienhaus in bester Innenstadtlage wert sei. Da es in den meisten solcher Runden ziemlich wurscht ist, worüber man redet, weil viel interessanter und unterhaltsamer ist, wie man über irgendwas redet, spielt auch das Ergebnis dieser Rechnungen keine Rolle. »Fott es fott«, sagt der Kölner. Oder noch genialer der alte Karnevalsschlager, natürlich auch aus Köln: *Hätten wir lieber das Geld vergraben / das wir lieber versoffen haben / Ei, was könnten wir saufen …!* Was gäbe es dem noch hinzuzufügen? Allenfalls, daß ich in einem dieser Eigenheime schon vor Jahren im Heizungskeller von einem der Rohre gebaumelt hätte – vor lauter Langeweile. Ist es ein Zufall, daß es in all den schönen Büchern über menschliche Passionen noch keins über Eigenheime gibt?

Das Klatschen der einen Hand

Ich schreibe meine Bücher, um zu erfahren,
was in ihnen steht.
Julian Green

Das ist das Tragische am Lesen und Schreiben – andauernd stolpert man über etwas, das man gerne geschrieben hätte, aber schon jemand anderem eingefallen ist. Wie dieser Satz da oben. Gilt allerdings für so manches im Leben – was komponiert man als beschränkter Weißer, wenn es nur zwölf Töne, nur zwei Tongeschlechter und nur einen Quintenzirkel gibt? Von all dem der verdammte Mozart bereits als Teenager den größten Teil in einem ganzen Lkw voll Sinfonien, Sonaten, Klavier-, Violin- und meinetwegen Triangelkonzerten verbraten hat? Als junger Mensch macht man es sich einfach – wenn mit den drei Akkorden des Blues schon fast alles gesagt ist, läßt man schlicht einen davon weg und erfindet den Punk, und wenn dessen zwei Akkorde noch zuviel sind, reduziert man seine Lieblingsmusik auf einen und macht Techno. Oder wirft gleich alle Akkorde über Bord, mitsamt möglicher Melodien, und erzählt der Welt zum klappernden oder donnernden Beat eines Drumcomputers, daß man zu seinem Lebensglück nicht viel mehr braucht als eine AK 2, ein paar Weiber und einen Haufen Kohle – von wegen *Borstenvieh und Schweinespeck* …

Um wahrhaft fröhlich zu sein, muß man sich seines Glücks bewußt sein, aber nicht allzu sehr. Es gilt einen Punkt zu finden, wo das im Gleichgewicht ist. Man muß listig vorgehen. Wissen, daß man glücklich ist, aber nicht so genau, daß man es sich sagt, schreibt Robert Merle in seinem Buch *Die Insel*, in dem er einfühlsam, anschaulich und gruselig schildert, wie es nicht einmal einer kleinen Gruppe sogenannter zivilisierter Menschen gelingt, langfristig Frieden zu bewahren.

Was ist Glück?

Wie kommt man daran? Wie hält man es fest?

Wäre es nicht schön, in Glück versacken zu können?

Klar weiß olle Goethen da wieder was beizutragen: *Warum in die Ferne schweifen, wenn das Gute liegt so nah. Lerne nur das Glück ergreifen, denn das Glück ist immer da,* rät er uns. So einfach ist das. Aber – es gibt immer ein Aber –: *Was das Glück des einen ausmacht, kann Unglück für einen anderen bedeuten; was eben noch Glück war, kann morgen schon Unglück sein,* weiß der Schriftsteller Bernd Mayerhofer. Oder auch, wie der Liedermacher Hanjo Butscheid singt: *Das Unglück eines anderen macht das Glück erst fett.* Mein lieber Mann, was müßt' es mir gutgehen, bei all dem Elend und Gejammer um mich herum! Hätt' ich bloß nicht selbst so viel zu jammern.

Aber Jammern hilft ja nix. Ärmel aufkrempeln! In die Hände spucken! Aufräumen! Ordnung schaffen. So wie Melanie zum Beispiel. Immer wenn die mental oder spirituell ein wenig durcheinander ist oder ihr das eine mit dem anderen durcheinandergerät, also wenn sie entweder frisch verliebt, gerade mit dem frisch Verliebten zerstritten, zum dritten Mal unwiderruflich von ihm getrennt oder auf dem besten Wege zum frisch Verliebtsein ist – ziemlich oft also –, besinnt sie sich darauf, warum das wohl mit anderen Worten *aus den Fugen geratenes Leben* heißt; und dann rutscht sie mit einer kleinen Schere und einer Harke auf Knien auf ihrer Terrasse herum und massakriert das Unkraut, das sich zwischen den Plattenfugen breitmacht. Damit räumt sie anscheinend nicht nur ein Stück ihres Lebens auf, sondern wird auch selbst immer aufgeräumter; dreht die Stereoanlage auf, singt lauthals fröhliche Lieder mit wie *So Long, Marianne* oder *Lover, Lover, Lover, Come Back To Me* und kann völlig die Zeit darüber vergessen. Schnibbelt und hackt an Löwenzahn- und Distelwurzelresten herum, bis es so dunkel ist, daß unsereins ohne ein Probeschlückchen einen *99er Neefer Frauenberg* schon nicht mehr von einem *98er St. Aldegunder Himmelreich* unterscheiden könnte, und sie würde glatt vergessen, daß ihr Leben am Morgen noch ein gut durchgeschütteltes Puzzle war, wenn nicht irgendwann ihr Handy den *River-Kwai-Marsch* piepste und sie darauf aufmerksam machte, daß einer ihrer Hansels schon wieder eine SMS geschickt habe.

Versacken beim Ordnung schaffen. Beim Meditieren, quasi.

Leben ist Leiden: Ganz klar, sagt Janwillem van de Wetering. *Es gibt das reine Leiden, das physische Elend, an das ich mich aus Kriegszeiten erinnere. Es gibt die Langeweile, die hatte ich auf der Schule kennengelernt. Und dann gibt es die Freude, aber die wird einem verdorben durch das Wissen, daß sie jeden Moment zu Ende sein kann. Schließlich das Glück: Es ist so flüchtig, daß es vergangen ist, ehe es den Geist berührt.* Erkenntnisse, die er bereits gewonnen hat, als er erst auf dem Weg zum Lernen ist – in ein buddhistisches Kloster in Japan. *Warum das Leiden?* fährt er fort. *Weil wir eine unendliche Begierde in uns tragen. Wir wollen besitzen und unseren Besitz ständig vermehren. Wir wollen sein und mehr sein und weiter sein. Wir arbeiten, wir geben an, wir machen Reklame für uns, und auf jedem Gruppenfoto achten wir zuerst darauf, ob unser Bild auch gut geworden ist.* Da kann ich allerdings ein Lied von singen. Oder könnte ich – das will ich Euch jetzt nicht auch noch antun. Aber wenn ich so überlege, wie viele Bäume all die Bandfotos gekostet haben mögen, die in den Papierkorb wanderten, weil auf dem einen der Kopf des Schlagzeugers verwackelt, einem anderen die Augen des Sängers geschlossen, das Grinsen des Bassisten zu anzüglich oder schlicht dämlich war …

Auch darüber könnte man sicher meditieren. Scheint mir nicht viel abwegiger als einer der *Koans*, mit denen ein Zen-Meister den jungen van de Wetering monatelang beschäftigte: *Jeder kennt den Klang von zwei klatschenden Händen; wie ist der Klang von einer klatschenden Hand?* Steht er erst mal dumm da, der Musikantenstadl-Besucher.

Werde eins mit deinem Koan, vergiß dich selbst, vergiß alles, was mit dir zusammenhängt, fordert der Meister. Klingt gleichermaßen schwer wie einfach. Ich meine, wenn ich sehe, daß es jemandem wie Oliver Kahn gelingt, sich selbst zu vergessen, kann das doch nicht so furchtbar schwierig sein, oder? Oder all die ausgemergelten, aber fröhlich strahlenden Gestalten, die vom Joggen kommen und vom *Runner's High* schwärmen. Ein Zustand, den ich allenfalls vom Musizieren kenne, vom freien Musizieren – wenn das, was man spielt, eine Art Eigenleben bekommt im Zusammenspiel mit anderen Musikern, wenn nicht mehr die Musiker ihre Instrumente zu spielen scheinen, sondern die Musik sie als Instrument benutzt, eine Musik entsteht, die geplant, ohne das Loslassen können, gar nicht hätte entstehen können, die man allenfalls später versuchen kann zu reproduzieren.

Oder an der Theke. Wenn man da sitzt, vor dem siebten oder achten Bier vielleicht, ohne Gesprächspartner, und das Stimmengewirr um einen herum sich plötzlich von einem zurückzieht, die Musik hinter einer Wand aus Watte verschwindet oder klingt, als hätte einem jemand einen gepolsterten Eimer über den Kopf gestülpt; wenn man nur noch ganz am Rande mitbekommt, daß einem irgend jemand ein neuntes, ein elftes Bier vor die Nase stellt, wenn man sich seine Zigaretten vollautomatisch dreht und anzündet – völlig fasziniert von, zum Beispiel, der Art, wie das Wasser aus einem Hahn in ein Spülbecken läuft; wie der Strahl in dem mit Gläserspülmittel angereicherten Wasser Wellen schlägt, Kreise zieht, Schaumflöckchen umherjagt und in seine Strudel zieht, Bläschen sich bilden, steigen, zerplatzen; wie man selbst irgendwann das Gefühl hat, als verwandelten sich alle Gehirnzellen in ebensolche Bläschen, die dem Sog folgten, als würde man selbst in diesen Strudel hineingezogen, als könne man darin verschwinden, mit Haut und Haaren, Leib und Seele, mit seinen Sorgen, Erinnerungen und alltäglichen kleingeistigen Macken, ein einziges gewichtsloses Luftbläschen, eins geworden mit dem Wasser, aus dem wir alle kommen …

Total gut, um nicht zu sagen oberknorke, kommt dann ein abruptes Erwachen, wenn irgendeine Dumpfbacke einem beispielsweise mit der flachen Hand ins Kreuz schlägt und schreit: *Na, du auch hier?* Okay, die Frage nach dem Klatschen der einen Hand wäre damit eventuell beantwortet – aber ich muß mich dann meistens schwer zusammenreißen, dem Blödmann nicht einen Aschenbecher zu reichen und ihn aufzufordern, sich den doch bitte selbst auf den Schädel zu dengeln, schließlich sei ich ein friedliebender Mensch.

Aber schon erstaunlich, wenn man sich dann umschaut und feststellen muß, daß die Leute um einen herum ganz andere sind als noch die beim dritten Bier, daß aus einer Reihe an der Theke drei geworden sind, daß der Mann mit der Zeitung von morgen schon weg ist und die kleine Blonde am anderen Tresenende schon jemanden gefunden hat, mit dem sie erwägt, *zu dir oder zu mir?* zu spielen.

Ansonsten ist Meditation harte Arbeit, das mußte auch van de Wetering erfahren. Arbeit wiederum ist etwas, das, wie Eierlikör, vor Gebrauch genau zu beobachten und gut durchzuschütteln ist. Oder, wie Robert Merle den tahitischen Häuptling Otu zitiert: *Solange man jung ist, soll man nicht zuviel arbeiten. Erst wenn man alt ist und es nichts anderes mehr zu tun gibt, ist die Arbeit unterhaltend.*

Man ist so jung, wie man sich fühlt, sagt der Volksmund, also Oma Klütsch, und da ich mich jetzt gerade ausnahmsweise mal wieder ein bißchen jung fühlen möchte, höre ich auf Otu, schließlich ist er ein edler Häuptling. Ich schmeiß' für heute die Arbeit hin und beschließe, daß dieses Kapitel hier zu Ende ist.

Ach was, warum nicht gleich das ganze Buch.

Dä.

FIN

Der Autor

Rich Schwab, geb. 1949 in Köln, gründete mit 14 Jahren seine erste Band und war später für sieben Jahre der Bassist der Schröder Roadshow. Seitdem arbeitet er als Musiker, Komponist und Autor. 1992 erschien sein erster Roman *Nie wieder Apfelkorn*, 2001 folgte *Eine Alte Dame Ging Hering*.

www.richschwab.de

Glossar

S. 9 Kipp: Müllabladeplatz.

S. 19 »Am besten gehen wir schwimmen im Stadion!« Aus dem Lied *Müngersdorfer Stadion*. Danke, J. Zeltinger & A. Steffen!

S. 19 »Sommerzeit
Und das Leben ist leicht
Also sei still, mein Kind
Weine nicht ...«
Aus *Summertime* von George & Ira Gershwin.

S. 22 »Der trübe Schatten des Winters« – danke, P. Simon!

S. 24 »Eine halbe Meile vor der Landkirmes
Und der Regen kam heruntergeströmt
Ich und Billy standen da
Mit 'ner halben Silberkrone ...
Wir standen einfach da und wurden naß
Mit unseren Rücken gegen den Zaun ...
Und es berauschte mich bis tief in meine Seele ...«
Aus *And It Stoned Me* von Van Morrison.

S. 27 Kölsch für: Fastnacht miteinander!

S. 27 »Kölnische Mädchen, kölnische Jungen
Sind dem Herrgott gut gelungen
Denn Er hat selbst zu sich gesagt:
Die hast Du fein zurechtgemacht!!«

S. 27 »Wenn du einen kennst ...« Okay, Sie haben recht – das ist jetzt noch nicht wirklich ein Gedicht; aber im Original geht es selbstverständlich noch originell weiter – wer Interesse hat, kann das ganze Lied auf Gigi Herrs CD *Solo für Gigi* hören, wo es im übrigen noch ein paar weitere schöne Beispiele rheinischer Dicht- und Tonkunst gibt.

S. 32 »Es muß doch einen Weg hier raus geben
Sagte der Joker zu dem Dieb
Es gibt viel zuviel Verwirrung
Ich kann gar keine Erleichterung finden.«
Aus *All Along The Watchtower* von Bob Dylan.

S. 42 Danke, M. Jagger & K. Richards!

S. 43 »Gebt mir den Schlag, Jungs
Befreit meine Seele
Ich möchte verlorengehen
In eurem Rock'n'Roll
Und davontreiben ...«
Aus *Drift Away* von Dobie Gray.

S. 52 »Klang Zeit nicht süß
Gestern?
In einer Welt voller Freunde
Verirrst du dich …«
Aus *The Bridge* von Scott Walker.

S. 56 Kläävbotz, wörtlich: Klebhose – also jemand, der sich nicht trennen kann. Von was auch immer.

S. 56 »Was sie tun
Sieht furchtbar kalt aus
Ich hoffe, ich sterbe
bevor ich alt werde …«
Aus *My Generation* von Pete Townshend.

S. 63 »Es ist mir gleich, was sie sagen
Ich werde nicht bleiben
In einer Welt ohne Liebe«
Aus *World Without Love* von Peter & Gordon.

S. 63 Sollte Ihnen der Name Westley nichts sagen, lesen Sie doch mal »Die Brautprinzessin« von William Goldman – selbst wenn Ihnen der Name wurscht ist, eine überaus lohnende Lektüre; außerdem können Sie dabei vielleicht selbst einmal erleben, wie leicht man beim Lesen eines Buches versacken kann …

S. 89 »Ich komme gerade aus Vietnam zurück! … Ich bin schwer verwundet! Gibt jemand einem alten Veteranen ein paar Bier aus?«

S. 89 »Eine Runde Bier und ein Eimer Sägemehl!«

S. 90 »Verstehst du nicht? Das lasse ich gerade noch mal durchgehen, sagt die Nutte – mit einem Papagei auf der Schulter! Hahaha! Arschloch!«

S. 90 »Heimtückische Arschlöcher! Linke Bazillen!«

S. 90 »Aus Pforzheim! Stuhlgang!«

S. 91 Rheinbach: Zuchthaus bei Bonn, Klingelpütz: Kölner Stadtgefängnis.

S. 92 »Wozu soll es gut sein, nüchtern zu werden
Wenn du doch wieder betrunken wirst?«

S. 97 »Viel zu Phil Collins« – eine Überdosis populärmusikalischer Konfektionsware – steht halt in den Handelsmärkten, in denen die meisten Gastronomen unter Zeitdruck und womöglich nicht ganz katerlos einkaufen, immer so bequem neben den Kassen(schlangen).

S. 99 Danke, Teja Fiedler!

S. 102 Danke, W. Shakespeare!

S. 104 »In unserem Viertel«
»Denn hier hält man zusammen
Egal, was auch passiert …«
Nackte Füße.

S. 107 Aus *Anarchie in Germoney* – danke, U. Hundt!

S. 108 Bayrisch. »Ja, es gäbe da schon noch etwas – aber das ist leider nichts für unsereins.«

S. 109 »Bitte-schön-gleich-Bezahlen!«
S. 114 Kölsch. »Was haben wir gelacht.«
S. 117 Falls Sie doch mehr über das Tournee- und WG-Leben wissen wollen, empfehlen wir Ihnen die Lektüre des Romans *Nie wieder Apfelkorn*, der auch sonst ein durchaus gewinnbringendes Stück Lesestoff sein soll. Sagt man.
S. 118 Danke, R. Whittaker!
S. 131 Danke, U. Hundt, für all die schönen Zeilen aus *Die Brüder der romantischen Verlierer*!
S. 133 »Es gibt da ein paar Dinge
Die ich mir selbst versprochen habe
Dinge, die ich noch nicht getan habe:
Dies wird meine letzte Zigarette sein ...«
Aus *My Last Cigarette* von k. d. lang.
S. 134 »Wenn du es da schaffst
Kannst du es überall schaffen.«
Danke, Fred Ebb & John Kander!
S. 137 »Erzähl nichts!« Danke, W. Niedecken!
S. 151 Danke, Chr. Bruhns, für diese wunderbare, zeitlose Zeile!
S. 153 Alle Zahlen, vor allem aus dem Wissensgebiet Sport, wie immer, ohne Gewähr.
S. 161 ... des gehet der Mund über. Matthäus 12, 34.
S. 166 Sehr zu empfehlen übrigens die Website des Chors der Schreienden Männer: www.huutajat.org.
S. 170 »Man hat's nicht leicht.«
S. 195 Die klassische Eckkneipe.
S. 198 »Fort ist fort«.
S. 198 Danke, F. Servos!

Mein besonderer Dank trifft diesmal:

Elke H. und Bernd Sch. für den (mehr als einen) Schubs in die richtige Richtung,

Jupp Sch. von der Akademie für uns kölsche Sproch *für prompte und hilfreiche Informationen (wenn ich auch der Meinung bin, daß diese Akademie weder sich noch der Sprache mit dem derzeit geplanten neuen kölschen Wörterbuch einen Gefallen tut ...).*

Das 3Gestirn, *besonders Wilfried Sch., für seine Unterstützung, und alle anderen, die auf die eine oder andere Weise geholfen haben, daß dieses Buch zustande kam.*

Serdar B. zum Beispiel, so manche harte Stunde ein durchaus brauchbarer Mitversacker, Volker Sch. und Agnette Sch., Sigrid H., Seven, Andy C., und Andy D., E. Schwab. Und Gigi H.

Claudia Sch. sowieso. Die hätte ich ja nicht mal geheiratet, wenn sie nicht auch ...

Besonders erwähnen möchte ich aber noch die – immerhin – elf Leutchen, die sich die Mühe gemacht haben, den Fragebogen zu beantworten, den ich irgendwann unterwegs unters Volk gebracht habe. Da war ich dann schon sehr beeindruckt, Kinners: elf Antworten auf achtzig Fragebögen ...! Trotzdem Dank auch an die übrigen neunundsechzig, die dafür bei der Erfindung von Ausreden erstaunliche Kreativität an den Tag legten – aber auch ich kenne ja das Phänomen, daß man sich eher ein Bein ausreißt, um sich vor einer Aufgabe zu drükken, als auch nur einen Finger zu rühren, um sie zu erledigen ...

Richtig sauer war ich eigentlich erst, als zum Abschlußumtrunk dann gerade mal vier (vier!) Adressaten bereit waren, zu demonstrieren, was sie vom Versakken verstehen – Ihr anderen: Schämt Euch!

Dich.